KB116254

무엇이든 가능하다

이 도서의 국립중앙도서관 출판예정도서목록(CIP)은
서지정보유통지원시스템 홈페이지(http://seoji.nl.go.kr)와
국가자료공동목록시스템(http://www.nl.go.kr/kolisnet)에서 이용하실 수 있습니다.
(CIP제어번호: CIP2019020261)

ANYTHING IS
POSSIBLE

ELIZABETH STROUT

무엇이든 가능하다

엘리자베스 스트라우트 소설 | 정연희 옮김

문학동네

내 형제
존 스트라우트에게

차례

계시

토미 거프틸은 한때 낙농장을 소유했다. 아버지로부터 물려받은 그 낙농장은 일리노이주 앰개시 타운에서 2마일쯤 떨어져 있었다. 그 일 이후 오랜 세월이 지났지만, 여전히 토미는 낙농장이 홀랑 불타버린 그날 밤 느꼈던 두려움에 휩싸인 채 한밤중에 잠을 깨곤 했다. 집도 깡그리 불탔다. 바람이 헛간에서 멀지 않은 그의 집으로 불똥을 날려보냈다. 그것은 그의 실수였다―그는 늘 자신의 실수였다고 생각했다. 그날 밤 그가 착유기 전원이 꺼졌는지 제대로 확인하지 않았고, 화재가 시작된 곳이 바로 거기였기 때문이다. 불길은 일자마자 맹렬한 기세로 번져 그곳 전체를 집어삼켰다. 그들은 거실에 있던 황동 거울틀만 빼고 모든 것을 잃었는데, 그는 다음날 잿더미 속에서 그것을 찾아냈고, 발견한 자리에 그대로 두었다. 사람들이 이런저런 구호품을 보내 주었다. 그가 정신을 수습하고, 자신이 가진 얼마 되지 않는 돈을 모을 때까지 그의 아이들은 꽤 오랫동안 반 친구들의 옷을 입고 학교에 다녔다. 그는 그 땅을 이웃 농부에게 팔았지만 큰돈이 생기지는 않았다. 그와 그의 아내인 키 작고 예쁜 셜리는 옷을 새로 샀고, 그는 집도 샀다. 셜리는 이 모든 일이 벌어지는 동안 기운을 잃지 않고 감탄스러울 정도로 잘 버텨냈다. 그들은 쇠락한 타운인 앰개시에 집을 살 수밖에 없었다. 그의 농장이 칼라일과 앰개시 두 타운을 나누는 경계에 있었기 때문에 아이들이 이전에는 칼라일에 있는 학교에 다닐 수 있었지만 이제는 앰개시 소재의 학교에 다녀야 했다. 토미는 앰개시 통학구역 내에서 수위 일자리를 구했는데, 안정적인 점이 마음에 들었던데다 다른 사람의 농장에 일하러 가는 것은 도저히 엄두가 나지 않았기 때문이었다. 그에게는 그렇게 할 만한 배포가 없었다. 당시 그는 서른다섯 살이었다.

이제 자식들은 다 컸고, 자식들의 자식들 또한 다 컸지만, 그와 셜리는 여전히 그 작은 집에 살았다. 셜리는 집 주변에 꽃을 심었다. 그 타운에서는 흔치 않은 일이었다. 토미는 화재 당시 자식들 걱정을 아주 많이 했는데, 그건 아이들 처지가 달라졌기 때문이었다. 집이 학교 친구들의 현장학습 장소로 이용되는 광경―해마다 봄이 되면 칼라일에서 5학년생들이 몰려와 하루를 보내며, 헛간 옆 나무 테이블에서 점심을 먹고 헛간 안으로 우당탕 들어가 일꾼들이 우유 짜는 것을, 하얀 거품 같은 물질이 투명한 플라스틱관을 타고 올라 쭉 이동하는 것을 구경했다―을 보던 아이들은, 이제 아버지인 토미가 회색 바지와 빨간색으로 Tommy라고 수놓인 하얀 셔츠를 입은 채, 배탈 난 아이가 복도에 쏟아낸 토사물 위에 '마법의 가루'를 뿌려 빗자루로 쓸어내는 모습을 봐야 했다.

어쨌거나, 그들 모두 그 시간을 버티며 통과했다.

*

오늘 아침 토미는 칼라일에 볼일이 있어 그리로 천천히 차를 몰았다. 5월의 화창한 토요일이었고, 며칠 있으면 아내의 여든두번째 생일이었다. 사방으로 탁 트인 들판에는 옥수수와 콩이 새로 심겨 있었다. 많은 들판이 작물을 심기 위해 흙을 갈아엎은 상태여서 여전히 갈색이었고, 하늘은 지평선 근처에 구름 몇점이 흩어져 있을 뿐 대체로 높고 푸르렀다. 그는 바턴 씨네 집으로 통하는 도로에 서 있는 간판 앞을 지나갔다. 여전히 바느질과 수선이라고 쓰여 있었지만, 바느질과 수선을 하던 여자 리디아 바턴은 오래전에 죽었다. 바턴 가족은 심지어 앰개시 같은 타운에서도 따돌림을 당했는데, 그들의 극심한 가난과 이상한 면들이 상황을 그렇게 만든 것이었다. 지금 그 집에는 장남 피트가 혼자 살고 있었고, 가운데 아이는 두 타운 떨어진 곳에 살았으며, 막내인 루시 바턴은 오래전에 달아나 결국 뉴욕시티에 정착했다. 토미는 종종 루시를 생각하며 시간을 보냈다. 루시는 4학년부터 고등학교 졸업반 때까지 학교가 끝난 후에도 교실에 혼자 남았다. 그녀가 그의 눈을 똑바로 쳐다볼 수 있게 되기까지 몇 년이 걸렸다.

지금 토미는 자신의 농장이 있던 터를 지나가고 있었고─이제 그곳은 온통 들판으로 변했고 농장 팻말조차 남아 있지 않았다─종종 그러듯 당시 자신의 삶에 대해 생각했다. 괜찮은 삶이었으나 그때 일어난 일에 대한 후회는 없었다. 후회는 토미의 성정에 맞지 않았을뿐더러, 화재가 일어난 그날 밤─두려움이 질주하는 가운데─그는 이 세상에서 중요한 것은 오로지 아내와 자식들뿐임을 깨달았던 것이다. 그리고 그 사실을 분명하고 한결같이 알고 있는 자신과는 달리, 다른 사람들은 그걸 알지 못한 채 평생을 살아간다고 생각했다. 혼자 생각하기로, 그 화재는 하느님이 그에게 이 선물을 꼭 간직하고 살아가라고 내려준 계시 같았다. 그 생각을 혼자만 간직한 것은, 비극적인 사건에 애써 의미를 부여하는 사람으로 여겨지고 싶지 않았기 때문이었다. 그는 어느 누구도—그가 몹시 사랑하는 아내라 할지라도—그를 그런 사람으로 생각하는 것은 원치 않았다. 하지만 그날 밤 아내가 아이들을 데리고 길가에 피신해 있는 동안—그는 헛간에 불이 붙은 것을 보고 그들을 서둘러 집에서 내보냈다—거대한 불길이 밤하늘로 날아오르는 것을 지켜보고 이어 소들이 죽어가며 내지르는 끔찍한 비명을 들으면서 그는 느낀 것이 있었다. 여러 가지를 느꼈으나, 하느님의 현존이라고밖에 생각할 수 없는 그것을 명백하게 느낀 것은 집의 지붕이 폭삭 주저앉아 바로 아래쪽, 아이들 사진과 그의 부모 사진이 있는 침실과 거실로 무너져내릴 때, 그 일이 벌어지는 것을 지켜볼 때였다. 그 순간 그는 천사들이 왜 늘 날개 달린 모습으로 그려지는지를 깨달았다. 그것은 빠르게 움직이는 소리의, 심지어 소리도 아닌 것의 감각이 존재했기 때문이었다. 이어 하느님이, 얼굴은 없으나 하느님인 그분이 그에게 몸을 밀착시키고 무언으로—아주 간단하게, 그리고 아주 순식간에—괜찮다, 토미, 라고 그가 알아들은 메시지를 전달해주는 듯한 느낌을 받았다. 그러자 곧 토미는 괜찮다는 것을 깨달았다. 그것은 자신의 이해의 범위를 넘어서는 일이었지만, 그래도 괜찮았다. 이후로도 줄곧 괜찮았다. 그는 종종 자식들이, 그들이 처음 살았던 그런 집에서 자란 아이들과 함께가 아니라 가난한 아이들과 함께 학교에 다녀서 좀더 동정심을 지니게 되었다고 생각했다. 그뒤로 그는 때때로 금색이 아주 가까이 다가와 있는 것처럼 하느님의 현존을 느꼈지만, 그날 밤과 같은 하느님의 방문은 두 번 다시 느끼지 못했다. 그리고 그는 사람들이 어떻게 생각할지 너무도 잘 알고 있었기에 그것을 죽는 날까지 혼자만 간직하려고 했던 것이다. 하느님의 계시를.

그럼에도 오늘 같은 봄날 아침에 흙내음을 맡으면 소들의 냄새가, 그것들의 축축한 콧구멍이, 그것들의 따뜻한 배가, 그리고 그의 헛간―두 개였다―이 생각났고, 그러면 그는 마음이 자신을 찾아오는 장면 장면들로 자연스럽게 흘러다니도록 내버려두었다. 어쩌면 방금 바턴 씨네 집 쪽을 지났기 때문에 그 가난하고 슬픈 아이들의 아버지이자 이따금 토미의 농장에서 일했던 그 남자 켄 바턴이, 그리고 대학에 가면서 집을 떠나 결국 뉴욕 시티에 정착한 루시―그는 그 아이를 더 자주 생각했다―가 떠올랐을 것이다. 그녀는 작가가 되었다.

루시 바턴.

토미는 차를 몰면서 고개를 살짝 가로저었다. 그 학교에서 삼십 년 넘게 수위로 일한 토미는 아는 것이 많았다. 여학생들의 임신, 술에 취해 지내는 엄마들, 바람피우는 배우자들에 대해 알았다. 학생들이 화장실 옆이나 카페테리아 근처에서 작게 무리지어 속닥거리는 것을 엿들었기 때문이었다. 그는 여러모로 투명인간 같은 존재였고, 스스로도 그 사실을 알고 있었다. 하지만 그를 가장 걱정하게 만든 아이는 루시 바턴이었다. 아이들은 루시와 루시의 언니 비키, 그리고 오빠 피트에게 비열한 말을 내뱉으며 멸시했고, 교사들 중에도 그러는 사람들이 있었다. 하지만 루시가 여러 해 동안 방과후에 교실에 남은 적이 아주 많았기 때문에 그는 그들 중 루시—좀처럼 말을 하지 않았지만—를 가장 잘 안다고 느꼈다. 그애가 4학년이고 그가 처음 거기서 일하기 시작한 해의 어느 날, 그가 교실 문을 여니 루시가 라디에이터 가까이 의자 세 개를 붙여놓고 그 위에 누워 코트를 담요 삼아 덮고 곤히 잠들어 있었다. 그는 루시를 물끄러미 바라보았다. 그녀의 가슴팍이 조금씩 오르내렸다. 눈 밑은 거뭇했고 속눈썹은 반짝거리는 작은 별들처럼 뻗어 있었는데, 눈꺼풀이 젖어 있는 것이 잠들기 전에 아마 울고 있었던 모양이었다. 그래서 그는 가능한 한 느리고 조용하게 빠져나왔다. 그런 그애의 모습과 맞닥뜨린 것이 아주 부적절하게 느껴졌다.

그러다 한번은—그 일이 지금 떠올랐다—루시가 아마 중학생 때였을 텐데, 그가 교실로 들어가니 그애가 칠판에 분필로 뭔가를 그리고 있었다. 그가 교실 안에 발을 들여놓는 순간 루시는 곧바로 동작을 멈췄다. "계속하렴." 그가 말했다. 칠판에는 작은 잎이 무성하게 달린 덩굴이 그려져 있었다. 루시가 칠판에서 물러나더니 그에게 불쑥 말했다. "제가 분필을 부러뜨렸어요." 토미는 괜찮다고 말해주었다. "일부러 그랬어요." 그 말을 하고 시선을 돌리기 직전, 루시의 얼굴에 작은 미소가 반짝 떠올랐다. "일부러?" 그가 물었고, 루시가 다시 작은 미소를 지으며 고개를 끄덕였다. 그래서 그는 칠판 앞으로 가서 부러지지 않은 새 분필 하나를 집어 반으로 툭 분지르고는 그애를 향해 한쪽 눈을 찡긋했다. 그의 기억에 루시는 거의 킥킥거리며 웃었다. "네가 그렸니?" 그가 작은 잎이 달린 덩굴을 가리키며 물었다. 그러자 그애는 어깨를 으쓱하고는 시선을 돌렸다. 하지만 대체로 그애는 그저 책상 앞에 앉아 책을 읽거나 숙제를 했다. 그가 본 루시의 모습은 그랬다.

이제 토미는 정지신호에 걸려 차를 세우면서 조용히 혼잣말을 했다. "루시, 루시, 루시 B. 어디로 갔니, 어떻게 달아났니?"

그는 '어떻게'를 알고 있었다. 루시가 고등학교 졸업반이던 그해 봄, 그는 학교가 끝난 뒤 복도에서 그애와 마주쳤는데, 그때 그애는 갑자기 환하게 얼굴을 펴고 눈을 동그랗게 뜨더니 "거프틸 아저씨, 저 대학에 가요!" 하고 말했다. 그래서 그가 말했다. "오, 루시. 정말 잘됐구나." 루시가 두 팔로 그를 끌어안고 놓지 않아서 그도 그애를 안아주었다. 그는 그 포옹을 늘 기억하고 있었는데, 뼈와 작은 가슴이 느껴질 정도로 그애가 너무나 말랐었기 때문이었고, 나중에는 그 아이가 누구에게 안긴 적이 얼마나 많았을지—적었을지—궁금했기 때문이었다.

신호가 바뀌자 토미는 다시 타운으로 차를 몰았다. 바로 저만치에 주차 공간이 보였다. 토미는 그 자리에 차를 댔고, 차에서 내린 뒤 햇살에 눈을 찡그렸다. "토미 거프틸." 한 남자가 큰 소리로 불러 토미가 돌아보니 그리프 존슨이 특유의 절뚝거리는 걸음으로 그에게 다가오고 있었다. 그리프는 한쪽 다리가 다른 쪽보다 더 짧았고, 특수 제작된 신발을 신었지만 절뚝거리는 것을 숨길 수는 없었다. 그리프가 악수를 하려고 한 팔을 내밀었다. "그리피스." 토미가 말했고, 그들이 한참 팔을 힘차게 흔드는 동안 차들은 그들을 천천히 스쳐 메인 스트리트를 지나갔다. 그리프는 이곳 타운에서 보험 판매원으로 일했고, 토미에게 정말로 잘해주었다. 그리프는 토미가 농장의 값어치만큼 손실을 보상해주는 보험에 가입하지 않았다는 사실을 알게 된 뒤 "내가 당신을 너무 늦게 만났네요" 하고 말했는데 그것은 사실이었다. 따뜻한 얼굴에 지금은 배가 많이 나온 그리프는 토미에게 여전히 잘해주었다. 사실 토미가 아는 사람 가운데 그에게 잘해주지 않은 사람은 없었다—그는 그렇게 생각했다. 바람이 산들산들 그들 주위를 맴도는 가운데 그들은 자식들과 손주들에 대해 말했다. 그리프에게는 마약을 하는 손자가 있었고, 토미는 그것을 매우 슬프게 생각했다. 하지만 그는 이야기를 들으면서 그저 고개를 끄덕이고 메인 스트리트에 늘어선 나무들을 흘끗 올려다보았다. 잎이 너무도 여리고 푸릇푸릇했다. 이어 토미는 지금 의대에 다니고 있다는 그리프의 또다른 손자 이야기를 듣고 "오, 멋진데요, 잘됐어요" 하고 말했다. 그리고 그들은 서로의 어깨를 툭툭 두드려준 뒤 가던 길을 계속 갔다.

토미가 자신이 들어온 것을 알리는 종소리와 함께 옷가게에 들어서자 메릴린 매콜리가 드레스를 입어보는 모습이 보였다. "토미, 여긴 어쩐 일이세요?" 메릴린은 몇 주 뒤 일요일에 있을 손녀의 세례식 때 입을 드레스를 살까 생각중이라면서 드레스 옆쪽을 잡아당겼다. 소용돌이치는 형상의 빨간 장미꽃들이 날염된 베이지색 드레스였다. 그녀는 신발은 신지 않고 스타킹만 신은 채로 서 있었다. 그녀는 그런 일에 새 드레스를 사는 것은 사치겠지만 그렇게 하고 싶다고 말했다. 토미—그는 메릴린을 오래 알고 지냈는데 처음 알게 된 것은 그녀가 앰개시의 고등학교에 다닐 때였다—는 그녀가 부끄러워하는 것을 보고 자신은 전혀 사치라고 생각하지 않는다고 말해주었다. 그리고 말했다. "시간이 되면, 메릴린, 아내한테 줄 선물을 사야 하는데 좀 도와주지 않을래?" 그러자 그녀가 자신만만한 표정을 지어 보이며 네,

18

그럼요, 하고 말한 뒤 탈의실로 가서 다시 평소의 검은 스커트에 푸른 스웨터, 검은 플랫슈즈 차림으로 돌아와 토미를 데리고 곧장 스카프 매대로 갔다. "이거요." 메릴린이 빨간 바탕에 금실이 수놓인 스카프를 골라주며 말했다. 토미는 그것을 받아들었고 반대쪽 손으로는 꽃무늬 스카프를 집었다. "이건 어떨까." 그가 말했다. 그러자 메릴린이 말했다. "좋네요, 셜리 아주머니 취향에 딱 맞겠어요." 그 순간 토미는 그 빨간 스카프를 마음에 들어하는 사람은 메릴린 자신이라는 것을, 하지만 그녀는 결코 그것을 사지 않을 것임을 알아차렸다. 메릴린은 토미가 수위로 일하기 시작한 첫해에는 그를 볼 때마다 "안녕하세요, 거프틸 아저씨!" 하고 외치던 사랑스러운 소녀였지만, 지금은 불안한 표정에 몸이 야위고 얼굴이 수척한 나이든 여인이 되어 있었다. 토미는 사람들이 하던 말을 떠올렸다. 메릴린의 남편이 베트남에 갔다 온 뒤로 결코 예전과 같지 않다고 했다. 토미는 타운에서 찰리 매콜리를 보곤 했는데, 그는 늘 아주 멀리 떨어져 있는 것처럼 느껴졌다. 불쌍한 남자. 메릴린도 불쌍했다. 그래서 토미는 어떤 것으로 할지 고민하는 것처럼 금실이 수놓인 빨간 스카프를 잠시 들고 있다가 "네 말이 맞는 것 같구나. 이게 셜리 취향에 더 맞겠어" 하고 말하며 꽃무늬 스카프를 계산대로 가져갔다. 그리고 메릴린에게 도와줘서 고맙다고 말했다.

"아주머니가 아주 좋아하실 거예요." 메릴린이 말했고, 토미는 틀림없이 그럴 거라고 말했다.

다시 보도로 나온 토미는 서점으로 걸어갔다. 아내가 좋아할 만한 정원 가꾸기 책이 있을 것 같았다. 그는 들어가 서점 안을 이리저리 돌아다니다가, 그 바로 한복판에서, 루시 바턴의 새 책이 진열된 것을 보았다. 그는 그 책을 집어들었고—표지에 도시 빌딩이 있었다—루시의 사진이 실려 있는 뒤쪽 날개를 보았다. 지금 루시를 만나면 알아보지 못할 것 같았는데, 그럼에도 그 얼굴에서 그녀를 알아본 것은 오로지 그녀의 미소, 여전히 수줍은 그 미소가 아직 남아 있기 때문이었다. 토미는 루시가 분필을 일부러 부러뜨렸다고 말한 그날 오후의 일이, 그때 그애의 작고 야릇한 미소가 다시 생각났다. 루시는 이제 나이든 여인이었고, 사진에서는 머리를 모아 뒤에서 묶은 모습이었다. 하지만 좀더 오래 바라보자 지난날 그 소녀의 모습을 더 많이 찾아볼 수 있었다. 한 어머니가 두 아이를 데리고 지나가길래 토미가 길을 비켜주었다. 그녀는 아이들을 데리고 그의 옆을 지나가며 "실례할게요" 하고 말했고, 그는 "오, 뭘요" 하고 대답했다. 그리고 그는—이따금 그러듯—루시가 아주 먼 뉴욕이라는 도시에서 어떤 삶을 살았을지 생각했다.

토미는 그 책을 진열대에 내려놓고 점원을 찾아 정원 가꾸기에 관한 책이 있는지 물었다. "꼭 알맞은 책이 있는 것 같아요. 방금 들어온 거예요." 젊은 여자 점원—정말로 젊지는 않았지만 요즘 토미 눈에는 모든 여자들이 젊어 보였다—이 그렇게 말하고는 표지에 히아신스 꽃이 있는 책 한 권을 가져왔고, 그는 "오, 완벽한데요" 하고 말했다. 점원이 포장을 원하는지 물어서 그는 네, 그렇게 해주면 아주 좋겠네요, 하고 대답했다. 그는 그녀가 포장에 집중하느라 이 사이로 혀를 살짝 내민 채, 손톱을 파랗게 칠한 손을 움직여 은색 종이로 책을 싸는 것을 지켜보았다. 그녀는 스카치테이프를 붙였고 그것까지 끝내자 그에게 활짝 미소를 지어 보였다. "완벽한데요." 그가 그 말을 반복했고, 그녀는 "그럼 좋은 하루 보내세요" 하고 말했다. 그도 같은 말을 해주었다. 서점에서 나온 토미는 환한 햇살을 받으며 길을 건넜다. 그는 셜리에게 루시의 책에 대해 말해줄 생각이었다. 그가 루시를 좋아했기 때문에 그녀도 루시를 좋아했다. 그는 시동을 걸고 주차한 곳에서 차를 빼 집으로 돌아가는 길로 다시 들어섰다.

존슨 씨의 아들이 토미의 마음에 떠올랐다. 그 청년은 약을 끊지 못한다고 했다. 이어 메릴린 매콜리와 그녀의 남편 찰리가 떠올랐고, 그러자 토미의 마음은 곧 몇 년 전에 죽은 형에게로 옮겨갔다. 그는 형—2차대전에 참전했고 수용소가 비워질 무렵 그곳에 배치되었다—을 생각했다. 전쟁이 끝나고 돌아왔을 때 형이 얼마나 다른 사람이 되어 있었는지를 생각했다. 결혼생활은 파탄을 맞았고 아이들은 그를 싫어했다. 죽기 얼마 전에 형은 토미에게 자신이 수용소에서 무엇을 목격했는지, 자신을 포함한 다른 군인들이 타운 주민들을 데리고 다니면서 어떤 식으로 수용소를 보여주었는지 말해주었다. 한번은 그들이 타운 여자들한 무리를 데리고 수용소를 돌아다니면서 바로 그 자리에서 어떤 일이 있었는지 알려주었는데, 형 말로는 어떤 여자들은 눈물을 흘렸지만 어떤 여자들은 마음이 불편해지는 것을 거부하겠다는 듯 턱에 힘을 주고 화난 표정을 지었다고 했다. 그 이미지가 늘 토미의 마음에 남아 있긴 했지만, 왜 하필 지금 떠올랐는지 그는 궁금했다. 그는 차창을 끝까지 내렸다. 그는 나이가 들수록—그는 이미 나이가 들었다—자신이 선과 악의 이 혼란스러운 다툼을 이해하지 못한다는 사실과, 어쩌면 인간은 애초에 이지구상에서 일어나는 일을 이해할 수 있는 존재가 아니라는 사실을 더 잘 알게 되었다.

바느질과 수선이라고 또렷하게 쓰인 간판에 가까워지자 토미는 속도를 줄여 바턴 씨네 집으로 가는 긴 길로 차를 돌렸다. 그는 켄—피트의 아버지—이 죽은 뒤로, 이제는 아이가 아니라 나이 먹은 어른이 된 피트 바턴이 어떻게 지내는지 보려고 습관적으로 그곳을 찾았다. 피트는 그 집에 혼자 남아 살고 있었고, 토미는 두어 달 동안 그에게 가보지 못했다.

긴 길을 따라 이어진 그 일대는 고립된 지역이었다. 그는 예전에 그 사실에 대해 셜리와 이야기를 나누며, 그렇게 고립되어 사는 것은 아이들에게 좋지 않다는 말을 주고받곤 했다. 한쪽에는 옥수수밭이, 반대쪽에는 콩밭이 있었다. 옥수수밭 한복판에 홀로 서 있던 나무—아주 컸다—는 몇 년 전 번개를 맞고 쓰러진 뒤 아직까지 방치되어 있었는데, 잎이 없고 부러진 긴 나뭇가지들이 하늘을 찌를 듯 위로 뻗어 있었다.

거기 작은 집 옆에 트럭 한 대가 서 있었다. 집은 페인트칠을 한 지 아주 오래되어 색이 바랜 듯 보였고 하야스름한 지붕널은 몇 개가 빠져 있었다. 늘 그렇듯 블라인드가 내려져 있었다. 토미는 차에서 내려 그 집으로 걸어가 문을 두드렸다. 햇빛 속에 서서 그는 다시 루시 바턴을, 그녀가 얼마나 비쩍 마른 아이였는지를, 보기 괴로울 정도로 그랬던 것을, 그녀의 긴 금발을, 그녀가 그의 눈을 거의 한 번도 똑바로 쳐다보지 않았던 것을 떠올렸다. 루시가 아주 어렸을 때, 한번은 그가 수업이 끝나고 교실로 들어가니 그애가 앉아서 책을 읽고 있었다. 문이 열리자 루시가 화들짝 놀랐다—그는 정말로 그애가 겁을 먹고 화들짝 놀라는 것을 보았다. 그는 황급히 "아니, 아니, 괜찮아" 하고 말했다. 하지만 그날 그는 루시가 얼마나 화들짝 놀라는지를, 그애의 얼굴에 스쳐지나가는 공포를 보았고, 그애가 집에서 얻어맞는 게 틀림없다고 짐작하게 되었다. 문을 여는 것에 그토록 겁을 집어먹은 걸 보면 그렇게밖에 생각할 수 없었다. 그 사실을 깨달은 뒤 그는 루시를 더욱 주의깊게 지켜보았는데, 어떤 날에는 그애의 목이나 팔에서 노랗거나 푸르스름한 멍 같은 것을 발견하곤 했다. 아내에게 그 이야기를 하자 셜리는 "우리가 어떻게 하면 될까, 토미?" 하고 말했다. 그가 그 문제에 대해 생각해보고 그녀도 그 문제에 대해 생각해본 뒤 그들은 아무것도 하지 않기로 결론을 내렸다. 하지만 그 문제를 의논한 그날 토미는 아내에게, 자신이 낙농장을 소유하고 켄이 때때로 기계를 손봐주던 그 시절에 루시 바턴의 아버지인 켄 바턴이 했던 어떤 행동을 목격했다는 사실 또한 말해주었다. 토미는 어느 헛간 뒤로 갔다가 켄 바턴이 바지를 발목까지 내리고 욕설을 내뱉으며 자신의 그것을 잡아당기는 것을 보았다—우연히 보기엔 참 뭣한 것이었다! 토미가 말했다. "여기서는 그런 짓을 하면 안 돼요, 켄." 그러자 그 남자는 돌아서서 자신의 트럭에 올라탄 뒤 그곳을 떠났고 일주일 동안 일하러 오지 않았다.

"토미, 왜 나한테 그 이야기를 하지 않았어?" 셜리의 푸른 눈이 공포에 질린 채 그를 올려다보았다.

그러자 토미는 그것을 말로 옮겨야 한다는 게 너무 끔찍하게 여겨졌다고 했다.

"토미, 우리가 뭐라도 해야겠어." 그날 그의 아내가 말했다. 그래서 그들은 그 문제에 대해 더 이야기해봤지만 그들이 할 수 있는 일은 아무것도 없다고 다시 한번 결론을 내렸다.

블라인드가 조금 움직이더니 이어 문이 열렸고, 거기에 피트 바턴이 서 있었다. "안녕하세요, 토미." 그가 말했다. 피트는 햇빛 속으로 나온 뒤 문을 닫고 토미 옆으로 가서 섰다. 토미는 그것을 보고 피트가 자신을 집안에 들이고 싶어하지 않는다는 것을 알아차렸다. 고약한 냄새가 대번에 토미의 코에 훅 끼쳤는데, 아마 피트의 몸에서 나는 것 같았다.

"근처를 지나가다 자네가 어떻게 지내는지 보고 싶어서." 토미가 별스럽지 않게 말했다.

"감사해요, 저는 잘 지내요, 감사합니다." 햇살을 환하게 받은 피트의 얼굴은 창백했다. 머리칼은 이제 거의 회색으로 세었는데 흰색에 가까운 회색이어서 그의 등뒤 하야스름한 지붕널과 짝을 이루는 듯 보였다.

"다 씨네 농장에서 일한다고?" 토미가 물었다.

피트는 그렇다고, 하지만 그 일은 거의 끝났고 핸스턴에서 또

다른 일을 하게 될 거라고 말했다.

"잘됐군." 토미가 지평선을 향해 눈을 찡그렸다. 눈앞은 온통 콩밭으로, 연초록빛 콩이 갈색 흙에서 싹을 틔우고 있었다. 지평선이 있는 바로 그곳에 피더슨 씨네 농장 헛간이 있었다.

그들은 다양한 기계들에 대해, 그리고 최근에 칼라일과 핸스턴 사이에 설치된 풍력 터빈에 대해 이야기했다. "우리가 거기 익숙해져야겠지." 토미가 말했다. 그러자 피트가 토미의 말이 맞는 것 같다고 했다. 진입로 옆에 서 있는 딱 한 그루의 나무는 얼마 안 되는 잎을 다 떨어뜨린 뒤였고, 나뭇가지들이 잠시 바람에 출렁였다.

피트는 가슴 앞으로 팔짱을 낀 채 토미의 차에 기댔다. 그는 키가 컸지만, 가슴팍이 거의 폭 꺼져 보일 정도로 깡말라 있었다. "전쟁에 나가셨나요, 토미?"

토미는 그 질문에 깜짝 놀랐다. "아니," 그가 말했다. "아니, 나는 너무 어려서 용케 피했지. 하지만 형은 나갔어." 나뭇가지들이 토미는 느끼지 못한 바람을 느낀 것처럼 위아래로 한 번 빠르게 출렁였다.

"형님은 어디에 계셨대요?"

토미는 망설였다. 그리고 나서 말했다. "전쟁 말미에 수용소에 배치됐어. 부헨발트* 수용소로 파견된 부대 소속이었지." 토미는 하늘을 올려다보고 주머니에 손을 넣어 선글라스를 꺼내 썼다. "형은 그뒤로 달라졌어. 어떻게 달라졌는지는 말하기 어렵지만 아무튼 달라졌어." 그도 피트 옆으로 걸음을 옮겨 자기 차에 기댔다.

잠시 뒤 피트 바턴이 몸을 틀어 토미를 보았다. 호전적인 기색 없이, 심지어 약간 미안함이 깃든 목소리로 피트가 말했다. "저기, 토미. 여기 자꾸 오시는데, 그러지 않으셨으면 좋겠어요." 피트의 파리한 입술은 갈라져 있었고, 그는 입술을 혀로 적시며 땅바닥을 내려다보았다. 토미는 잠시 자기가 제대로 들었는지 귀를 의심했다. 그러나 그가 "나는 그저……" 하고 말문을 열자, 피트가 그를 흘긋 쳐다보며 말했다. "저를 괴롭히려고 이러시는 거잖아요. 이제 할 만큼 하신 것 같아요."

토미가 차에서 몸을 일으키고 똑바로 서서 선글라스를 통해 피트를 쳐다보았다. "자네를 괴롭히려고 이런다고?" 토미가 말했다. "피트, 나는 자네를 괴롭히려고 여기 오는 게 아니야." 그 순간 갑자기 길 위로 작은 돌풍이 불어왔고, 그들이 서 있는 곳에 조그맣게 흙의 소용돌이가 일었다. 토미는 피트가 그의 눈을

---

* 독일 바이마르 부근의 마을로 2차대전 기간 동안 나치의 강제수용소가 있던 곳이다.

볼 수 있도록 선글라스를 벗었다. 그리고 깊이 염려하는 눈빛으로 피트를 바라보았다.

"제가 한 말은 잊어버리세요, 죄송해요." 피트의 고개가 아래로 숙여졌다.

"그냥 이따금 자네를 보러 오는 게 좋아." 토미가 말했다. "알잖아, 이웃 대 이웃으로. 자네가 여기 혼자 사니까. 내 생각엔 이웃이니 가끔 들러봐야 할 것 같아서."

피트가 쓸쓸한 미소를 지으며 토미를 쳐다보았다. 그리고 말했다. "음, 그렇게 하는 사람은, 여자까지 포함해서 아저씨밖에 없어요." 피트가 웃었다. 불편한 웃음소리였다.

두 사람은 일어섰고, 팔짱을 꼈던 토미의 팔은 이제 풀어져 있었다. 그는 양쪽 주머니에 손을 찔러넣었고, 피트도 자기 주머니에 손을 찔러넣었다. 피트가 돌멩이 하나를 발로 찬 뒤 돌아서서 들판을 바라보았다. "피더슨 씨네가 저 나무를 치워야 할 텐데 왜 저렇게 두는지 모르겠어요. 저 나무가 똑바로 서 있었을 때는 어떻게든 거길 둘러서 경작할 수 있었겠지만 지금은 뭐."

"치울 거래. 그 집 사람들이 이야기하는 걸 내가 들었어." 토미는 이제 무엇을 해야 할지 잘 알 수 없었고, 그것은 그에게 이상한 느낌을 주었다.

피트가 쓰러진 나무에 계속 눈길을 주며 말했다. "저희 아버지는 전쟁에 나가셨어요. 완전히 엉망이 되셨죠." 이제 피트는 돌아서서 토미를 보았고 햇살에 눈을 찡그렸다. "돌아가실 날을 앞두고 제게 그 이야기를 해주셨어요. 아버지에게 일어난 일은 끔찍했어요. 그 당시…… 아버지가 그 당시 독일 남자 둘을 총으로 쐈는데 알고 보니 군인이 아니라 거의 애들이었던 거예요. 아버지는 그 죗값을 치르기 위해 자신이 목숨을 끊어야 한다고 매일 생각하며 평생을 보냈다고 말씀하셨어요."

토미는 선글라스를 쥔 손을 주머니에 집어넣은 채 그 아이— 그 어른—를 바라보며 이야기를 들었다. "유감이구나." 그가 말했다. "자네 아버지가 전쟁에 나간 줄은 몰랐어."

"저희 아버지는……" 그 순간 피트의 눈에 누가 봐도 눈물로 보이는 것이 글썽거렸다. "저희 아버지는 품위 있는 분이셨어요, 토미."

토미가 천천히 고개를 끄덕였다.

"아버지가 그런 행동을 한 건 자신을 통제할 수 없었기 때문이었어요. 그래서 아버지가……" 피트는 고개를 돌렸다. 그러고는 이내 다시 토미 쪽으로 얼굴을 조금 돌리고 말했다. "그래서 아버지가 그날 밤 그 안으로 들어가 착유기를 작동시킨 거예요. 그리고 그곳이 모조리 불타버린 거고요. 나는 그 일을 결코, 결코 잊은 적이 없어요, 토미. 그러니까, 그 일을 저지른 사람이 아버지라는 걸 내가 알고 있다, 그런 말이에요. 그리고 아저씨도 그 사실을 안다는 것 역시 알고 있고요."

토미는 두피에 소름이 돋는 것을 느꼈다. 그 느낌은 계속되었고, 소름이 그의 머리 위를 기어다니는 것 같았다. 햇살이 아주 밝게 비치는 듯했지만, 그의 주변으로만 원뿔 모양으로 쏟아지는 것 같았다. 잠시 뒤 토미가 말했다. "얘야"—그 단어가 자신도 모르게 튀어나왔다—"그런 생각을 하면 안 돼."

"저기," 피트가 말했고, 이제 얼굴에 화색이 얼마간 돌아와 있었다. "아버지는 착유기가 말썽을 일으킬 수 있다는 걸 알고 계셨어요. 그런 이야기를 하신 적이 있었어요. 아버지는 그게 그렇게 정교한 기계가 아니라고, 순식간에 과열될 수 있다고 말씀하셨어요."

토미가 말했다. "그건 맞는 말이지."

"아버지는 아저씨한테 몹시 화가 나 있었어요. 아버지는 늘 누군가에게 화가 나 있었지만, 그때는 아저씨한테 화가 나 있었어요. 무슨 일이 있었는지 모르지만 아저씨네 농장에서 일을 하다가 어느 순간 그만뒀어요. 결국엔 다시 가서 일하신 것 같지만, 무슨 일이 있었는지 몰라도, 그 일 이후로는 아저씨를 결코 좋아하지 않았어요."

토미가 선글라스를 다시 썼다. 그리고 깊이 생각한 뒤 말했다.

"자네 부친이 헛간 뒤에서 자기 몸을 만지는 걸, 자기 그걸 잡고 그러는 걸 내가 목격했어, 피트. 그래서 내가 거기서 그런 짓을 하면 안 된다고 말했어."

"이런, 맙소사." 피트가 코를 쓱 닦았다. "이런, 맙소사." 그는 하늘을 올려다보았다. 그러고는 이내 토미를 쳐다보며 말했다. "음, 아무튼 아버지는 아저씨를 좋아하지 않았어요. 그리고 그날 밤 화재가 일어나기 전에 아버지가 나가셨어요. 가끔 그렇게 나 가곤 하셨거든요. 술을 드시진 않았지만 가끔 그렇게 집에서 훌쩍 나가곤 하셨는데, 그날 밤엔 나갔다가 자정 무렵에 돌아오셨 어요. 그때 일을 기억하는 건 그날 동생이 너무 춥다며 잠을 이루지 못했고 어머니는……" 피트는 숨을 고르려는 듯 이 부분에서 말을 멈췄다. "어쨌거나 어머니도 동생과 함께 깨어 있었어요. 어머니가 루시, 그만 자, 자정이야! 하고 말한 게 기억나요. 그리고 아버지가 집에 돌아오셨어요. 다음날 아침 학교에 갔는데…… 음, 우리 모두 그 화재 소식을 들었죠. 그래서 그냥 알았어요."

토미가 차에 기댄 채 마음을 진정시켰다. 그는 아무 말도 하지 않았다.

"그리고 아저씨도 그걸 알고 계셨던 거고요." 피트가 마침내 말했다. "그래서 여기 오시는 거잖아요, 저를 괴롭히려고."

한참 동안 두 사람은 그곳에 서 있었다. 바람이 거세지기 시작했고, 토미는 셔츠 소매가 펄럭이는 것을 느꼈다. 이윽고 피트가 돌아서서 집안으로 들어가려 했고, 문이 삐걱 소리를 내며 열렸다. "피트." 토미가 불렀다. "피트, 내 말 좀 들어봐. 나는 자네를 괴롭히려고 여기 오는 게 아니야. 그리고 나는 여전히─자네가 방금 그 이야기를 해줬는데도─그게 정말 사실인지 모르겠어."

　피트가 다시 돌아섰다. 잠시 뒤 그가 문을 닫더니 다시 토미에게 걸어왔다. 피트의 눈이 촉촉했는데 매서워지는 바람 때문인지 눈물 때문인지 토미는 알 수 없었다. 피트가 거의 지친 목소리로 말했다. "그냥 말씀드리는 거예요, 토미. 아버지는 전쟁에 나가 그런 일을 할 수밖에 없었지만 그렇게 돼서는 안 될 사람이었어요. 인간이 인간을 죽이는 일을 해서는 안 되는 거예요. 그런데 아버지는 그 일을 했고, 끔찍한 일들을 했고, 그래서 아버지에게 끔찍한 일이 일어났던 거예요. 그리고 아버지는 자기 안에서 살아갈 수가 없었어요, 토미. 저는 그 말씀을 드리고 싶은 거예요. 다른 남자들은 그럴 수 있었겠지만, 아버지는 그럴 수 없었어요. 그 일이 아버지를 망가뜨렸고, 그리고……"

　"자네 모친은?" 토미가 불쑥 물었다.

　피트의 얼굴이 바뀌었다. 망연한 표정이 떠올랐다. "어머니가 뭐요?" 그가 물었다.

"모친은 그 모든 일을 어떻게 받아들이셨나?"

피트는 그 질문에 의기소침해지는 것 같았다. 그가 천천히 고 개를 저었다. "모르겠어요." 그가 말했다. "어머니가 어떠셨는지 저는 모르겠어요."

"난 자네 모친을 잘 알지는 못했어." 토미가 말했다. "어쩌다 한 번씩 외출하는 모습을 봤을 뿐이지." 그때 그에게 이런 사실이 떠올랐다. 그 여인이 웃는 것을 한 번도 본 적이 없다는 사실이.

피트가 땅을 물끄러미 내려다보았다. 그가 어깨를 으쓱하며 말했다. "어머니에 대해서는 모르겠어요."

빙글빙글 돌아가던 토미의 마음이 다시 가라앉았다. 다시 자 기 자신이 된 것 같았다. "잘 듣게, 피트. 자네 아버지가 전쟁에 나갔던 이야길 해줘서 고맙네. 자네가 해준 이야기는 잘 들었어. 자네는 부친이 품위 있는 사람이었다고 말했고, 나는 자네 말을 믿어."

"아버지는 정말로 그런 분이셨어요!" 피트는 옅은 눈동자로 토 미를 쳐다보며 거의 울부짖듯 말했다. "아버지는 무슨 일을 하고 나면 그후에는 늘 몹시 힘들어하셨고, 아저씨네 화재 이후에는 정말로, 정말로 어쩔 줄 몰라하면서 몇 주 또 몇 주가 지나도록 어 느 때보다도 상태가 안 좋았어요, 토미."

"그 일은 괜찮아, 피트."

"그렇지 않아요."

"아니, 괜찮아." 토미가 단호하게 말했다. 그리고 피트에게 다가가 잠시 그의 팔에 손을 얹고는 덧붙였다. "그리고 나는 어쨌거나 자네 부친이 그랬다고 생각하지 않아. 내 생각엔 그날 밤내가 착유기 끄는 걸 잊어버렸고, 자네 부친은 나한테 화가 나 있었기 때문에, 그래서 아마 그 일이 일어난 것에 마음이 불편했을거야. 부친이 본인이 한 일이라고 자네한테 말한 적은 없었어, 맞지? 죽을 날을 앞두고 전쟁에서 그 남자들을 죽인 이야기를 했을 때 내 헛간을 불태웠다고 고백하진 않았어. 그렇지?"

피트가 고개를 끄덕였다.

"그렇다면 그 일은 그냥 흘려보내라고 제안하겠네. 자네는 이미 충분히 많은 것들과 싸워왔어."

피트가 손으로 머리칼을 쓸어넘기자 한 가닥이 잠시 일어섰다. 그가 조금 어리둥절한 표정으로 말했다. "싸워왔다고요?"

"나는 이 타운이 자네를 어떻게 대하는지 봐왔어, 피트. 그리고 자네 동생들을 대하는 태도도. 수위로 일할 때 보았지." 토미는 약간 숨이 찼다.

피트가 살짝 어깨를 으쓱했다. 그는 여전히 약간 어리둥절한 듯 보였다. "알겠어요." 그가 말했다. "알겠어요, 그럼."

그들은 잠시 더 바람 속에 서 있었고, 이윽고 토미가 그만 가

보겠다고 말했다. "잠깐만요," 피트가 말했다. "저를 길목까지
좀 태워주세요. 어머니의 간판을 없앨 때가 됐어요. 진작부터 그
러려고 했는데 지금 해야겠어요. 잠깐만요." 그가 다시 말했다.
피트가 집으로 들어간 사이 토미는 차 옆에서 기다렸고, 피트는
금세 큰 망치를 들고 다시 나타났다. 토미가 운전석에 앉고 피트
는 조수석에 앉아 함께 길을 달렸다. 토미가 좀전에 맡았던 고약
한 냄새는 피트가 옆에 앉은 지금 더욱 지독해졌다. 토미는 운
전하면서 문득 루시가 중학생일 때 앉곤 하던 책상 근처에 자신
이 1쿼터를 놓아두었던 일이 떠올랐다. 그애는 늘 헤일리 선생의
교실을 이용했다. 그 선생은 일 년 동안 사회를 가르치다가 군
에 입대했는데 아마 루시에게 잘해주었는지, 나중에 그 교실이
과학실이 된 뒤에도 루시는 그곳을 자주 이용했다. 그래서 토미
는 어느 날 루시가 즐겨 앉는 책상 근처에 1쿼터를 놓아두었다.
학교에 자동판매기가 막 들어온 시점이었고 1쿼터면 아이스크
림 샌드위치를 사 먹을 수 있어서, 루시가 볼 수 있는 자리에 1쿼
터를 놓아둔 것이었다. 그날 밤 루시가 집으로 돌아간 뒤 토미가
교실로 가보니 1쿼터가 놓아둔 그 자리에 정확히 그대로 있었다.
　토미는 순간 피트에게 루시에 대해, 서로 연락은 하는지 물어
보려고 했지만, 이미 바느질과 수선이라고 쓰인 간판 옆에 차를
댄 뒤여서 그저 이렇게만 말했다. "다 왔어, 피트. 잘 지내게." 그

러자 피트는 고맙다고 말한 뒤 차에서 내렸다.

　잠시 뒤 토미는 백미러를 흘끗 쳐다보았고, 피트 바턴이 간판을 망치로 때려부수는 장면을 보았다. 그것을 때려부수는 방식에 담긴 무언가—힘—때문에 토미는 운전하면서 그 모습을 유심히 관찰했다. 그가 지켜보니 그 아이—그 어른—는 간판을 내려치고 또 내려칠 때마다 점점 더 강한 힘을 싣는 것 같았다. 차가 살짝 내리막길을 지나며 그 모습이 잠시 시야에서 사라졌을 때, 토미는 이렇게 생각했다. 가만있어봐. 그리고 차가 다시 오르막을 오를 때 백미러를 보니, 거기 분노에 차 맹렬하게 간판을 때려부수는 그 아이-어른이 다시 보였다. 그 남자가 간판을 두들기며 표출하는 분노가 토미를 놀라게 했다. 그것은 참으로 놀라웠다. 토미는 자신이 그 장면을 지켜보고 있다는 사실이 불온하게 느껴졌는데, 그 행동에서 엿보이는 격정이 그 아이의 아버지가 그날 헛간 뒤에서 하고 있던 행동만큼이나 은밀한 느낌을 주었기 때문이었다. 그 순간 토미는 차를 몰면서 깨달았다. 오, 문제는 어머니였어. 어머니가 문제였어. 그녀가 정말로 위험한 인물이었던 거야.

　그는 속도를 줄이고 차를 되돌렸다. 되돌아가면서 보니, 피트는 더이상 간판을 부수고 있지 않았고, 이제는 고단하고 실의에 빠진 표정으로 파편들을 발로 차고 있었다. 토미가 다가가자 피트가 고개를 들었는데 얼굴에 놀란 표정이 떠올랐다. 토미는 몸을 쭉 빼고 조수석 차창을 내린 뒤 말했다. "피트, 타게." 남자는 망설였는데, 그의 얼굴에는 땀이 송골송골 맺혀 있었다. "타게." 토미가 다시 말했다.

피트가 차에 타자 토미는 그 길을 달려 다시 바턴의 집으로 향했다. 토미가 시동을 껐다. "피트, 내 말을 아주아주 잘 들어주면 좋겠어."

피트의 얼굴에 두려움이 스쳐지나갔고, 토미는 남자의 무릎에 잠시 손을 올려놓았다. 그 표정은 그가 교실에 불쑥 들어가 루시를 놀라게 했을 때 그애의 얼굴에 떠오른 공포의 표정이었다. "평생 어느 누구한테도 털어놓을 생각이 없었던 이야기를 지금 자네한테 하려고 하네. 화재가 일어난 그날 밤에……" 그리고 토미는 하느님이 자신을 찾아왔다고 느꼈던 그 일을, 하느님이 토미에게 모든 게 괜찮다는 것을 알게 해준 그 일을 상세히 말했다. 이야기가 다 끝나자, 때로는 아래를 내려다보고 때로는 토미를 쳐다보면서 귀기울여 듣던 피트가 이제 신기하다는 표정을 지은 채 토미를 바라보았다.

"그래서 그걸 믿으세요?" 피트가 물었다.

"믿는 게 아니야," 토미가 말했다. "아는 거지."

"그 이야기를 아주머니한테도 하지 않으신 거예요?"

"절대 안 했지, 안 했어."

"왜 안 하셨어요?"

"살다보면 다른 사람들에게 말하지 않게 되는 일도 있는 것 같아."

피트가 자신의 손을 내려다보았고, 토미도 그 남자의 손을 쳐다보았다. 그는 그 손을 보고 놀랐다. 손이 크고 손가락이 강해 보였기 때문이었다. 남자 어른의 손이었다.

"그렇다면 아저씨 말씀은 저희 아버지가 하느님의 일을 하고 있었다는 거네요." 피트가 천천히 고개를 가로저었다.

"아니, 내가 말하려는 건 그날 밤 나한테 무슨 일이 일어났는가야."

"알아요. 아저씨가 하신 이야기 다 들었어요." 피트가 앞유리를 통해 바깥을 응시했다. "다만 그걸 어떻게 해석해야 할지 모르겠어요."

토미는 집 옆에 세워져 있는 트럭을 쳐다보았다. 펜더가 햇살에 반짝거렸다. 오래된 회갈색 트럭이었다. 집의 색깔과 상당히 잘 어울렸다. 토미는 마치 자신이 트럭을, 그것이 집과 얼마나 잘 어울리는지를 바라보며 한참을 그곳에 앉아 있었던 것 같은 기분을 느꼈다.

"루시는 어떻게 지내나." 이윽고 토미가 말했다. 그가 발의 위치를 옮기자 차 바닥에 흩어진 모래가 쓸리며 자그락거렸다. "새 책을 냈더군."

"잘 지내요." 대답하는 피트의 얼굴이 밝아졌다. "잘 지내요. 좋은 책이에요, 저한테 초판을 보내줬어요. 그애가 정말로 자랑스러워요."

토미가 피트에게 말했다. "예전에 말야, 내가 1쿼터를 가져가라고 놔뒀는데 루시는 그걸 가져가지도 않더라고." 그는 1쿼터 동전을 놓아두었는데 나중에 보니 그대로 있더라는 이야기를 해주었다.

"그랬을 거예요. 루시는 자기 것이 아닌 돈은 1페니도 가져가지 않았을 거예요." 피트가 말했다. 그리고 덧붙였다. "다른 동생 비키는, 음, 그애라면 다르죠. 그애라면 틀림없이 그 돈을 가져간 뒤 더 달라고 했을 거예요." 그가 토미를 흘끗 보았다. "그래요. 그애라면 가져갔을 거예요."

"뭐랄까, 내 생각엔 뭘 할지와 뭘 하지 않을지 사이에는 늘 그런 투쟁이 있는 것 같아." 토미가 재치 있게 말해보려고 그렇게 이야기했다.

"네?" 피트가 말했고, 토미는 한번 더 말해주었다.

"그거 흥미로운데요." 피트가 말했다. 토미는 불현듯 자신과 같이 있는 사람이 남자 어른이 아니라 어린아이라는 느낌을 받앉고 놀라서 피트의 손을 다시 보았다.

그들이 말없이 앉아 있는 동안 엔진이 몇 번 쿨렁거렸다. "제 어머니에 대해 물어보셨죠." 잠시 뒤 피트가 말했다. "아무도 저한테 어머니에 대해 물어본 적이 없었어요. 사실 저는 어머니가 우리를 사랑했는지 사랑하지 않았는지조차 모르겠어요. 어머니가 정말로 어떤 분인지 잘 모르겠어요." 피트가 토미를 바라보았고, 토미는 고개를 끄덕였다. "하지만 아버지는 우리를 사랑하셨어요." 피트가 말했다. "그러셨다는 걸 알아요. 아버지는 문제가 많은 사람이었지만, 오, 정말로 문제가 많은 사람이었지만, 그래도 우리를 사랑하셨어요."

토미가 다시 고개를 끄덕였다.

"방금 말씀하신 걸 좀더 설명해주세요." 피트가 부탁했다.

"무슨 말? 내가 뭐라고 했지?"

"그…… 투쟁이요. 그렇게 말씀하셨죠? 해야 하는 것을 하는 것과, 해서는 안 되는 것을 하는 것 사이의."

"오." 토미는 차 앞유리를 통해 고단한 눈꺼풀처럼 블라인드를 내린 채 햇빛 속에 아주 조용히, 그리고 아주 지친 모습으로 서 있는 그 집을 바라보았다. "음, 그러면 좀 거창한 예를 하나 들어보지." 그러고는 자신의 형이 전쟁에서 봤던 것에 대해, 수용소를 둘러보던 여자들과, 어떤 여자들은 울었고 어떤 여자들은 불편한 마음이 되지 않으려고 화난 표정을 지었다는 것에 대해 피트에게 말해주었다. "그런 것에 투쟁이 있는 거지. 혹은 다툼. 그렇게 말할 수 있을 것 같아. 그건 언제나 존재하지. 내가 보기엔 그래. 그리고 자책한다는 것, 음, 자책하는 모습을 보일 수 있다는 것—다른 사람들을 아프게 한 일에 대해 미안해할 수 있다는 것—그것이 우리를 계속 인간이게 해주지." 토미가 운전대에 한 손을 올렸다. "나는 그렇게 생각해." 그가 말했다.

"아버지는 자책하는 모습을 보이셨어요. 아버지야말로 한 사람 안에 아저씨가 말씀하시는 걸 다 가지고 있었던 사람이에요. 그 다툼 말예요."

"자네 말이 맞는 것 같군."

해가 하늘 위로 아주 높이 떠올라 차 안에서는 보이지 않았다.

"저는 이런 이야기를 해본 적이 없어요." 피트가 말했고, 토미는 이 아이-어른이 너무 어리게 느껴져 다시 한번 충격을 받았다. 가슴속 깊은 곳에서 피트와 직결된 듯한 작은 신체적 통증이 느껴졌다.

"나는 늙었어." 토미가 말했다. "우리가 이런 대화를 나누려면 내가 좀더 자주 들러야 할 것 같아. 이 주일 뒤 토요일에 보는 건 어떤가?"

토미는 피트의 손이 주먹을 쥔 형태로 바뀌더니 무릎을 탁 내려치는 것을 보고 깜짝 놀랐다. "아니요." 피트가 말했다. "아니요. 그러실 필요 없어요. 아니요."

"나는 그러고 싶은데." 토미는 말했지만, 그렇게 말하면서도 진심은 아니라고 생각했다. 그리고 이내 진심이 아니라는 것을 확실히 알았다. 하지만 그것이 중요한가? 중요하지 않았다.

"누군가가 의무감에 저를 만나러 오는 건 바라지 않아요." 피트가 조용히 말했다.

토미의 가슴속 깊은 곳의 통증이 더욱 커졌다. "그 일로 자네를 탓하지는 않아." 그가 말했다. 그들은 차 안에 함께 앉아 있었고, 이제 차 안이 따뜻해져 냄새는 손으로 만져질 듯 뚜렷하게 느껴졌다.

잠시 뒤 피트가 다시 말했다. "음, 아저씨가 저를 괴롭히려고 여기 오신다고 생각했었는데 제가 틀렸잖아요. 그러니 아저씨가 의무감 때문에 저한테 이러신다는 생각도 아마 틀렸겠네요."

"자네가 틀린 것 같네." 토미가 말했다. 하지만 이번에도 진심이 아님을 그는 알고 있었다. 진심은, 지금 옆에 앉은 이 불쌍한 아이-어른을 정말로 두 번 다시 찾아오고 싶지 않다는 것이었다.

그들은 조금 더 침묵 속에 앉아 있었고, 이어 피트가 토미를 돌아보며 고개를 끄덕였다. "좋아요, 그때 뵐게요." 피트가 차에서 내리며 말했다. "고맙습니다, 토미." 그가 말하자 토미가 말했다. "내가 고맙지."

*

집으로 돌아오는 길에 토미는 타이어 바람이 빠져버린 듯한 감각을 느꼈다. 마치 자신을 지금까지—평생—지탱해오던 내부의 공기가 이제 완전히 빠져나간 것처럼. 그는 운전을 하면서 공포감이 점점 커지는 것을 느꼈다. 이해할 수 없었다. 어느 누구에게도 결코 말하지 않겠다고 스스로 맹세했던 것을 말해버린 것이다—화재가 일어난 그날 밤 하느님이 그를 찾아왔다는 것을. 왜 말했을까? 어머니의 간판을 그토록 무자비하게 때려부수던 불쌍한 아이에게 뭔가를 해주고 싶었기 때문이었다. 그가 그 아이에게 그것을 말했다는 사실이 왜 문제가 되는가? 토미는 확실히 알지 못했다. 하지만 토미는 자신에게 끼워져 있던 플러그를 스스로 뽑아버린 기분이었고, 어느 누구에게도 말하지 않기로 한 그것을 말함으로써 용서할 수 없을 만큼 스스로를 작은 사람으로 만들어버린 것 같았다. 그에게 정말로 공포를 일으킨 것은 그것이었다. 그래서 그걸 믿으세요? 피트 바턴은 그렇게 말했다.

토미는 더이상 자신이 자신으로 느껴지지 않았다.

그가 조용히 말했다. "하느님, 제가 무슨 짓을 한 겁니까?" 정말로 하느님에게 그렇게 묻고 싶었다. 이어 그가 말했다. "어디 계십니까, 하느님?" 하지만 차는 변함없이 따뜻한 채로, 피트 바턴이 머물렀던 냄새를 희미하게 풍기면서 길 위로 쿨렁쿨렁 달려갈 뿐이었다.

그는 평소보다 빠르게 차를 몰았다. 콩밭과 옥수수밭과 갈색 들판이 스쳐지나갔지만 그는 본 듯 만 듯 지나쳤다.

집에 돌아오자 셜리가 집 앞 계단에 앉아 있었다. 그녀의 안경이 햇빛에 반짝거렸고, 그가 작은 진입로로 들어서자 그녀가 그에게 손을 흔들었다. "셜리," 그는 차에서 내리면서 말했다. "셜리." 그녀가 난간을 잡고 계단에서 몸을 일으키고는 근심어린 얼굴로 그에게 다가왔다. "셜리," 그가 말했다. "당신한테 할말이 있어."

그들은 작은 부엌의 작은 식탁에 앉았다. 긴 유리잔에 봉오리를 맺은 모란꽃들이 꽂혀 있었다. 셜리가 그것을 옆으로 치웠다. 토미는 그녀에게 그날 아침 바턴의 집에서 무슨 일이 있었는지 이야기했고, 그녀는 계속 고개를 가로저으며 손등으로 안경을 밀어올렸다. "오, 토미." 그녀가 말했다. "오, 그 불쌍한 아이."

"하지만 그게 다가 아니야, 셜리. 더 있어. 당신한테 하고 싶은 말이 또 있어."

그리고 토미는 아내—안경 너머 그녀의 푸른 눈은 요즘 색이 옅어졌고 백내장 수술 이후 조그맣게 반짝거리는 부분들이 생겼다―를 쳐다보았고, 이어 화재가 난 그날 밤에 하느님이 자신을 찾아온 것을 어떻게 느꼈었는지에 대해 피트 바턴에게 이야기했던 것처럼 상세히 들려주었다. "하지만 지금은 그게 틀림없이 내 상상에 불과했을 거라는 생각이 들어." 토미가 말했다. "그런 일이 일어났을 리 없어. 내가 지어낸 거야." 그가 손바닥이 위를 향하도록 양손을 펴고 고개를 가로저었다.

아내가 잠시 그를 바라보았다. 토미는 아내가 자신을 보는 것을, 그녀의 눈이 조금 커지더니 눈가가 부드러워지는 것을 보았다. 그녀가 몸을 앞으로 숙이더니 그의 손을 잡고 말했다. "그런데 토미. 왜 그 일이 일어났을 리 없다고 생각해? 왜 그 일이 그날 밤 당신이 생각한 대로가 아니었을 거라고 생각해?"

그 순간 토미는 깨달았다. 그들이 함께 살아온 내내 그가 그녀에게 말하지 않고 혼자 간직한 그것이 사실은 그녀도 쉽게 받아들일 수 있는 것이었음을. 그리고 이제 그가 그녀에게 말하지 않고 혼자 간직할 그것―그의 의심(하느님은 결코 그를 찾아온 것이 아니었다는 그의 갑작스러운 믿음)―은 그 처음의 것을 대체할 새로운 비밀임을. 그가 잡힌 손을 빼냈다. "당신 말이 맞을지도 몰라." 그가 말했다. 그러고는 별스럽지 않게 한마디 덧붙였는데, 그것은 진심이었다. 그가 말했다. "사랑해, 셜리." 그러고

는 천장을 바라보았다. 잠시, 그리고 아마 잠시 더, 그는 그녀를
쳐다볼 수 없었다.

풍차

몇 년 전 아침햇살이 침실로 비쳐 들 때, 패티 나이슬리는 텔레비전을 켜두었지만 햇빛 때문에 어떤 각도에서는 화면이 전혀 보이지 않았다. 패티의 남편 서배스천이 아직 살아 있을 때였고, 그녀는 출근 준비를 하고 있었다. 그녀는 서배스천이 문제없이 하루를 시작할 수 있도록 미리 이것저것 살펴놓았다. 당시는 그의 병이 막 발병한 무렵이었고, 그녀는—그들은—그 병의 최후가 어떻게 될지 알지 못했다. 텔레비전에서는 평소의 아침 방송이 나오고 있었고, 패티는 침실을 돌아다니며 간간이 화면을 보았다. 그녀가 귓불에 진주 귀걸이를 꽂아넣는데 여자 아나운서가 말하는 것이 들렸다. "잠시 후 루시 바턴과 함께하겠습니다."

패티는 텔레비전 앞으로 다가가 눈을 찡그렸고, 잠시 뒤 루시 바턴—소설을 발표했다—이 나온 것을 보고 말했다. "어머나." 그녀가 침실 문으로 가서 "시비*?" 하고 불렀다. 그러자 서배스천이 침실로 들어왔고, 패티가 "오, 여보, 오, 시비" 하고 말했다. 그녀는 그가 침대에 눕도록 도와준 뒤 그의 이마를 어루만졌다. 패티가 지금 이 기억—루시 바턴이 텔레비전에 나왔던 것—을 떠올린 것은 그녀가 그때 서배스천에게 그 여자에 대해 말했기 때문이었다. 루시 바턴은 바로 근처의 일리노이주 앰개시에서 지독히 가난하게 자랐다. "나는 핸스턴에서 학교를 다녀서 그들을 몰랐지만, 그애들은 사람들이 으, 이 옮는다! 하고 도망가는 그런 부류의 아이들이었어." 그녀가 남편에게 설명했다. 패티가 그것을 알게 된 이유는 이러했다. 루시의 어머니가 드레스를 만들었고, 패티의 어머니가 그 여자에게 바느질을 맡겼기 때문이었다. 패티의 어머니가 패티와 패티의 언니들을 데리고 루시 바턴의 집에 몇 번 간 적이 있었다. 바턴 가족이 살던 곳은 좁고 냄새가 났다! 그런데 지금 루시 바턴이 텔레비전에 나온 것이었다. 와우, 그녀는 작가가 되어 지금 뉴욕에 살고 있었다. 패티가 말했다. "봐, 여보, 좋아 보이지."

서배스천이 흥미를 보였다. 그녀는 그가 이야기를 관심 있게

---

* 서배스천의 애칭.

듣는 것을 알아차렸다. 잠시 뒤 그가 몇 가지 질문을 했는데, 예컨대 루시는 그녀의 오빠나 언니와 다른 점이 있었는지 같은 것들이었다. 패티는 모른다고 대답했다. 자기는 그 집 아이들 중 누구도 잘 알지 못했다고. 정말로. 하지만…… 좀 이상한 일이 있긴 했다. 루시의 부모가 패티의 맏언니 린다의 결혼식에 초대받았던 것이다. 패티는 그 이유를 결코 알아내지 못했다. 그녀로서는 루시의 아버지가 정장을 갖고 있다는 사실조차 상상할 수 없었는데, 그들이 언니 결혼식에 왔던 이유는 뭐였을까? 서배스천이 아마 당신 어머니가 그 시점에 달리 이야기를 나눌 상대가 없어서 그랬을 거야, 하고 말했다. 패티는 그 말이 정확히 맞는다는 것을 깨달았다. 그 일의 진실을 알게 된 패티는 얼굴이 빨갛게 달아올랐다. 여보, 서배스천이 말하고는 손을 내밀어 패티의 손을 잡았다.

몇 달 뒤 서배스천이 세상을 떠났다. 그들은 삼십대 후반에 만나 겨우 팔 년을 함께했다. 아이는 없었다. 패티가 알았던 남자 가운데 그보다 더 좋은 남자는 없었다.

*

오늘 그녀는 에어컨을 세게 틀어놓고 차를 몰았다. 살이 찐 탓에 패티는 금세 더위를 느꼈고, 이미 5월 말이라 날씨는 아주 좋았지만—모두 걸핏하면 날씨가 아주 좋다고 말했다—패티에게 이런 날씨는 정말로 너무 덥다는 의미였다. 그녀는 옥수수가 겨우 몇 인치 높이로 자란 들판과, 아직 그 싹이 땅 가까이에 돋아 있는 연녹색 콩밭을 지나갔다. 그리고 포치 옆으로 모란이 폭발하듯 피어난—패티는 모란을 무척 좋아했다—집들이 몇 채 있는 거리를 구불구불 달리고 타운을 통과해 자신이 진로상담교사로 근무하는 고등학교로 갔다. 주차를 한 뒤 백미러로 입술의 립스틱 상태를 확인하고는 손으로 머리칼을 한 번 부풀렸고, 이어 무거운 몸을 움직여 차에서 내렸다. 주차장 저만치에 앤젤리나 멈퍼드가 그녀의 차에서 내리고 있었다. 그녀는 중학교 사회 선생이었는데, 최근에 남편이 그녀를 떠났다. 패티가 손을 크게 흔들자 앤젤리나도 손을 흔들어 답했다.

패티의 상담실에는 서류철이 많았고, 조카들 사진을 끼운 작은 액자 여러 개가 한쪽에 모여 있었다. 그리고 캐비닛 위와 책상 위에는 대학에서 보내온 안내 자료가 정리되어 있었다. 책상에는 스케줄북도 놓여 있었다. 어제 라일라 레인이 약속 시간에 나타나지 않았다. 문 두드리는 소리가 들렸고—문은 열려 있었다—키 크고 예쁘장한 소녀가 나타났다. "들어와." 패티가 말했다. "라일라?"

소녀와 함께 불편한 느낌이 따라 들어왔다. 소녀는 의자에 구부정한 자세로 앉아 패티를 흘끗 보았는데, 패티는 그 시선에 소름이 끼쳤다. 소녀의 머리칼은 긴 금발이었고, 소녀가 머리칼을 모아들어 한쪽 어깨로 내릴 때 보니 손목에 문신—작은 가시철망 울타리 같은 것—이 있었다. 패티가 말했다. "이름이 예쁘구나, 라일라 레인." 소녀가 말했다. "원래는 이모 이름을 따서 지으려고 했대요. 하지만 그러기 직전에 엄마가 빌어먹을 그 계집애 이름은 집어치워, 하고 말했대요."

패티가 서류들을 꺼내 책상에 대고 모서리를 톡톡 쳤다.

소녀가 똑바로 앉더니 불쑥 말했다. "이모는 재수없어요. 자기가 우리보다 훨씬 잘난 줄 알아요. 저는 이모를 만난 적도 없어요."

"이모를 만난 적이 없다고?"

"못 만났어요. 이모의 아버지, 그러니까 우리 엄마 아버지가 돌아가셨을 때 여기 왔었다는데 그냥 가버려서 저는 못 만났어요. 지금 뉴욕에 사는데 자기 똥은 냄새도 안 나는 줄 알아요."

"자, 네 성적을 좀 보자. 성적이 상당히 좋은데." 패티는 학생들이 거친 말을 하는 것을 결코 좋아하지 않았다. 예의 없어 보였다. 그녀가 소녀를 쳐다보았다가 다시 서류를 보았다. "등급도 좋구나." 패티가 덧붙였다.

"3학년은 건너뛰었어요." 소녀의 말투는 호전적이었지만, 패티는 그 밑에 깔린 자부심을 들은 것 같았다.

패티가 말했다. "좋아. 음, 그렇다면 넌 언제나 뛰어난 학생이었을 것 같구나. 아무 이유 없이 학년을 건너뛰게 해주진 않거든." 그녀는 소녀를 바라보며 기분좋게 눈썹을 치켜세웠지만, 라일라는 팸플릿이나 패티의 조카들 사진을 유심히 바라보는 등 상담실을 여기저기 둘러보고 있었다. 그러더니 마침내 벽에 붙은 포스터에 시선을 고정했고 한동안 눈을 떼지 못했다. 거기에는 아기 고양이 한 마리가 나뭇가지에 매달려 있고, 그 밑에 HANG IN THERE*라는 문구가 고딕체로 인쇄되어 있었다.

라일라가 다시 패티를 보았다. "뭐라고요?" 그녀가 말했다.

"이유 없이 학년을 건너뛰게 해주진 않는다고 했어." 패티가 다시 말했다.

"물론 그러진 않죠. 맙-소-사." 소녀가 긴 다리를 움직여 반대쪽을 향해 놓았지만 자세는 여전히 구부정했다.

"그래." 패티가 고개를 끄덕였다. "그럼 앞으로 어떻게 할 생각이니? 너는 등급도 좋고 성적도 좋은데……"

"애들은 선생님 아이들이에요?" 소녀가 눈을 찡그리고는 사

---

* '꿋꿋이 버텨'라는 뜻의 관용적 표현으로, 문자 그대로 해석하면 '그곳에 매달려 있어'라는 의미가 된다.

진들을 가리키며 짤막하게 물었다.

"조카들이야." 패티가 말했다.

"선생님한테 애가 없는 거 알고 있어요." 소녀가 히죽 웃으며 말했다. "왜 아이가 없어요?"

패티는 얼굴이 희미하게 달아오르는 것을 느꼈다. "그냥 그런 일이 일어나지 않았어. 이제 네 장래에 대해 이야기해보자."

"남편하고 그걸 아예 안 해서예요?" 소녀가 웃었다. 치아 상태가 좋지 않았다. "사람들이 그러더라고요. 뚱보 패티는 남편, 이고르하고 한 번도 하지 않았고, 누구하고도 해본 적 없다고요. 선생님이 숫처녀라던데요."

패티가 서류를 책상에 탁 내려놓았다. 얼굴이 타오를 듯 뜨거워지는 것이 느껴졌다. 잠시 그녀의 시야가 흐려졌다. 벽시계가 재깍재깍 움직이는 소리가 들렸다. 그녀는 자기 입에서 무슨 말이 나올지 꿈에도 예측할 수 없었을 것이다. 그녀는 소녀를 쏘아보았고 자기도 모르게 이런 말을 하고 있었다. "여기서 당장 꺼져, 이런 쓰레기 같으니."

소녀는 잠시 멍한 것 같았지만 이내 말했다. "어머나, 와우. 사람들 말이 맞나봐요. 맙소사!" 그러고는 입을 가리고 웃는 소리를 내기 시작했는데 그 소리가 점차 길어지고 깊어져, 패티는 공포영화에서 어떤 생명체가 쏟아내는 담즙처럼 소녀의 입에서 소리가 흘러나오는 것 같다고 느꼈다. "죄송해요." 소녀가 잠시 뒤 말했다. "죄송해요."

그 순간 불현듯 패티는 소녀가 누군지 깨달았다. "네 이모가 루시 바턴이로구나." 패티가 말했다. 그리고 덧붙였다. "닮았네."

소녀는 일어서서 그 방을 나갔다.

패티는 상담실 문을 닫고 시카고 외곽에 사는 언니 린다에게 전화를 걸었다. 진땀이 나서 얼굴이 축축해지고 겨드랑이가 끈적거렸다.

언니가 전화를 받아서 "린다 피터슨-코넬입니다" 하고 말했다.

"나야." 패티가 말했다.

"그럴 줄 알았어. 전화기에 네 학교 이름이 떴거든."

"음, 그런데 어째서…… 린다, 내 말 좀 들어봐." 그리고 패티는 방금 일어난 일을 언니에게 이야기했다. 패티는 자신이 소녀에게 한 말은 빼고 속사포처럼 이야기를 쏟아냈다. "믿어져?" 그녀가 말을 끝냈다. 언니의 한숨소리가 들렸다. 잠시 뒤 린다가 자기는 어쨌거나 패티가 청소년을 상대하는 일을 한다는 것 자체가 늘 이해가 되지 않았다고 말했다. 패티는 언니에게 그 말은 핵심을 놓친 거라고 말했다.

린다가 말했다. "아니, 나는 핵심을 놓친 게 아니야. 핵심은 라일라 레인, 루시 바턴, 라일라 누구, 루시 누구, 그게 다 뭐냔 거야. 누가 그들을 신경이나 쓴다고?" 린다는 잠시 멈췄다가 다시 말을 이었다. "진지하게 하는 말인데, 패티. 루시 바턴의 조카가 그런 쓰레기라는 사실이 나는 전혀 놀랍지 않아. 진심으로 하는 말이야."

"그렇게 말하는 이유가 뭐야?"

"왜냐하면 말이지. 그 사람들 기억 안 나? 그냥 쓰레기였어, 패티. 맙소사, 방금 기억났는데, 그 사람들한테 그…… 뭐지? 사촌인가? 그런 애들이 있었어. 남자애는 이름이 에이블이었는데, 맙소사, 걔 정말 대단했어. 먹을 걸 찾느라 챗윈스 케이크 숍 뒤에 있는 대형 쓰레기통 안에 들어가서 쓰레기를 뒤졌잖아. 배가 그렇게 고팠나? 왜 그런 짓을 하는 거지? 하지만 내 기억에 걔는 그러면서도 전혀 창피해하지 않았어. 루시가 그애와 함께 있는 걸 봤던 것도 기억나. 몸서리가 쳐지더라. 솔직히 지금도 그래. 걔 동생 이름이 도티였어. 비쩍 마른 여자애. 도티와 에이블 블레인. 내가 걔들을 아직 기억하고 있다는 사실이 좀 놀랍네. 하지만 어떻게 잊겠어? 그전엔 먹을 걸 찾겠다고 쓰레기통을 뒤지는 사람을 본 적이 없었는걸. 걔는 얼굴도 잘생겼었어."

"맙소사," 패티가 말했다. 얼굴이 화끈거리던 것이 잦아들기 시작했다. 그녀가 물었다. "언니 결혼식 때 루시 부모님이 오지 않았어? 첫번째 결혼식 때."

"기억 안 나." 린다가 말했다.

"안 날 리가. 그분들이 언니 결혼식엔 왜 온 거야?"

"그 여자가 초대했으니까. 자기한테 말 걸어줄 상대가 필요했 겠지. 맙소사, 패티. 그 일은 좀 잊어. 나는 잊었어."

패티가 말했다. "음, 언니가 잊었는지는 모르겠지만 언니는 아 직 그 남자 성을 쓰잖아. 피터슨. 고작 일 년 결혼생활을 해놓고."

린다가 말했다. "내가 나이슬리라는 성을 다시 쓰고 싶어할 이 유가 도대체 뭐겠어? 나는 오히려 네가 그 성을 계속 쓰는 게 도 저히 이해가 안 돼. 프리티 나이슬리 걸즈. 우리가 프리티 나이 슬리 걸즈로 통했던 게 얼마나 끔찍했는데."

패티는 생각했다. 그건 끔찍하지 않았어.

린다가 덧붙였다. "아직 하늘에 계시지 않은 우리 어머니는 최 근에 만난 적 있니? 그 오락가락한 상태는 요즘 좀 어때?"

패티가 말했다. "오늘 오후에 가보려던 참이야. 며칠 못 갔거 든. 약은 꼬박꼬박 드시는지 확인도 해야 하고."

"약을 먹든 말든 난 상관 안 해." 린다가 말했고, 패티가 그런 줄 알고 있다고 말했다.

패티가 말했다. "지금 기분이 좀 안 좋거나 뭐 그래?"

56

"아니, 안 그런데." 린다가 말했다.

*

금요일이었다. 그날 오후 패티는 월급 수표를 가지고 시내 은행에 들렀고, 다시 보도로 나와 걸음을 옮기다가 서점 안을 들여다보았다. 거기 루시 바턴의 새 책이―진열대 바로 앞쪽에―놓여 있었다. "어머나." 패티가 말했다. 서점으로 들어가니 찰리 매콜리가 있었는데, 패티는 그를 보고 하마터면 밖으로 다시 나올 뻔했다. 그는 그녀가 서배스천을 제외하고 사랑하는 유일한 남자였기 때문이었다. 그녀는 그를 정말로 사랑했다. 그를 그렇게 잘 알지도 못하면서, 작은 타운에 사는 사람들이 서로를 알지만 동시에 모르기도 하는 그런 정도의 관계일 뿐이면서, 그녀는 그를 오랫동안 좋아하고 있었다. 시비의 장례식 때 그녀는 뒤를 돌아보다 뒷줄에 혼자 있는 그를 보았고, 그 순간 고꾸라지듯―그야말로 고꾸라졌다―사랑에 빠졌다. 그리고 그뒤부터 줄곧 사랑했다. 찰리는 초등학생인 손자와 함께 서점에 와 있었다. 그가 고개를 들어 패티를 보았다. 그의 얼굴이 퍼지더니 그가 고개를 까딱했다. "안녕하세요, 찰리." 패티가 말했고, 이어 서점 주인에게 루시 바턴의 책에 대해 물었다.

회고록이었다.

회고록? 패티가 집어들고 내용을 훑었는데, 찰리가 바로 옆에 있어서 글자들이 이리저리 튀어다니는 것 같았다. 패티는 그 책을 계산대로 가져가 구입했다. 나가면서 찰리를 흘끗 보자 그가 손을 흔들어주었다. 찰리 매콜리는 그녀에게 아버지뻘이 될 만큼 나이가 많았지만 그녀의 아버지가 아직 살아 계셨다면 아버지보다는 아래였다. 그렇다 해도 찰리는 패티보다 최소 스무 살은 더 많았다. 그는 젊었을 때 베트남전에 참전했다. 패티가 어떻게 이 사실을 알게 됐는지는 그녀 자신도 말할 수 없었을 것이다. 그의 아내는 눈에 띄게 수수하고 막대기처럼 마른 여자였다.

패티의 집은 시내 중심에서 거리를 몇 개 지나야 나왔다. 큰 집은 아니지만 작은 집도 아니었다. 그녀와 시비가 함께 구입한 집이었는데, 앞쪽에 포치가 있고 측면에도 작은 포치가 있었다. 측면 쪽 포치 옆에는 모란꽃이 무거운 머리를 떨구고 있었고 이제 붓꽃도 피기 시작했다. 그릇장에서 쿠키 상자—쿠키는 닐라 웨이퍼 브랜드로 상자에 반이 남아 있었다—를 꺼낼 때 부엌 창문으로 붓꽃이 보였다. 그녀는 쿠키를 가지고 거실로 가서 자리에 앉아 남김없이 먹어치웠다. 그러고는 부엌으로 돌아가 우유

한 잔을 마셨다. 어머니에게 전화를 걸어 한 시간쯤 뒤에 도착할 거라고 말했고, 어머니는 "오, 좋지" 하고 말했다.

위층에 올라가니 창문을 통해 들어온 햇살이 복도로 쏟아졌다. 작은 먼지 뭉치들이 바닥에 나뒹굴었다. "오, 맙소사." 패티가 말했다. 그녀는 침대에 앉아 몇 번 그렇게 말했다. "오, 맙소사. 오, 맙소사."

핸스턴 타운까지는 차로 20마일 거리였고, 패티가 들판을 지날 때는 여전히 날이 환했다. 어떤 들판은 옥수수가 조금 자라 있었고, 어떤 들판은 갈색이었다. 그녀가 지나갈 때 한 들판에서는 한창 밭을 갈고 있었다. 이어 그녀는 풍력 터빈이 있는 곳에 이르렀는데, 지평선을 따라 백 개가 넘는 터빈이 서 있었다. 이 거대한 하얀 풍차들은 거의 십 년 전 이 땅에 쭉 늘어세워진 것들이었다. 그것들은 패티를 매료시켰다. 줄곧 그랬다. 풍차의 긴 팔이 허공을 가르며 빙글빙글 돌았고, 모두 같은 속도라는 사실을 빼면 다른 동시성은 없었다. 패티는 터빈 때문에 새나 사슴이 피해를 입거나 농가가 파괴된다는 이유로 현재 소송이 진행중이라는 사실이 기억났다. 종종 그런 소송이 있었다. 하지만 패티는 에너지를 만들기 위해 하늘을 배경으로 야윈 팔을 조금은 익살스럽게 움직이는 크고 하얀 그 구조물을 좋아했다. 이제 그것들은 뒤로 물러났고, 또다시 옥수수가 조금 자란 들판과 산뜻하고 눈부신 콩이 자라는 들판이 이어졌다. 이곳이 바로 그녀가 열다섯 살이었을 때 남자아이들이 그것을 밀어넣도록 몸을 내준 그 옥수수밭—그때는 여름이라 완전히 자라 있었다—이었다. 그들의 입술은 거대해 보였고 고무 같았으며, 그들의 그것은 바지를 뚫고 나올 듯 커져 있었다. 그녀는 숨을 헐떡이며 그들의 키스에 자신의 목을 내주고 그들의 몸을 자신의 몸에 비비게 했지만, 그것을—정말로?—참을 수 없고 참을 수 없고 또 참을 수 없었다.

패티는 자신이 자라며 본 풍경과 거의 달라진 게 없는 그 타운에 들어섰다. 그곳에는 맨 위쪽 박스에 등이 들어가는 형태의 고풍스러운 검은 가로등이 서 있었다. 그리고 레스토랑 두 곳, 선물가게, 투자 회사, 옷가게—모두 똑같은 녹색 차양에 검은색과 흰색으로 된 간판이 달려 있었다—가 있었다. 어머니의 집으로 가려면 그녀가 자란 집 앞을 지나야 했다. 검은 덧문이 달려 있고 널찍한 포치에 포치용 그네가 있는 아름다운 붉은 집이었다. 패티는 어렸을 때 어머니의 품에 포근히 웅크리고 안겨 몇 시간이고 내리 그 그네에 앉아 있었다. 어머니의 드레스 천에서 사각거리는 소리가 났고 그녀의 머리 위로 어머니의 웃음소리가 들렸다. 그녀의 아버지는 시비가 죽기 일 년 전에 돌아가실 때까지 그 집에서 살았다. 지금 그 집의 주인은 자식들이 많은 어느 가족이었고, 패티는 늘—그 집 앞을 운전해서 지나갈 때마다—다른 쪽을 쳐다보았다. 시내를 통과하고 1마일만 더 가면 어머니가 사는 작고 하얀 집이 나왔다. 패티가 진입로로 들어서는데 앞쪽 커튼 너머로 바깥을 내다보는 어머니의 모습이 보였다. 이어 패티는 잠긴 옆문을 열고 안으로 들어갔고, 어머니의 지팡이가 바닥을 탕탕 치는 소리가 들렸다. 패티가 커진 만큼 어머니는 작아져 있었다. 요즘 패티는 어머니를 보러 올 때마다 그 생각을 했다. "저 왔어요." 패티가 말하고는 허리를 굽혀 어머니 옆 허공에 키스했다. 그리고 허리를 세우고 "음식을 좀 가져왔어요" 하고 말했다.

"음식은 필요 없어." 테리 직물로 만든 목욕가운을 입은 어머니가 허리띠를 더 졸라맸다.

패티는 미트로프와 콜슬로와 매시트포테이토를 꺼내 냉장고에 넣었다. "뭐든 드셔야 해요." 패티가 말했다.

"혼자 앉아서는 아무것도 먹고 싶지 않아. 여기 좀더 있으면서 나하고 같이 먹지 않을래?" 어머니가 코 위로 조금 흘러내려와 있는 커다란 안경 너머로 그녀를 올려다보았다. "제발, 그래줄 거지?" 패티는 잠시 눈을 감았다가 고개를 끄덕였다.

패티가 식탁을 차리는 동안 어머니는 목욕가운 아래로 다리를 벌린 채 의자에 앉아 패티를 올려다보았다. "너를 보니 정말 좋구나. 다시 못 볼 줄 알았거든."

"사흘 전에 왔잖아요." 패티가 말했다. 조리대로 걸어가는데 어머니의 숱 적은 머리—두피가 훤히 들여다보였다—가 잔상으로 남아 패티는 마음이 무너지는 것 같았다. 식탁으로 돌아와 의자를 끌어당기며 그녀가 말했다. "엄마가 골든리프에 가는 문제에 대해 얘기 좀 해요. 그 이야기 같이 했던 거 기억나죠?" 어머니는 얼굴에 혼란스러움이 떠오르는가 싶더니 천천히 고개를 가로저었다. "오늘 옷은 잘 챙겨입으셨어요?" 패티가 물었다.

어머니는 목욕가운의 무릎 부분을 내려다봤다가 다시 패티를 올려다보았다. "아니." 그녀가 말했다.

*

패티가 남편을 만난 것은 세인트루이스에서 열린 컨퍼런스에서였다. 저소득 가정의 자녀 문제에 관한 컨퍼런스였는데, 서배스천은 그 참가자로 온 것이 아니었다. 그는 패티의 호텔방 옆방에 묵었다. 기계공학자로, 그 분야의 컨퍼런스가 있어 온 것이었다. "또 만났네요!" 그들이 각자의 방에서 나올 때 패티가 말을 붙였다. 밤에 그녀는 자기 방으로 들어가다 그가 그의 방으로 들어가는 것을 보았다. 그에게는 어떤 분위기가 있었는데, 뭐라고 꼬집어 말할 수는 없었지만 그것이 그녀를 전적으로 편안하게 만들어주었다. 패티는 당시 항우울제를 복용하며 이미 체중이 늘고 있었고, 결혼할 상대가 있었으나 결혼식을 겨우 몇 주 앞두고 그만둔 일이 한 번 있었다. 그들이 이야기를 나눈 처음 몇 번 동안 서배스천은 그녀를 쳐다보지도 않았다. 그는 키 크고 마른 체격의 잘생긴 남자로, 얼굴은 수척해 보이고 머리는 긴 편이었다. 눈썹은 숱이 아주 많아 이마에 줄 하나를 그어놓은 것 같았고, 눈은 눈썹 아래로 쑥 꺼져 있었다. 그녀는 그가 그냥 좋았다. 그래서 컨퍼런스가 끝날 무렵 그의 이메일 주소를 받아냈고, 그들이 주고받은 이메일은 그녀가 영영 잊을 수 없는 것이었다. 몇 주 지나지 않아 그는 우리가 친구가 된다면, 패티, 당신이 나에 대해 알아야 할 게 있어요, 하고 써 보냈다. 그리고 며칠 뒤에는 어떤 일이 나한테 일어났습니다, 하고 써 보냈다. 끔찍한 일이었어요. 그 일이 나를 보통 사람들과는 다른 사람으로 만들어버렸습니다. 그는 미주리주에 살았는데, 패티가 일리노이주 칼라일로 오라고 써 보냈을 때 그가 그러겠다고 해서 그녀는 깜짝 놀랐다. 그뒤로 그들은 함께 지냈다. 그가 어렸을 때 계부에게 당하고 당하고 또 당한 것을 그녀가 어떻게 알았겠는가. 그녀는 알지 못했다. 서배스천은 사람들과 함께 있는 것을 견디기 힘들어했고, 그들이 만나기 시작한 지 얼마 되지 않았을 때 그녀를 바라보면서 자신에게 어떤 일이 일어났었는지를 상당히 구체적으로 이야기했다. 그리고 그녀에게 패티, 당신을 사랑해요, 하지만 난 그건 할 수 없어요, 하고 말했다. 그냥 그걸 할 수가 없어요, 나도 할 수 있으면 좋겠어요, 라고 말했다. 그러자 그녀가 말했다. "괜찮아요, 그건 나도 견딜 수가 없거든요."

결혼생활을 하면서도 그들은 침대에서 손만 잡을 뿐 그 이상의 것은 하지 않았다. 종종, 특히 신혼 몇 년 동안, 그는 끔찍한 악몽을 꿨고 이불을 발로 차면서 비명을 질렀다. 공포를 불러일으키는 비명소리였다. 패티는 그 일이 일어날 때 그가 발기하는 것을 알아차렸고, 늘 조심하며 그가 진정될 때까지 어깨에만 손을 올렸다. 그리고 그의 이마를 쓸어주었다. "괜찮아요, 여보." 그녀는 늘 그렇게 말했다. 그는 주먹을 불끈 쥔 채 천장을 쳐다보았다. 고마워요, 그가 말했다. 얼굴을 그녀 쪽으로 돌리며, 고마워요, 패티, 하고 말했다.

"얘기 좀 해봐, 얘기 좀 해봐. 좀 털어놔봐. 어떻게 지내니?" 어머니가 포크로 미트로프를 찍어 입안으로 가져갔다.

"저는 잘 지내요. 내일 밤엔 앤젤리나를 만날 거예요. 남편이 떠났대요." 패티가 미트로프 위에 매시트포테이토를 올리고 매시트포테이토 위에 버터를 얹었다.

"네가 누구 이야기를 하는 건지 모르겠구나." 어머니가 식탁 위에 포크를 내려놓고 모르겠다는 표정으로 패티를 쳐다보았다.

"앤젤리나요, 멈퍼드 씨네 딸들 중 하나잖아요."

"아하." 어머니가 천천히 고개를 끄덕였다. "오, 알겠어. 걔 엄마가 메리 멈퍼드였지. 틀림없어. 대단하진 않았어."

"누가 대단하지 않았어요? 앤젤리나는 훌륭한 사람이에요. 저는 늘 그녀의 어머니가 정말 좋은 사람이라고 생각했어요."

"오, 좋은 사람이긴 했지. 하지만 대단하진 않았어. 원래 미시시피 출신이었을걸. 멈퍼드 집안의 아들과 결혼했고. 남편이 부잣집 아들이라 그 여자는 그 많은 딸들과 함께 그 많은 돈을 갖게 됐지."

패티가 입을 열었다. 몇 년 전에 칠십대의 메리 멈퍼드가 부자 남편을 떠난 것을 기억하고 있는지 어머니에게 물어보려는 것이었다. 그거 기억나세요? 하지만 묻지 않기로 했다. 그리고 그녀와 앤젤리나가 그것 때문에 친구가 됐다는 말도 하지 않을 것이었다. 그것, 어머니들이 떠난 것 때문에.

나는 그를 죽이고 싶었어요, 서배스천은 패티에게 말했었다. 나는 정말로 그를 죽이고 싶었어요. "당연히 그랬을 거예요." 그녀가 말했었다. 나는 어머니도 죽이고 싶었어요, 그가 말했다.

그러자 패티가 말했다. "당연히 그랬을 거예요."

패티는 어머니의 작은 부엌을 둘러보았다. 얼룩 하나 없이 깨끗했다. 일주일에 두 번씩 오는, 패티보다 나이가 많은 올가라는 여자 덕분이었다. 하지만 패티가 앉은 식탁 상판의 리놀륨은 모서리가 갈라졌고, 원래 파란색이던 창문 커튼은 색이 아주 많이 바래 있었다. 그리고 패티가 앉은 자리에서는 복도를 지나 저만치 있는 거실 구석까지 보였는데, 거기에는 그토록 오랜 세월이 흘렀음에도 어머니가 버리지 않겠다고 고집을 부리는 푸른색 빈백 의자가 있었다.

어머니는 지난 시절 이야기를 하고 있었다. 요즘 들어 굉장히 자주 있는 일이었다. "더클럽에서 춤추던 그 시간들을 생각하면. 오 정말이지 참 재미있었는데." 어머니는 잠시 말을 멈추고 굉장했다는 듯 고개를 가로저었다.

패티는 매시트포테이토에 버터를 한번 더 얹어 먹었고, 이어 접시를 옆으로 밀었다. "루시 바턴이 회고록을 썼어요." 그녀가 말했다.

어머니가 말했다. "뭐라고 했니?" 그래서 패티가 한번 더 말했다.

"이제 기억나는구나," 어머니가 말했다. "그 사람들 차고에 살았었는데. 그 늙은이가 죽고 나서―무슨 친척이라고 했는데 어떤 친척이었는지는 전혀 모르겠구나―그 사람 집으로 들어갔고."

"차고요? 제가 갔다고 기억하는 곳이 거기예요? 차고?"

어머니가 잠시 뒤 말했다. "나도 잘 모르겠어. 기억이 잘 안 나. 아무튼 그 여자는 일값을 싸게 받았어. 그래서 내가 거길 이용했지. 솜씨는 정말로 훌륭했지만 돈을 거의 안 받았어." 그리고 잠시 시간이 흐른 뒤 어머니가 말했다. "몇 년 전에 텔레비전에서 루시를 봤어. 아주 잘나가더라. 책인가 뭔가를 썼다던데. 뉴욕에 살고 있고. 흥. 잘났어 정말."

패티는 깊고 불안정한 숨을 쉬었다. 어머니가 콜슬로를 가져가려고 손을 뻗는데 목욕가운이 살짝 벌어져, 패티는 어머니의 잠옷 원피스 아래로 작고 납작해진 젖가슴을―잠깐―보았다. 잠시 뒤 패티는 일어서서 식탁을 치우고 설거지를 빠르게 마쳤다. "이제 약을 얼마나 잘 드셨는지 확인해볼까요." 패티가 말했고, 어머니는 거부의 뜻으로 손을 내저었다. 그래서 패티는 욕실로 가서 하루치씩 칸칸이 나눠져 있는 약통을 찾아냈고, 패티가 지난번 여기 온 뒤로 어머니가 약을 한 알도 먹지 않았다는 사실을 알아냈다. 패티는 약통을 어머니에게 가져가 한 알 한 알이 왜 중요한지 다시 설명했고, 어머니는 "알았어" 하고 말했다.

그러고는 패티가 건넨 약을 받았다. "이걸 드셔야 해요." 패티가 말했다. "뇌졸중이 오는 건 싫으시잖아요." 그녀는 그것이 치매가 진행되는 속도를 늦추는 약이라는 말은 아예 하지 않았다.

"뇌졸중은 안 와. 뇌졸중이라니 참."

"알았어요, 곧 다시 올게요."

"너는 최고의 모습으로 자랐어." 어머니가 문까지 따라 나와 말했다. "행복해지는 약 때문에 체중이 는 건 안타깝지만 너는 여전히 예뻐. 정말로 가야 하는 거니?"

진입로를 따라 자신의 차로 걸어가면서 패티가 외쳤다. "오 맙소사."

*

이제 막 해가 졌고, 패티가―풍차를 지나―집으로 돌아가는 길의 절반쯤에 이르렀을 때 보름달이 뜨기 시작했다. 아버지가 돌아가신 날 밤에도 보름달이 떴고, 패티는 보름달이 뜰 때마다 마음속으로 아버지가 자신을 지켜보고 있다고 생각했다. 그녀는 운전대를 잡은 손가락을 꼼지락거려 아버지에게 인사를 건넸다. 사랑해요, 아빠, 그녀가 속삭였다. 그것은 시비를 향한 말이기도 했는데, 그녀의 마음속에서 두 사람은 어느 정도 합쳐져 있기 때문이었다. 그들이 저 위에서 그녀를 지켜보고 있었다. 그녀도 달이란 그저 돌덩이―돌덩이인 것이다!―에 불과하다는 것을 알고 있었지만, 꽉 찬 보름달을 보면 늘 그녀의 남자들이 저 밖에, 저 위에 있는 것 같은 기분이 들었다. 나를 기다려줘요, 그녀가 속삭였다. 자신이 죽으면 다시 아버지와 시비와 함께 있게 될 것임을 알았기―거의 알았기―때문이었다. 고마워요, 그녀가 속삭였는데, 아버지가 방금 그녀에게 어머니를 돌봐주는 착한 딸이라고 말했기 때문이었다. 이제 그는 이렇듯 너그러웠다. 죽음이 그에게 너그러움을 주었다.

집에 도착하자 나갈 때 전등을 켜둔 덕에 집이 아늑해 보였다. 혼자 살면서 그녀가 터득한 많은 것들 중 하나였다. 불을 켜두고 나가는 것. 하지만 핸드백을 내려놓고 거실을 통과하는데 뭔가 섬뜩한 느낌이 내려앉았다. 그녀는 좋지 않은 하루를 보냈다. 라일라 레인이 그녀를 깊숙이 흔들어놓았다. 그애가 그녀를 신고하면 어떻게 되는 거지? 패티가 자기를 쓰레기라고 했다고 교장에게 일러바치면? 그럴 수 있는 아이였다, 라일라 레인은. 그렇게 하려고 생각하고 있을 것이다. 패티의 언니는 아무 도움이 되지 않았고, L.A.에 사는 다른 언니는 대화를 나눌 시간이 있었던 적이 없으니 전화를 걸어봤자였다. 그리고 그녀의 어머니는―오, 어머니는……

"뚱보 패티Fatty Patty." 패티가 그 말을 소리 내어 해보았다.

패티는 카우치에 앉아 집안을 둘러보았다. 집이 희미하게 낯설어 보였는데 그것은—그녀가 익히 알기로—나쁜 징조였다. 입안에 미트로프의 뒷맛이 남아 있었다. "뚱보 패티, 잠자리에 들 준비를 해야지." 그녀는 소리 내어 말한 뒤 일어서서 치실을 쓰고 이를 닦고 세수를 했다. 그리고 얼굴에 크림을 발랐는데, 그렇게 하니 기분이 조금이나마 좋아졌다. 전화기를 찾으려고 핸드백 안을 살피다가 아까 넣어둔 루시 바턴의 작은 책을 보았다. 그녀는 앉아서 표지를 찬찬히 들여다보았다. 황혼녘에 불빛을 밝힌 도시 빌딩이 있었다. 곧 그녀는 책을 읽기 시작했다. "어머나 세상에," 몇 페이지를 읽은 뒤 그녀가 말했다. "오 맙소사."

*

다음날인 토요일 아침, 패티는 진공청소기로 집의 2층을 청소하고 이어 아래층을 청소한 뒤 침대 시트를 갈고 빨래를 하고 우편물을 검토하면서 카탈로그와 전단지를 정리해서 버렸다. 그리고 시내로 가서 식료품도 사고 꽃도 좀 샀다. 집에 두려고 꽃을 산 것은 정말 오랜만이었다. 하루종일 노란 캔디, 버터스카치 같은 것이 입안 뒤쪽 깊은 틈 속에서 녹고 있는 느낌이 들었는데,

그 은밀하고 달콤한 감각이 루시 바턴의 회고록 덕분임을 그녀는 잘 알고 있었다. 패티는 이따금 고개를 저으며 "허" 하고 말했다.

오후에 어머니에게 전화하니 올가가 받았다. 패티는 앞으로 일주일에 이틀이 아니라 매일 와줄 수 있는지 물었고, 올가는 생각해보겠다고 대답했다. 패티가 알겠다고 말했다. 그리고 어머니를 바꿔달라고 했다. "누구시죠?" 어머니가 물었다. 그러자 패티가 말했다. "저예요, 패티. 엄마 딸이요. 사랑해요, 엄마."

잠시 뒤 어머니가 말했다. "그래, 나도 사랑한다."

그러고 나서 패티는 침대에 누웠다. 어머니에게 사랑한다고 마지막으로 말한 게 언제였는지 그녀는 알지 못했다. 어렸을 때는 그 말을 자주 했고, 심지어 고등학교 1학년 때, 어머니에게 걸스카우트 활동을 그만해도 된다는 허락을 받은 그날 아침에도 그 말을 했을 것이다. 어머니는 부엌에 서서 종이봉투에 넣은 점심 도시락을 건네며 여전히 그녀 자신, 패티의 어머니인 채로 "오, 패티, 그래도 돼. 너도 이제 스스로 결정할 나이가 됐어" 하고 말했다. 그리고 바로 그날 패티는 대낮에 학교에서 조퇴를 했다. 위경련—패티는 종종 심한 위경련을 앓았다—때문이었는데, 집에 돌아온 그녀는 부모의 침실에서 흘러나오는 놀랍고 굉장한 소리를 들었다. 그녀의 어머니가 울부짖고 헐떡이고 비명을 지르고 있었고, 찰싹찰싹 살을 때리는 소리가 들렸다. 패티는 2층으로 뛰어올라갔고, 어머니가 딜레이니 선생—패티의 스페인어 선생!—위에 올라탄 것을 보았다. 어머니의 젖가슴이 출렁거렸고, 그 남자는 어머니의 엉덩이를 찰싹찰싹 때리면서 입을 쭉 내밀어 어머니의 젖가슴을 물고 있었다. 어머니가 울부짖었다. 패티는 어머니의 눈빛을 결코 잊지 못했다. 그 광포한 눈빛. 어머니의 울부짖음은 멈출 줄 몰랐고, 패티가 본 것은 바로 그것, 어머니의 젖가슴과 그녀를 쳐다보는 어머니의 눈빛—입에서 흘러나오는 소리는 그래도 멈출 줄 몰랐다—이었다.

패티는 돌아서서 자신의 침실로 뛰어들어갔다. 잠시 뒤 딜레이니 선생이 계단을 내려가는 발소리가 들렸고, 어머니가 실내용 가운을 걸치고 패티의 방으로 들어와 이렇게 말했다. "패티, 무슨 일이 있어도 맹세코 다른 사람한테 절대 말하면 안 돼. 네가 좀더 자라면 이해할 수 있을 거야."

어머니의 젖가슴이 패티가 상상하지 못했을 만큼 아주 컸고, 그것이 적나라하게 드러나 그 남자 위에서 출렁거리는 것을 봐야 했던 그 일.

며칠 지나지 않아, 더없이 평화롭고 평범했던—그래서 전에는 그렇다고 생각한 적이 없었던—한 가정에 끔찍한 장면들이 펼쳐졌다. 사실 패티는 그날 목격한 것을 아무에게도 말하지 않았지만—어떤 말로 설명해야 할지 몰랐을 것이다—딜레이니 선생의 수업은 두 번 다시 들으러 가지 않았다. 그런데—오, 그 일은 너무 갑작스럽게 일어났다!—그녀의 어머니가 폭탄 같은 고백을 터뜨린 뒤 시내의 작은 아파트로 옮겨가버린 것이었다. 패티는 어머니를 만나러 그곳에 딱 한 번 찾아갔는데, 구석에 푸른색 빈백 의자가 놓여 있었다. 타운 전체가 어머니와 딜레이니 선생의 불륜에 대해 쑥덕거렸고, 패티는 마치 자신의 머리가 잘려나가 몸과 다른 방향으로 움직이는 것처럼 느껴졌다. 정말로 이상한 느낌이었지만, 그 느낌은 계속되었다. 그녀와 언니들은 아버지가 우는 것을 지켜보았다. 그가 욕설을 내뱉고 돌처럼 무표정한 얼굴이 되어가는 것을 지켜보았다. 예전에 그는 그런 사람이 아니었다. 울지도 않았고 욕설을 내뱉지도 않았고 돌처럼 무표정한 얼굴을 하지도 않았었다. 그런데 이제 그는 그 모든 것을 하는 사람이 되었고, 가정—그전에는 그들 모두 호수 위의 보트 안에서 천진난만하게 앉아 있었던 것처럼 느껴졌다—은 사라져 한 번도 상상해보지 못한 뭔가로 변해버렸다. 타운 사람들의 쑥덕거림은 그치지 않았다. 가장 어렸던 패티는 가장 오랜 시간을 견뎌야 했다. 크리스마스 무렵 딜레이니 선생은 타운을 떠났고 패티의 어머니는 혼자 남겨졌다.

패티가 같은 반 남학생들과 옥수수밭을 드나들기 시작했을
때, 시간이 훨씬 더 흘러 진짜 남자친구를 사귀고 그들과 그것을
했을 때도, 그날의 어머니 모습이 늘 함께했다. 셔츠도 입지 않
고 브래지어도 하지 않은 채 출렁이던 젖가슴과 그 남자의 입이
어머니의 한쪽 젖가슴을 물고 있던 모습. 아니, 패티는 그 어느
것도 견딜 수가 없었다. 그녀 자신의 흥분은 그녀에게 늘 끔찍하
고 무서운 수치심을 남길 뿐이었다.

*

앤젤리나는 패티보다 몇 살 위였지만 여전히 날씬하고 젊어
보였다. 하지만 패티는 샘스 플레이스의 거울에 나란히 비친 그
들의 모습을 힐끗 보며 그녀, 그러니까 패티가 훨씬 어려 보인다
고—그리고 앤젤리나는 얼굴이 상한 것 같다고—생각했다. 패
티는 앤젤리나를 보고 바로 루시 바턴의 책에 대해 말하려고 했
다. 하지만 그들이 자리에 앉자마자 앤젤리나의 녹색 눈에 눈물
이 그렁그렁해져서, 패티는 테이블 위로 손을 뻗어 친구의 손을
잡았다. 앤젤리나가 손가락 하나를 들어올렸고 잠시 뒤에 말할
수 있을 정도의 상태가 되었다. "나는 그 둘이 다 싫어." 앤젤리

74

나가 말했고, 패티는 이해한다고 말했다. "그 사람이 나한테 그랬어, '당신은 엄마와 사랑에 빠졌어'라고. 나는 너무 놀라서, 패티, 그저 그를 빤히 쳐다보기만 했어……"

"저런, 어쩜." 패티가 한숨을 쉬고 뒤로 기대앉았다.

앤젤리나의 어머니는 몇 년 전 일흔넷의 나이에 이탈리아에 사는 거의 스무 살 연하의 남자와 결혼하려고 타운을—남편을—떠났다. 패티는 그 사실에 대해 앤젤리나에게 굉장히 큰 연민을 느끼고 있었다. 하지만 당장은 이렇게 말하고 싶었다. 이 이야기 좀 들어봐! 루시 바턴의 어머니는 끔찍했고, 아버지는…… 오, 맙소사, 아버지는…… 하지만 루시는 그들을 사랑했대. 그녀는 어머니를 사랑했고, 어머니도 그녀를 사랑했대! 우리 모두 너나없이 엉망이야. 앤젤리나, 우리가 아무리 노력해도 우리 사랑은 불완전해. 앤젤리나, 하지만 그래도 괜찮아.

패티는 친구에게 그 말을 하고 싶어 죽을 지경이었지만 자신의 말이 얼마나 별것 아니게—거의 아무것도 아니게—받아들여질지 알고 있었다. 그래서 패티는 지금 고등학생인 앤젤리나의 아이들이 조금 있으면 집을 떠나 훌훌 날아갈 거라는 이야기를, 이탈리아에 사는 앤젤리나의 어머니가 딸들 전부—앤젤리나에게는 언니 넷이 있었다—에게 이메일을 보낸다는 이야기를, 자매들 중 앤젤리나만 여태 어머니를 만나러 가지 않았지만 지금은 가볼까 생각중이고 아마 이번 여름에 갈 거라는 이야기를 들었다.

"오, 가야지." 패티가 말했다. "가. 꼭 가야 할 것 같아. 그러니까, 연세가 있으시잖아, 앤젤리나."

"알아."

패티는 앤젤리나가 자기 이야기를 무척 하고 싶어하는 것을 알고 있었다. 그렇다고 패티의 심기가 불편해진 것은 아니었다. 그저 그렇다는 것을 알아차렸을 뿐이었다. 그리고 그녀는 이해하고 있었다. 모든 사람에게 주된, 그리고 가장 큰 관심사는 자기 자신이라는 사실을 이해했다. 시비만은 예외여서 그는 그녀에게 관심을 두었고, 그녀 또한 그에게 엄청난 관심을 쏟았다. 그것이 사람들을 바깥세상으로부터 보호해주는 피부였다—자신의 인생을 공유하는 또다른 누군가의 사랑이.

시간이 얼마간 흐른 뒤, 화이트와인 두번째 잔을 꽤 마시고 나서 패티는 앤젤리나에게 라일라 레인에 대한 이야기를 꺼냈다. 다른 이야기는 빼고 뚱보 패티에 대한 것과 사람들 모두 자신을 숫처녀라고 생각한다는 것만 이야기했다. 그리고 말했다. "있잖아, 루시 바턴이……"

"어머나, 어쩜 그런." 앤젤리나가 말했다. "너는 예전과 다름없이 예뻐, 패티. 맙소사, 그런 말을 들었다니. 아무도 너를 그렇게 부르지 않아, 패티."

"그렇게 부를지도 몰라."

"나는 들어본 적 없어. 나는 아이들이 하는 말을 하루종일 듣는데도 말이야. 패티, 넌 여전히 남자를 만날 수 있어. 넌 사랑스러워. 정말로 그래."

"관심이 가는 유일한 남자가 있는데, 찰리 매콜리야." 패티가 말했다. 와인의 힘이었다.

"그 남자는 나이가 많잖아, 패티! 알다시피 엉망이고."

"어느 면에서 엉망이야?"

"그러니까 오래전 베트남전에 갔다 온 뒤로…… 알잖아, 그 사람 지독한 외상 후 스트레스 장애라던데."

"그래?"

앤젤리나가 어깨를 살짝 으쓱했다. "그렇게 들었어. 누구한테 들었는지는 모르겠지만. 오래전에 들었어. 정말로 어떤지는 모르지. 그 사람 아내는…… 음, 네게 기회는 있다고 봐, 패티."

패티가 웃었다. "그 사람 아내는 늘 친절해 보였어."

"오, 무슨, 그 여자는 늘 근심이 많고 늙었어. 진심인데, 찰리하고 드라이브 한번 해봐."

그러자 패티는 아무 말도 하지 말 걸 그랬다고 생각했다.

하지만 앤젤리나는 그런 마음을 눈치채지 못한 것 같았다. 그녀가 이야기하고 싶은 것은 자기 자신―그리고 그녀의 남편―
이었다. "요전날 전화로 남편한테 다짜고짜 물었어. 이혼 절차를
밟을 생각인지. 아니래. 그걸 원하는 건 아니래. 그래서 그 문젠
그냥 두기로 했어. 나는 그가 떠났으면서 이혼은 원치 않는 이유
를 모르겠어. 오, 패티!"

주차장에서 앤젤리나는 패티를 두 팔로 안았고 두 사람은 포
옹하며 잠시 서로를 꼭 안아주었다. "사랑해." 앤젤리나가 차에
타면서 외쳤고, 패티가 말했다. "나도."

패티는 조심조심 차를 몰았다. 항우울제를 복용하는 동안에
는 술을 마시면 안 되는데, 아까 와인을 마셔서인지 기분이 묘했
다. 그 순간 마음이 아주 커진 것 같았고, 그 마음 속으로 여러 가
지 것들이 지나갔다. 그녀는 서배스천을 생각했고, 그가 말해줄
때까지 그녀가 몰랐던 것―그에게 일어난 차마 입에 담기 힘든
일들―을 누군가 아는 사람이 있는지 궁금했다. 그녀는 그것이
겉으로 드러났었는지 궁금했다. 틀림없이 표가 났을 것이다. 어
느 날 자신이 서배스천과 함께 옷가게에서 나오는데 한 젊은 점
원이 다른 점원에게 "저 여자 손님 꼭 개를 데리고 다니는 것 같
아" 하고 말했던 것이 기억났다.

루시 바턴의 회고록에서 루시는, 사람들은 늘 자신을 다른 사람보다 우월하게 느낄 방법을 찾는다고 썼는데, 패티는 그것이 사실이라고 생각했다.

오늘밤 달은 거의 패티 뒤를 따라오다시피 했고, 그녀는 백미러를 쳐다보며 달에게 윙크했다. 그녀의 마음에 언니 린다가 떠올랐다. 린다는 패티가 어떻게 청소년들을 상대하는 일을 하는지 모르겠다고 말했었다. 패티는 운전하면서 고개를 가로저었다. 아마 린다는 결코 모를 것이기 때문이었다. 서배스천 말고는 어느 누구도 결코 모를 것이었다. 시비가 죽은 뒤 패티는 심리치료사를 찾아갔다. 그 여자에게 다 털어놓을 작정이었다. 하지만 감청색 블레이저를 입은 그 여자는 커다란 책상 뒤에 앉아 부모의 이혼에 대해 어떻게 느끼는지 패티에게 물었다. 기분이 안 좋았죠, 패티가 말했다. 패티는 이 심리치료사와의 상담을 어떻게 그만둘지 방법을 궁리하다가 결국 비용을 더 감당할 수 없다고 거짓말을 했다.

진입로로 접어들던 패티는 나갈 때 켜두었던 불빛을 보았고, 그 순간 루시 바턴의 책이 패티를 이해했다는 것을 깨달았다. 그랬다, 책이 그녀를 이해한 것이었다. 입안에 노란 캔디의 달콤한 맛이 남아 있었다. 루시 바턴에게는 자신만의 수치심이 있었다. 오, 세상에, 그녀는 정말로 자신만의 수치심을 가지고 있었다.

그리고 그것을 떨치고 일어나 곧장 빠져나왔다. "허." 패티가 시동을 끄며 말했다. 그녀는 잠시 차 안에 앉아 있다가 마침내 내려 집안으로 들어갔다.

*

월요일 아침, 패티는 라일라 레인에게 상담실로 오라는 쪽지를 써서 담임교사에게 맡겨놓고도 그 아이가 정말로 다음 수업시간에 나타나자 깜짝 놀랐다. "라일라." 패티가 말했다. "들어와."

그 아이가 패티의 상담실로 들어왔고, 패티는 "앉으렴" 하고 말했다. 소녀는 그녀를 경계의 눈빛으로 쳐다보더니 곧바로 말했다. "틀림없이 저한테 사과를 받아내려는 거겠죠."

"아니." 패티가 말했다. "그렇지 않아. 내가 오늘 너를 여기로 오라고 한 건, 지난번 네가 여기 왔을 때 내가 너를 쓰레기라고 불렀기 때문이야."

소녀는 어리둥절한 것 같았다.

패티가 말했다. "지난주에 네가 여기 왔을 때, 내가 너를 쓰레기라고 불렀어."

"그랬나요?" 소녀가 물었다. 그러고는 천천히 앉았다.

"그랬어."

"기억 안 나요." 소녀의 태도는 호전적이지 않았다.

"네가 나보고 왜 아이가 없는지 묻고 숫처녀라고 하고 뚱보 패티라고 했을 때 내가 너를 쓰레기라고 불렀어."

소녀가 의심의 눈빛으로 패티를 쳐다보았다.

"너는 쓰레기가 아니야." 패티는 기다렸고, 소녀도 기다렸다. 이윽고 패티가 말했다. "나는 핸스턴에서 자랐는데, 그때 아버지가 사료용 옥수수 농장 관리자로 일해서 우리집에 돈이 많았어. 안락한 생활을 했다고 표현할 수도 있겠지. 돈은 충분히 있었어. 나한테 너를—다른 사람을—쓰레기라고 부를 권리는 없어."

소녀가 어깨를 으쓱했다. "저 쓰레기 맞아요."

"아니, 그렇지 않아."

"뭐, 저 때문에 화가 나서 그러신 거잖아요."

"물론 화가 났지. 네가 내게 정말로 무례하게 굴었으니까. 하지만 그렇다고 나한테 그 말을 할 권리가 주어지는 건 아냐."

소녀는 피곤해 보였다. 눈 밑이 거뭇했다. "저라면 그 걱정은 안 할 거예요." 소녀가 말했다. "제가 선생님이라면 그 생각은 더이상 하지 않을 거예요."

"잘 들어," 패티가 말했다. "너는 성적도 좋고 등급도 훌륭해. 원하면 대학에 갈 수 있어. 가고 싶니?"

소녀는 약간 놀란 것 같았다. 그러고는 어깨를 으쓱했다. "모르겠는데요."

"내 남편은," 패티가 말했다. "스스로를 쓰레기라고 생각했어."

소녀가 패티를 쳐다보았다. 그리고 잠시 뒤 말했다. "그랬어요?"

"그랬어. 자기한테 일어난 일들 때문에."

소녀가 크고 슬퍼 보이는 눈으로 패티를 바라보았다. 그리고는 마침내 긴 한숨을 내쉬었다. "오, 어쩜." 소녀가 말했다. "음. 선생님에 대해 그런 엿같은 말을 한 거 죄송해요. 선생님이 어떻다는 말이요."

패티가 말했다. "너는 열여섯 살이야."

"열다섯 살이에요."

"너는 열다섯 살이야. 나는 어른이고 잘못한 사람은 나여야 해."

패티는 소녀의 얼굴에서 눈물이 흘러내리는 것을 보고 깜짝 놀랐고, 소녀는 손으로 눈물을 훔쳐냈다. "그냥 피곤해서요," 라일라가 말했다. "그냥 너무 피곤해서요."

패티가 일어서서 상담실 문을 닫았다. "얘야," 그녀가 말했다. "내 말 잘 들어, 얘야. 내가 너를 위해 뭔가 해줄 수 있을 것 같아. 너를 대학에 보내줄 수 있다고. 돈은 어떻게든 해결할 수 있을 거야. 아까 말했듯이 네 등급은 훌륭해. 나는 네 등급을 보고 깜짝 놀랐고, 네 성적은 정말로 뛰어나. 나는 너만큼 등급이 좋지 않았어. 그런데도 내가 대학에 간 건 우리 부모님이 나를 대

82

학에 보내줄 여유가 있었기 때문이야. 나는 네가 대학에 가게 해줄 수 있고, 그러면 너는 가는 거야."

소녀가 패티의 책상에 올려놓은 자기 팔에 머리를 내려놓았다. 소녀의 어깨가 들썩였다. 잠시 뒤 소녀가 젖은 얼굴로 고개를 들고 말했다. "죄송해요. 하지만 누군가가 저한테 잘해주면…… 오 이런, 그러면 마음이 미칠 것 같아요."

"그래도 괜찮아." 패티가 말했다.

"아니요, 그렇지 않아요." 소녀가 다시 울었고, 계속 소리를 내어 훌쩍였다. "오 이런." 소녀가 얼굴을 닦으며 말했다.

패티가 화장지를 건넸다. "괜찮아. 진심으로 하는 말이야. 다 괜찮아질 거야."

*

그날 오후 패티가 우체국 계단을 올라가는데 환한 햇살이 그 위로 쏟아져내렸다. 우체국 안에 찰리 매콜리가 있었다. "안녕하세요, 패티." 그가 말하고 고개를 까딱했다.

"찰리 매콜리," 패티가 말했다. "요즘 어딜 가나 만나네요. 어떻게 지내세요?"

"살아내는 중이죠." 그는 문으로 걸어가던 길이었다.

그녀는 자신의 우편함을 살펴본 뒤 우편물을 꺼내는 중에도 그가 나갔다는 것을 의식하고 있었다. 하지만 패티가 밖으로 나 갔을 때 그는 계단에 앉아 있었고, 놀랍게도—다만 그렇게 놀랍 지는 않았다—그녀는 그의 옆에 앉았다. "와," 그녀가 말했다. "저는 다시 못 일어날 것 같은데요." 시멘트로 된 계단이라, 햇 볕이 내리쬐고 있는데도 바지를 통해 계단의 냉기가 느껴졌다.

찰리가 어깨를 으쓱했다. "그러면 일어나지 마요. 그냥 앉아 있죠."

나중에, 앞으로 다가올 세월 동안 패티는 그들이 계단에 앉아 있던 것과, 그것이 시간의 바깥에서 일어난 듯 느껴졌던 것을 되 돌아볼 것이었다. 길 건너 철물점이 있었고, 더 멀리로는 오후 햇살을 받아 건물 측면이 환히 빛나는 파란 집이 있었다. 패티의 마음에 키 큰 하얀 풍차들이 떠올랐다. 그 길고 가는 팔들은 일 제히 빙글빙글 돌고 있었지만, 이따금 풍차 두 개의 팔이 동시에 돌며 하늘을 배경으로 같은 위치에 놓일 때를 빼고는 결코 똑같 이 돌지 않았다.

마침내 찰리가 말했다. "요즘 잘 지내는 거죠, 패티?"

그녀가 말했다. "네, 저는 괜찮아요." 그러고는 그를 돌아보았 다. 그의 눈은 그 속으로 영원히 들어갈 수 있을 것처럼, 그만큼 깊었다.

잠시 뒤 찰리가 말했다. "중서부 출신이로군요. 괜찮다고 하는 걸 보면요. 하지만 늘 괜찮지는 않을 텐데요."

그녀는 말없이 그를 바라보았다. 그의 목울대 바로 위에는 면도하는 것을 잊은 듯 흰 수염 몇 가닥이 남아 있었다.

"물론 뭐가 괜찮지 않은지 내게 말할 필요는 없어요." 그가 이제 앞을 똑바로 보며 말했다. "나도 물어볼 생각이 전혀 없고요. 내가 지금 말하고 싶은 건 가끔은"―그가 그녀에게로 다시 시선을 돌렸고, 그녀는 그의 눈동자가 옅은 푸른색이라는 것을 알아차렸다―"가끔은 그렇게 괜찮지는 않다는 거예요. 절대로 그렇지 않죠. 늘 괜찮은 건 아니에요."

오, 그녀는 뭐라고 말하고 싶었고, 자신의 손을 그의 손 위에 얹고 싶었다. 왜냐하면 그가 지금 그 자신에 대해 말하고 있다는 사실을 그때 깨달았기 때문이었다. 오, 찰리, 그녀는 말하고 싶었다. 하지만 그녀는 그의 옆에 조용히 앉아 있었다. 메인 스트리트로 차 한 대가 지나갔고, 또 한 대가 지나갔다. "루시 바턴이 회고록을 썼어요." 패티가 마침내 말했다.

"루시 바턴." 찰리가 앞을 똑바로 응시하며 눈을 찡그렸다. "바턴 씨네 아이들, 거참, 그 집 아들, 그 맏아들 참 안됐어요." 그가 고개를 살짝 가로저었다. "맙소사. 불쌍한 아이들. 하느님 맙소사." 그는 패티를 쳐다보았다. "그거 슬픈 책일 것 같은데요?"

"그렇지 않아요. 적어도 저는 그렇게 생각하지 않았어요." 패티는 정말로 그런지 생각해보았다. 그리고 말했다. "그걸 읽고 저는 기분이 더 나아졌어요. 혼자라는 느낌도 훨씬 덜해졌고요."

찰리가 고개를 가로저었다. "오, 아니요. 아니요. 우리는 늘 혼자예요."

그들은 햇볕이 쨍쨍 내리쬐는 가운데 한동안 친근한 침묵 속에 앉아 있었다. 이윽고 패티가 말했다. "우리가 늘 혼자인 것은 아니에요."

찰리가 그녀를 돌아보았다. 그는 아무 말도 하지 않았다.

"뭐 좀 여쭤봐도 돼요?" 패티가 말했다. "사람들이 제 남편을 이상하게 여겼나요?"

찰리는 그 말을 곰곰이 생각해보는지 잠시 가만히 있었다. "그랬을지도요. 하지만 이 근방에서 사람들이 어떤 생각을 하는지 가장 늦게 아는 사람이 저예요. 서배스천은 내가 보기엔 좋은 사람 같았어요. 아픔이 있었지만. 그는 아픈 사람이었어요."

"네. 그랬어요." 패티가 고개를 끄덕였다.

찰리가 말했다. "그건 유감이에요."

"진심이신 거 알아요." 햇살이 파란 집에 부딪혀 환한 빛을 담뿍 튕겨냈다.

한참인 듯한 시간이 흘러갔고, 이윽고 찰리가 다시 그녀를 돌아보았다. 그는 뭔가를 말하려는 듯 입을 벌렸지만 고개를 젓더니 이번에도 입을 다물었다. 패티는 그가 하려던 말을—무슨 말이었는지 모르면서도—이해할 것 같다고 느꼈다.

그녀가 그의 팔을 잠시 잡았다 놓았고, 그들은 햇볕 속에 앉아 있었다.

금 간

　린다 피터슨-코넬은 이번 한 주 동안 그들의 집에 묵기로 한 여자를 보면서 생각했다. 오, 이 여자가 되겠군. 여자의 이름은 이본 터틀로, 사진 페스티벌에 참가한 또다른 여자인 캐런-루시 토스의 소개로 그들의 집에 오게 되었다. 캐런-루시는 린다가 이본을 맞이할 때 이본 옆에 말없이 서 있었다. 이본은 키가 매우 컸고 약간 굽슬굽슬한 머리칼이 어깨까지 내려왔는데, 십 년 전에는 상당히 예뻤을 것 같았다. 지금은 눈 밑에 주름살이 생겨 파란 눈빛이 주는 강렬함이 약해졌고, 분명 마흔을 넘겼을 나이치고 화장이 너무 진했다. 린다는 쉰다섯 살이었다. 이본의 샌들은 높은 코르크 웨지 굽이어서 그녀의 키를 더욱 커 보이게 했다. 린다는 그 구두를 보고 이본이 유복한 가정에서 자라지 않았을 가능성이 높다는 걸 눈치챘다. 늘 구두가 단서였다.

린다와 제이 피터슨-코넬의 집 정원에는 알렉산더 콜더의 조각상 두 점이 있었는데, 두 작품 다 크고 눈부시게 푸른 수영장 한편에 있었다. 집안 거실 벽에는 피카소 그림 두 점과 에드워드 호퍼 그림 한 점이 걸려 있었다. 손님들이 사용하는 구역으로 이어지는 경사진 복도 끝에는 필립 거스턴의 초기 그림 한 점이 걸려 있었다.

"따라오세요." 린다가 앞장섰고 두 여자가 뒤따랐다. 경사진 복도 모퉁이에서 방향을 꺾으면 긴 유리벽 복도가 이어졌고, 계속 가면 마침내 게스트 스위트룸이 나왔다. 린다는 메이드에게 그만 가봐도 좋다는 표시로 고갯짓을 했고, 이본이 뭐라고 말하기를 기다렸다. 이본은 바퀴 달린 여행가방의 손잡이를 잡은 채 계속 주위를 둘러보기만 할 뿐, 벽에 걸린 예술 작품을 알아보지 못했다고 하더라도—사진작가가 예술 작품을 알아보지 못한다는 사실이 놀라웠지만—그 자체로 논평할 가치가 있는 그 집에 대해 한마디도 하지 않았다. 그 집은 몇 년 전에 개조한 것으로, 건축가의 풍부한 영감이 표현되어 있었다. 게스트룸은 온통 유리였다.

"문은 어디예요?" 이본이 마침내 물었다.

"문은 없어요." 린다가 말했다. 이본에게 프라이버시는 걱정

할 필요 없다고, 자기와 남편은 집 앞부분의 2층에서 지내고 뒤쪽 정원을 내려다보는 다른 집은 없다고 그렇게 말해줄 수도 있었겠지만, 린다는 그 말을 하지 않았다. 그 대신 이본에게 복도 건너편에 있는 욕실을 보여주었는데, 거기에도 문은 없었다. V자 형태에 샤워 커튼이나 칸막이 없이 샤워 꼭지만 벽에서 삐죽 튀어나와 있었다. 바닥은 물을 흘려보내도록 약간 경사져 있었다.

"이런 곳은 본 적이 없어요." 이본이 말했고, 린다는 모두가 그렇게들 말한다고 했다. 캐런-루시 토스는 그 시간 내내 이본 옆에 말없이 서 있었다. 캐런-루시는 여름 페스티벌에 참가하는 사진작가들 중 가장 유명했고 매년 이곳을 찾았다. 린다는 캐런-루시가 이번 여름에 이본 터틀에게 강의 하나를 맡아달라고 부탁했고, 이본의 포트폴리오가 일반적으로 페스티벌에서 요구하는 것만큼 대단하지 않았음에도 페스티벌 감독들이 그것에 동의했다는 것을 알고 있었다. 페스티벌측 어느 누구도 캐런-루시를 잃고 싶지 않았기 때문이었다. 학생들은 그녀를 사랑했고, 그녀의 작품은 유명했다. 그리고 캐런의 남편이 삼 년 전 포트로더데일의 셰러턴호텔 옥상에서 뛰어내렸다. 린다는 캐런-루시가 예의까지 포함하여 모든 면에서 합격이라고 생각했다. 린다가 방금 캐런-루시에게 "이 집에 들어와보신 적은 없을 것 같은데요" 하고 말했을 때, 이본처럼 키가 크고 머리칼이 갈색인—두 사람이 자매라고 해도 믿겠다고 린다는 생각했다—캐런-루시가 유난히 짙은 앨라배마 억양으로 "들어와보지 않았어요" 하고 말했기 때문이다.

그런 뒤에 이본과 캐런-루시는 떠났다. 린다는 부엌 창문을 통해 두 사람을 지켜보았고, 그들이 길을 걸어가며 이야기에 열중하는 모습을 보고 지금 자신에 대한 이야기를 하고 있다고 확신했다. 린다는 캐런-루시 토스에게 질투를 느꼈는데—그녀는 그 사실을 인지하고 있었고 그것은 억압된 감정이 아니었다—캐런-루시가 유명하고 아이가 없고 여전히 예쁘기 때문이었고, 남편이 없기 때문이었다. 린다는 한때 남편의 똑똑함에 그토록 감동받았으나, 지금은 그저 그가 사라져주었으면 좋겠다고 생각했다.

*

사진 페스티벌을 주최하는 곳은 시카고 외곽으로 한 시간 정도 가야 하는 작은 타운으로, 도서관과 학교와 교회, 그리고 앞 유리창에 밀폐형 유리병이 한 줄로 진열된 선홍색 철물점이 하나씩 있는 곳이었다. 또한 카페 둘, 레스토랑 셋, 밤에 종종 라이브 음악을 연주하는 바가 하나 있었다. 타운 중심가 근처의 집들은 크고 오래되고 잘 관리되어 있었고, 연중 이맘때에는 집집마다 포치에 제라늄과 페튜니아가 심긴 큰 화분들이 가득했다. 타운에는 키 큰 오크나무와 검은호두나무가 심겨 있었고, 쥐엄나무와 초크체리 가지들은 출렁출렁 늘어져 공원이나 학교 운동장에서 뛰노는 아이들이 없으면 나무들이 소곤거리는 소리가 들렸다. 가끔은 물푸레나무의 잎들이 살랑거리는 소리도 들렸다. 꽤 오래전 파산해 결국 문을 닫아야 했던 사립 고등학교 교실—그 일부—이 아직 사진 페스티벌 강의실로 쓰였다. 그 건물로 가려면 무성한 덤불과 나뭇가지를 헤치고 나아가야 했기 때문에, 타운의 집들은 지나는 길에 흘끗 쳐다볼 수 있을 뿐이었다. 거의 동화 같은 분위기가 감돌았다. 타운 자체가 그랬다. 이본 터틀이 캐런-루시 토스에게 그렇게 말하자 캐런-루시는 자기도 그렇게 생각한다고 말했다. 그들은 환영회가 열리고 있는 건물에 도착했다.

　페스티벌의 감독인 조이 건터슨은 곱슬곱슬한 검은 머리의 여자였는데, 키가 작고 깡마른 체격이었다. 그녀는 이본에게 와줘서 고맙다고, 캐런-루시 토스의 친구는 누구든 기꺼이 환영한다고 말했다. 이본은 대화중에 조이 건터슨의 시선이 계속 천장으로 향하는 것을 느끼고, 조이가 가고 난 뒤 캐런-루시에게 그 이야기를 했다. 캐런-루시는 "오, 나중에 다시 말해줘"라고 말했고, 바로 그때 필박스 모자*와 짧은 코트 차림에 하이힐을 신고 그에 어울리는 작은 핸드백을 든, 1960년대 스타일로 꾸민 한 여자가 걸어왔다. 그녀가 두 팔을 내밀어 캐런-루시를 포옹했고, 이본은 그 여자가 남자라는 것을 알아보았다. "나는 캐런-루시를 정말 좋아한답니다." 그가 이본에게 말했고, 캐런-루시는 입술을 오므려 "돌페이스dollface**, 당신은 내가 아는 가장 사랑스럽고 귀여운 남자 친구예요" 하고 말했다.

"두 사람, 꼭 자매 같아요." 남자가 말했다. 화장한 얼굴에 면도한 턱수염이 드러나 보였고, 이목구비가 잘생긴데다 비율이 거의 완벽했다.

"우리는 자매예요." 이본이 대답했다. "태어나자마자 떼어놓아졌던 거죠."

"잔인하게." 캐런-루시가 덧붙였다. "하지만 이제 우리는 함께예요. 당신의 그 사랑스러운 손목에 걸려 있는 핸드백 엄청 예쁜데요."

"이름이 뭐예요?" 이본이 물었다.

"토마시나. 이곳에서는요. 집으로 돌아가면 톰이고요." 그가

* 챙 없는 원통형의 여성용 모자.
** 이 단편에서는 다양한 애칭이 등장하는데 대부분 그대로 살리고 필요한 경우 영어를 병기했다.

우아하게 으쓱하며 어깨를 소녀처럼 수줍게 튕겼다.

"그렇군요." 이본이 말했다.

*

린다는 침대로 올라가 남편 옆에 자리를 잡으면서 아무 말도
하지 않았고 제이도 뭐라고 말하지 않았지만, 요즘 린다가 그와
함께 그것을 보는 일은 드물었다. 그들은 제이가 무릎을 세워 기
대놓은 노트북을 통해 이본을 응시했다. 이본이 너무 늦게 집으
로 돌아와 그들 둘 다 그녀를 기다리려고 거실을 지키지는 않았
다. 이제 그녀는 침대 위로 열쇠를 던졌고, 그녀의 한숨소리가
노트북에서 흘러나왔다. 이본은 양손을 골반에 올리고 주위를
둘러보았다. 그러고는 욕실로 갔고, 카메라에는 샤워 꼭지를 뚫
어져라 쳐다보는 그녀의 모습이 포착되었다. 그리고 당연하게도
그것은 이본이 그들을 뚫어져라 쳐다보는 듯한 효과를 냈다. 린
다는 한순간 오싹한 공포를 느꼈지만, 이본은—린다에게는 놀
랍게도—샤워는 하지 않기로 했는지 그저 변기를 이용하고 세
수와 양치를 한 뒤 게스트룸으로 돌아왔다. 그러고는 다시 서서
거대한 유리벽을 통해 바깥을 내다보았는데, 지금 보이는 것은
밤의 어둠뿐이었다. 마침내 그녀가 작은 여행가방을 열었고 옷

을 벗었다. 그녀의 몸은 린다가 짐작했던 것보다 더 젊어 보였지만 키가 크면 그런 효과를 낼 수 있었다. 젖가슴은 여전히 탄탄해 보였고 허벅지는—다소 거친 입자의 카메라로 보니—매끈했다. 그녀는 입고 있던 팬티 위에 흰색 파자마를 입었고, 거기에 낮게 묶은 포니테일까지 더해져 그들의 딸만큼 젊은 인상을 주었다. 하지만 물론 아니었다. 그녀는 애리조나의 집을 떠나 먼 곳에 와 있는 중년의 여성이었다. 그녀가 손을 뻗어 휴대전화를 집어들 때 제이의 무릎에 기대놓은 노트북을 통해 신호음이 조용히 흘러나왔다.

"목소리 낮춰." 그들은 이본이 말하는 것을 들었다. "짐을 풀어야 해서 스피커폰을 켜놨어. 무슨 말이냐 하면, 이 게스트하우스인지 게스트룸인지 뭔지 아무튼 여긴 아주 멀리 떨어져 있고, 사람 일은 모르는 거잖아. 맙소사."

"왜 그래, 허니차일드honey child." 틀림없는 캐런-루시 토스의 목소리였다. "괜찮아?"

"아니." 이본이 말했다. 그녀의 목소리가 작아졌다. 그녀는 다른 쪽을 보며 여행가방에서 물건을 꺼내고 있었다. "여긴 소름 돋는 곳이야, 캐런-루시. 잠은 어떻게 자지?"

"약을 먹어, 허니. 있잖아, 그 사람들, 그 돈을 모두 그 남자 아버지한테서 물려받은 거라는 얘길 들은 것 같아. 아버지가 플라스틱 사업을 했대. 플라스틱 사업을 한다는 게 무슨 뜻인지는 모르겠지만. 네가 묵고 있는 그 집의 별난 사람들. 그 사람들도 플라스틱 사업을 해. 약 먹을 수 있겠어, 베이비돌baby doll?"

"그래, 그렇게 할게." 이본이 대답하면서 침대에 앉아 가방을 뒤졌고, 린다와 제이는 그녀가 눈을 찡그리고 약병을 쳐다보는 것을 지켜보았다. 그녀가 약병을 열었다. 그리고 가방에서 작은 와인 두 병을 꺼냈는데, 비행기에서 구입할 수 있는 종류의 와인이었다. 그녀가 한 병의 마개를 따서 병을 기울여 마셨다. "너야말로 피곤하겠다." 이본이 말했다. "나는 정말로 괜찮아." 그녀가 덧붙였다. "그 톰인지 토마시나인지 하는 사람 말이야. 그러는 거, 그 사람 아내는 괜찮대?"

"집과 멀리 떨어져 있고 아이들이 옆에 없을 때 그러는 거면."

"나라면 안 괜찮을 것 같은데."

캐런-루시가 말했다. "하지만 정말로 그 사람을 사랑한다면……"

"어쩌면 괜찮을 것도 같아, 모르겠어. 솔직히 모르겠어. 잘 자. 사랑해."

"나도 사랑해, 베이비."

린다는 남편의 옆모습을 흘끗 보았다. 그리고 말했다. "저 여자 샤워도 하지 않았어. 하루종일 먼길을 이동했는데."

제이가 자신의 입술에 손가락을 대고 고개를 까딱했다. 그러자 린다가 일어서서 늘 그러듯 통로 맞은편으로 가서 자려고 그 방을 나왔다. 딸이 그녀에 대해 혹독한 말을 퍼붓고 집을 나간 뒤부터 린다는 남편과 떨어져 잠을 잤다.

*

칠 년 전 시내에서 한 젊은 여자가 사라졌다. 고등학교 2학년생으로 치어리더였으며, 가족이 다니는 영국성공회 교회의 신자 가정에서 아기 돌보는 일을 했었다. 많은 사람들이 수사선상에 올랐고 타운은 당연히 끔찍한 비탄에 빠졌다. 미디어는 강한 분노를 드러냈다. 성서에 등장하는 갑작스러운 강림 장면처럼 카메라와 털 달린 커다란 마이크와 하늘을 퍼 담을 듯 거대한 위성 접시를 단 트럭들이 타운에 몰려들었다. 이렇듯 사람들 대부분의 단합된 분노가 존재했지만, 다른 한편으로는 그날 어떤 여론이 인기를 얻었는지에 따라 묘한 연맹이 형성됐다가 해체되곤 했는데, 예컨대 한동안은 운전 교육 강사가 용의자로 주목을 받기도 했다. 그것이 정말로 사람들을 분열시켰다. 또 그녀의 집에서 어떤 끔찍한 일이 일어났는지 모른다면서 그녀가 사실은 가출했다고 말하는 사람들도 몇 명 있었다. 그것은 그녀의 불쌍한 부모와 형제들이 견뎌야 하는 절망과 공포를 더욱 가중시켰다. 이 년 동안 타운은 그런 식으로 돌아갔다.

그 기간 동안 린다 피터슨-코넬은 가슴속 깊은 곳에 어두운 혼돈의 원판 같은 것을 지닌 채 살아갔고, 남편이 신문기사를 읽고 텔레비전으로 사건의 추이를 지켜보는 모습을 보면서 종종 진땀을 흘렸다. 그녀는 자신이 미친 게 틀림없다고 생각했다. 몸이 왜 그런 식으로 반응하는지, 마음이 왜 차분한 상태를 유지하지 못하는지 그 이유를 짐작조차 할 수 없었다. 그리고 그 사건이 종결되었을 때, 마침내, 마침내 종결되었을 때, 그녀는 자신이 그런 식으로 느꼈었다는 사실을 잊었다. 가끔 기억이 떠오르기는 했지만 실제로 겪었던 신체 증상이 다시 나타난 적은 결코 없었다. 그리고 기억날 때마다 그녀는 생각했다. 나는 어리석은 여자야. 나는 불평할 게 아무것도 없어, 정말로, 그렇겐 못하지, 오 맙소사.

페스티벌의 둘째 날 밤 린다가 남편과 함께 거실에서 책을 읽고 있는데, 이본이 앞문을 통해 들어와 그들을 지나쳐 아래층으로 가는 경사진 복도를 걸어내려갔다. 이본이 지나가면서 손을 들어올렸다. "좋은 밤요." 그녀가 소리쳤다.

"그런데 지내기는 어떠세요?" 제이가 대꾸하며 소리쳤다. "가
르치는 일은 어떻고요?"

"잘돼가요!" 아래층에서 이본의 목소리가 들려왔다. "일찍 수
업이 있어요. 좋은 밤요." 그녀가 다시 소리쳤다. 이내 샤워하
는―오래 걸리지는 않았다―소리가 아주 희미하게 들렸고, 그
들은 거실에서 두 시간 더 책을 읽었다.

한밤중에―수면제 때문에 정신이 몽롱한 상태로―린다는 남
편이 샤워하는 것을 알아차렸다. 그게 특별히 이상한 일은 아니
었지만 린다는 불안감을 느꼈다. 그런 느낌은 늘 있었으나, 오늘
밤은 칠 년 전 그 감정을 상기시켰다. 오로지 그 시간이 이제 끝났
다는 안도감에 의지해 그녀는 겨우 다시 잠에 빠져들 수 있었다.

*

매일 밤 캐런-루시와 이본은 라이브 음악을 연주하는 바에 갔
다. 매일 밤 그들은 토마시나에게 같이 가겠느냐고 물었고, 매일
밤 토마시나는 아니, 방으로 돌아가 아내와 아이들에게 전화를
하겠다고, 그리고 다음날 공부할 과제를 읽겠다고 말했다. "그
사람, 재능 없는 사진가는 아니야." 캐런-루시가 이본에게 말했
다. "이 일을 진심으로 사랑하게 되면 정말로 잘할 가능성이 있

어. 하지만 진심으로 사랑하지 않아. 그가 여기 오는 이유는 오
로지……"

그들은 동시에 고개를 끄덕이며 테이블 바구니 안에 담긴 콘
칩을 집었다. "그의 영혼에 축복이 있기를." 캐런-루시가 덧붙
였다.

"전적으로 그러기를. 그의 아내의 영혼에도."

"젠장, 그래야지." 캐런-루시가 한 손을 입에 갖다댔다. "이
비, 나는 배신당했어. 배-신당했어. 네가 그걸 알아주면 좋겠어."

이본이 고개를 끄덕였다.

"내가 말하고 싶은 건 그게 다야."

이본이 다시 고개를 끄덕였다.

"내 가슴은 찢어졌어." 캐런-루시가 말했다.

"알고 있어." 이본이 말했다.

"찢어졌어. 그가 내 가슴을 찢어놓았어." 캐런-루시가 콘칩을
튕기자 그것은 테이블을 가로질러 날아갔다.

잠시 시간이 흐른 뒤 이본이 물었다. "조이가 나한테 이야기할
때 왜 시선을 피하지?"

"오, 조이의 아들이 오래전에 여기서 어떤 여자를 죽여서 뒷마
당에 묻었다가 결국 엄마한테 털어놨대. 그래, 달링, 진짜야." 캐
런-루시가 고개를 까딱했다. "그애는 앞으로 평생 감옥살이를

해야 해. 그 평생이 얼마나 길지 짧을지는 모르겠지만. 조이는 남편과 이혼했고 남편이 돈을 다 가져갔어. 그들은 부자였는데 남편이 돈을 다 가져간 거야. 그래서 지금 조이는 타운 외곽의 트레일러에 살아. 거기 가면 벽난로 선반에 사진이 놓여 있어. 조이가 아들 바로 옆에 서서 찍은 건데, 애정을 표현하는 것처럼 손을 아들 가슴에 올리고 있지만 사실은 죄수복에 찍힌 번호를 가려 평범한 진청색 셔츠를 입은 것처럼 보이게 하려는 거야."

"맙소사." 이본이 말했다. "맙소사."

"그래."

"그애가 그런 짓을 했을 때 몇 살이었는데?"

"열다섯 살이었던 것 같은데. 열여섯이었나? 이 년 가까이 아무한테도 이야기하지 않아서 기소될 때는 성인이었어. 그 여자를 자기네 집 뒷마당에 묻어놓고 방치한 거지. 애초에 누구에게든 이야기했더라면 종신형은 선고받지 않았을 거야. 하지만 종신형을 받았어. 가석방 없는."

"개가 시체를 파내지 않았어?"

"아니, 그런 일은 일어나지 않았어. 아마 충분히 깊이 묻었던 모양이야." 캐런-루시가 두 손가락을 들어올렸다. "이 년, 그리고 말한 거야. 엄마 할말이 있어요, 하고."

"그 여자 가족은 어떻게 됐어?"

"이사했지. 조이의 전남편도 떠났고. 자기 아들하고는 인연을 싹 끊겠다고 했어. 손을 깨끗이 씻은 거지. 조이는 매달 아들을 만나러 졸리엣으로 가."

이본이 천천히 고개를 가로젓더니 머리칼에 손가락을 집어넣고 쓸어내렸다. "어휴." 그녀가 말했다.

긴 침묵이 흐른 뒤 캐런-루시가 말했다. "네가 아이를 낳지 못한 거 정말 안타깝게 생각해, 이비. 네가 아이를 간절히 원했던 거 알아."

"그러게," 이본이 말했다. "그런 거지 뭐."

"넌 좋은 엄마가 됐을 거야, 보나마나."

이본이 친구를 보았다. "사는 게 그렇지. 빌어먹을 인생이 다 그래."

"그래, 맞아." 캐런-루시가 말했다. "그래, 맞아."

*

다음날 아침, 이본 터틀이 그곳에 도착하고 세번째 아침을 맞이했을 때였다. 그녀가 부엌 개수대 앞에 있는 린다에게 다가갔다. 린다는 이본이 아직 집에 있는 것을 모른 채 커피잔을 씻다가 그녀가 바로 뒤에 서 있는 것을 깨닫고 깜짝 놀랐다. "내 흰색 파자마 봤어요?" 이본이 다짜고짜 알아야겠다는 투로 물었다.

"내가 왜 당신 파자마를 봤어야 하죠?" 린다가 개수대 안에 커피잔을 내려놓았다.

"음, 보이지 않아서요. 그러니까, 그냥 사라졌어요. 그리고 물건은 그냥 사라지지 않으니까요. 제가 말하는 뜻을 아신다면요."

"모르겠는데요." 린다가 마른행주로 손을 닦았다.

"음, 무슨 말인가 하면, 매일 아침 베개 밑에 두는 흰색 파자마가 사라졌다고요." 이본이 두 팔로 세이프를 외치는 심판 같은 동작을 했다. "사라졌다고요. 하지만 틀림없이 어딘가에 있을 테고, 그래서 물어봐야겠다고 생각한 거예요. 그러니까 메이드가 세탁한다고 가져갔을지도 모르잖아요."

"메이드는 당신의 흰색 파자마를 가져가지 않았어요."

이본은 린다를 한참 쳐다보았다. 그리고 "허" 하고 말했다.

린다는 자기 안에서 거의 억누르기 힘든 분노가 치솟는 것을 느꼈다. "우리는 이 집에서 물건을 훔치고 다니지 않아요."

"그냥 물어본 거예요." 이본이 말했다.

*

페스티벌의 마지막 주말에, 환영회가 열렸던 구舊 사립 고등학교 교실에서 전시회가 열렸다. 한쪽 벽에는 강사들이 찍은 사진이, 반대쪽 벽에는 학생들이 찍은 사진이 걸려 있었다. 이본은 캐런-루시와 토마시나와 함께 한쪽에 비켜서서 사람들이 전시장을 천천히 돌아다니는 모습을 지켜보았다. "나는 이런 게 싫어요." 이본이 말했다.

토마시나가 핸드백을 반대쪽 손목에 옮겨 꼈다. "캐런-루시, 당신은 사람들이 당신 사진을 보는 것에 익숙해졌어요? 저기 저 여자, 고개 갸웃한 것 좀 봐요. 궁금한 게 있나본데요. 당신 사진의 금 간 접시가 뭘 의미하는지 궁금한가봐요."

캐런-루시가 말했다. "그건 내가 금이 갔다는 의미예요."

토마시나가 캐런-루시를 깊은 애정의 눈빛으로 바라보며 미소를 지었다. "당신이 나를 금 가게 하는데요."* 그가 말했다.

"스위트하트, 당신을 집에 데려다주고 싶네요. 저기, 저 여자 말이죠. 돈 많은 문화 포식자로군요. 뒤통수만 봐도 알겠어요. 아주 호화롭게 떵떵거리며 사는군요, 저 여자. 뭐해, 그냥 사버리라고." 캐런-루시가 고개를 돌려 피했다.

"이런 맙소사, 저 여자가 내가 묵고 있는 집 주인이에요." 이

---

* '금 가게 하다' '깨뜨리다'라는 영어 표현 'crack up'에는 '(누군가를) 웃기다, 웃게 하다'라는 의미도 있다.

본이 말했다. "이런, 가요."

캐런-루시가 말했다. "당장, 베이비돌."

햇살이 아주 강해 그들 셋은 눈을 찡그리며 잠시 나무 포치에 서 있었다. 토마시나가 선글라스를 꺼냈다. "덥네요." 그가 말했다. "바깥이 이렇게 더운 줄 몰랐어요. 스타킹까지 신고 왔는데."

"그걸 쓰니 멋진데요." 이본이 말했다. "멋져 보여요."

"늘 멋있어 보이지 않아?" 캐런-루시가 토마시나 방향으로 쪽 키스 소리를 냈다. "맙소사, 양모 양말 한 짝에 욱여넣어진 토끼 두 마리보다 더 덥겠어."

뒤에서 남자 목소리가 들려 그들은 깜짝 놀랐다. "여러분," 그 목소리가 말했다. 제이 피터슨-코넬이었다. 그는 그들이 방금 통과한 문으로 나왔다. "전시회는 충분히 즐기셨나요?" 그가 물었다. 그러고는 캐런-루시에게 손을 내밀었다. "제이라고 합니다." 그가 말했다. 햇살이 잠시 그의 안경알 위로 반짝거렸고, 이어 그의 눈이 들여다보였다. "만나뵙게 되어 정말로 기쁩니다. 작가님 작품을 정말 좋아합니다."

"고맙습니다." 캐런-루시가 말했다.

"여자분들께 시원한 음료 좀 갖다드릴까요?"

캐런-루시가 말했다. "유감스럽지만 약속이 있어요."

"그렇군요," 제이가 이본 쪽을 돌아보았다. "이번주에는 통 안 보이시던데요. 우리 작은 타운에서 즐거운 시간 보내셨나요? 아니면 펑키한 투손 풍경에 비해 여긴 좀 따분한가요?"

"저는 이 작은 타운이 마음에 들어요." 이본은 등줄기로 땀방울이 흘러내리는 것을 느꼈다.

"이제 가죠, 다들. 만나서 반가웠어요, 제이 씨." 캐런-루시가 계단으로 걸어갔고, 이본과 토마시나가 그 뒤를 따랐다. 세 사람은 타운으로 돌아가는 숲속 좁은 길을 일렬로 걸어갔고, 교회 옆 공터에 이를 때까지 모두 한마디도 하지 않았다.

"난 뭘 좀 마셔야겠어." 이본이 말했다.

바에서 토마시나가 말했다. "그 남자 나는 알은척도 안 하던데, 눈치챘어요?"

"당연히 그랬겠죠, 허니." 캐런-루시가 말했다. "자기가 알은척하고 싶지 않으면 누구에게든 그럴 사람이에요."

"그 사람을 보면 왜 소름이 돋는지 모르겠어." 이본이 말했다.

"소름 돋게 만드는 사람이니까. 정말 그래." 캐런-루시가 샴페인잔에 담긴 막대로 이본을 가리켰다.

"소름 돋는 외모라는 건 아니고. 외모는 평범해." 이본이 칩한 개를 집었다가 다시 바구니에 넣었다.

캐런-루시가 긴 한숨을 내쉬었다. "내가 어렸을 때 웨이트리스로 일한 세월이 백 년이야, 차일드. 그 덕에 내가 알게 된 것들이 있지. 남자의 눈빛을 알게 됐어." 캐런-루시가 막대로 자신의 광대뼈를 톡톡 쳤다. "그래서 말인데 이 남자는, 베이비돌, 당신을 늙고 키 크고 덩치 큰 쓰레기라고 생각해요. 그게 그 사람 생각인 거죠. 나에 대해서도 똑같이 생각하겠지만 나는 상을 좀 받았잖아요. 그러니 자기 집 벽에 내 작품을 걸어놓는 쪽을 택하겠죠. 하지만 네가 상을 받으면―넌 받을 거야, 이비―그는 젠장맞게 오스스한 그 피이-카소 작품 옆에 네 작품을 걸어놓을걸. 하지만 당장은 네 팬티를 킁킁거리고 매일 밤 자기 베개 밑에 네 예쁜 흰색 파자마를 넣어둘 거야."

이본이 작게 고개를 끄덕였다. "고맙기도 해라." 그리고 덧붙였다. "난 심각해."

"네가 심각한 거 알아."

"와우." 토마시나가 말했다. "지금 이거 슬픈 이야기로군요."

캐런-루시가 토마시나의 옆얼굴을 빤히 심각하게 바라보았다. 그러고는 그의 손에 자기 손을 얹고 말했다. "당신은 아무 걱정 할 것 없어요. 당신은 잘하고 있어요."

*

린다와 제이 피터슨-코넬은 그들의 숙박객과 이야기를 나누려고 잠자리에 들지 않고 거실에 앉아서 기다리고 있었다. 그녀가 돌아오는 시각은 매일 밤 조금씩 늦어졌고, 그녀는 돌아오면 늘 "안녕, 좋은 밤요" 하고는 웨지힐 샌들을 신은 채 곧바로 경사로를 내려갔다.

제이와 린다가 전시회에 다녀온 그날 밤 제이가 말했다. "그 여자, 우리를 알은체하지도 않았어."

린다는 그를 쳐다보지 않고 잡지의 페이지를 넘기며 말했다. "그 여자를 처음 봤을 때 난 당신이 그 여자하고 달아날 줄 알았어."

제이가 웃었다. "그랬어? 그 여자가 약간 난잡하고 노동자계급처럼 보여서?"

"외모 때문만은 아닌 것 같아." 린다가 말했다.

"아니지. 분명 아니지."

린다는 남편의 격앙된 상태를 느꼈어야 했다. 사실 느끼고 있었다. 그녀는 침실이나 욕실에 있는 이본의 모습을 그와 함께 다시 보지 않았다. 이본이 흰색 파자마가 없어졌다고 이야기한 것도 그에게 말해주지 않았다. 이본이 묵는 마지막 밤에 린다는 거실에서 그와 함께 앉아 있었고, 이본은 자정이 다 돼서야 돌아왔다. "늘 아침 일찍 나갔다가 밤늦게 돌아오는군요." 제이가 그녀에게 소리쳐 말했다.

"그랬네요. 안녕히 주무세요." 이본이 소리쳐 대답하고 경사로를 내려가 모습을 감추었다.

"잠시 이쪽으로 와줄래요?" 제이가 소리쳤다. 그는 앉아 있었고, 린다도 그의 옆에 앉아 신문을 무릎 위에 펴놓고 있었다.

잠시 뒤 이본이 경사로를 올라왔다. "무슨 일이시죠?" 그녀가 말했다.

"가족은 있어요?" 제이가 물었다. "이혼했나요?"

"내가 이혼했느냐고요?"

"그렇게 물었어요."

"음. 맙소사." 이본이 이마에 손을 올렸다. "대화를 이런 식으로 시작하시다니요. 그게 보통 중년 여자를 만날 때 당신이 처음 하는 질문인가요?"

"이혼한 것처럼 보여서요." 제이가 말했다.

이본이 작은 동작으로 고개를 빠르게 가로저었다. "자. 괜찮다면 저는 그만 자러 가겠어요."

"당신이 우리집에 묵은 지 일주일이 넘어요." 린다가 말했다. "그런데 우리하고 한 번도 대화를 하지 않네요. 우리가…… 무시당한 기분이 들 만도 하다는 걸 아실 텐데요. 우리는 당신에게 우리집을 개방했어요."

"오. 알겠어요. 네, 죄송해요." 그 말이 정곡을 찌른 듯했고, 린다는 이 여자의 자신감이 얼마나 보잘것없는지 대번에 눈치챘다. 이본의 어머니는 아마 그녀를 바르게 키우려고 노력했겠지만 결국은 체념하는 태도를 물려주었을 것이다. 이본이 거실로 들어왔다. "무례하게 행동할 생각은 아니었어요. 밤마다 정말로 피곤했거든요."

"앉아요." 제이가 의자를 향해 고갯짓을 하며 유쾌하게 말했다.

여자가 앉았다. 그녀의 다리는 아주 길고 앉은 의자는 낮아서 무릎이 귀뚜라미 모양새로 비죽 솟았다. 린다는 이본이 불편해한다는 것을 알 수 있었지만 미안한 마음은 들지 않았다.

"그럼 이야기 좀 해줘요. 애리조나에 살아요? 거기 오래 살았어요?" 린다가 물었다.

"그렇죠." 이본이 대답했다. "기본적으론 그래요. 뭐, 어른이되고 대부분의 시간을 거기서 살았어요."

"우리 딸은 뉴멕시코로 갈까 고민하다가 동부로 갔어요." 제이가 빙긋이 웃으며 말했다. "지금은 보스턴에 살아요."

"그래요? 몇 살인데요?"

"스물세 살인데 우리 품을 벗어나 독립한 걸 아주 즐기고 있어요. 그 또래에는 자연스러운 일이죠." 제이는 여전히 웃고 있었다. "쌍둥이인 남자형제는 프로비던스에 살고요. 그애도 독립생활을 즐기는 중이죠." 그가 덧붙였다.

"캐런-루시의 최근 작품이 아주 멋지던데요." 린다가 말했다.

"그렇죠?" 이본이 몸을 앞으로 숙이려다가 무릎이 너무 높아서 다시 뒤로 기대앉은 다음 다리를 뻗었는데 그 모습이 부인할 수 없이 매력적으로 보였다. "지진 시리즈는 하나같이 다 훌륭하죠. 그녀는 정말로 뛰어난 것 같아요. 금 간 접시도 그렇고." 이본이 인정한다는 듯 고개를 끄덕이고는 다시 똑바로 앉으려고 해보았다.

"어떤 예술가들은 아주 경쟁적이에요. 심지어 친구들에 대해서도요." 제이가 말했다. "하지만 당신 작품은 성공을 거뒀으니 그렇게 너그러울 수 있는 거로군요. 물론 당신은 충분히 성공할 자격이 있죠."

"어쨌거나 당신은 원래 너그러운 사람인 게 틀림없어요." 린다가 말했다. 그녀는 이본이 경계하는 듯 보인다고 생각했다. "가서 와인 좀 가져올게요." 린다가 말했다. 린다의 기분이 어땠을지에 대해서는 의문의 여지가 없었다. 제이는 줄곧 성공을 거둬왔지만, 린다는 자신을 공모자로 느낀 적이 단연코 없었다.

이십 분이 더 지난 뒤 린다는 양해를 구하고 잠을 자러 갔다.

린다는 귀를 쫑긋 세웠고, 얼마 지나지 않아 이본이 아래층으로 내려가 방으로 가는 통로를 지나는 소리를 들었다. 남편 방의 문이 조용히 닫혔고, 린다는 수면제를 먹었다.

꿈결에 린다는 비명소리를 들었다. 공포를 불러일으키는 소리였다. "여보." 제이가 말했다. 그가 문 입구에서 그녀에게 뭐라고 말하고 있었고 침실 등이 켜져 있었다. "작은 문제가 생겼어."

그녀는 재빨리 일어나 앉았는데, 틀림없이 초인종소리를 들은 것 같았다. "제이, 내가 꿈을 꾸고 있었는데……"

"내가 먼저 말할게." 제이가 말했다. 그는 린다에게 미소를 지어 보였지만, 그녀는 그가 달라 보인다고, 얼굴이 이전에 알던 것보다 더 넓적해 보인다고, 그리고 땀으로 축축해 보인다고 생각했다. 그녀는 가운을 걸치고 그를 따라 아래층으로 내려갔다. 그가 문을 열자 남자 경찰관 둘이 서 있었다. 그들 뒤로 남자 경찰관 하나와 여자 경찰관 하나가 더 보였고, 진입로에 흰색 경찰차 두 대가 세워져 있었다. 경찰관들은 매우 정중했다. "게스트룸을 보여주시겠습니까? 이본 터틀이라는 손님이 묵은 곳 말입니다."

제이가 말했다. "물론이죠. 린다, 이분들을 아래층으로 안내해드려."

린다는 경사로를 내려가 손님들이 사용하는 구역으로 가는데 입안이 바짝 말랐다. 침실이 아주 컴컴해 린다가 들어가면서 손을 뻗어 스위치를 찾으니 여자 경찰관이 그녀를 가로막으며 "안 됩니다. 전부 지금 상태 그대로 두셔야 합니다"라고 했다. 이어 남자 경찰관이 말했다. "피터슨 부인, 이제 위층으로 다시 올라가시죠."

린다는 재빨리 돌아서며 제이를 불렀다.

제이는 천천히 고개를 저었고, 남자 경찰관들은 팔을 내려 옆구리에 붙인 자세로 부엌에 서 있었다. "우리는 처음부터 그 여자가 이상해 보인다고 생각했어요. 하지만, 잘 아시다시피, 제 변호사와 이야기하기 전에는 이 문제에 대해 더이상 말하고 싶지 않습니다. 놈 애트우드Norm Atwood가 저를 변호할 거고, 그가 무슨 말을 할지는 여러분도 아시겠지요. 이건 말도 안 됩니다, 완전히 어처구니가 없어요. 카운티에서 제가 소송을 걸길 바라지는 않을 것 같은데요."

"그분더러 경찰서로 오라고 하시는 게 어떻겠습니까?" 경찰관 중 하나가 말했다.

"솔직히." 제이가 싱긋 웃었다. "여러분이 철두철미한 일처리에 자부심을 느낀다는 건 알지만 이번 일은 그저 어이가 없네요."

"이본은 어디 있어요?" 남자들이 문 옆에 모여 있을 때 린다가 불쑥 물었다.

"카운티 병원에 있습니다, 부인." 경찰관 하나가 대답했다.

"그 여자 말이, 내가 자기를 강간하려고 했다는군." 제이가 덧붙였다.

"이본이요? 그 여자가 그랬대요? 하지만 그건 터무니없는데요." 린다가 말했다.

"당연히 터무니없지." 제이가 침착하게 말했다. "여보, 곧 돌아올게."

여자 경찰관이 남자 경찰관 하나와 함께 남았다. 린다가 말했다. "뭘 하려고요?"

"앉으세요, 피터슨 부인. 몇 가지 질문을 드리겠습니다." 그들은 매우 정중했다. 그들이 이본에 대해 물었다. 그녀는 어땠죠?

"오, 정말 끔찍했어요!" 린다가 말했다.

어떤 점이요?

"우리에게 무례했고, 우리와 전혀 시간을 보내지 않았어요." 린다는 문득 그 파자마가 기억나 그것도 불쑥 말해버렸다. "그 여자가 나한테 따지더군요, 자기 파자마를 훔친 거 아니냐고." 여자 경찰관이 이해한다는 듯 고개를 끄덕이는 동안 남자 경찰관이 뭔가를 기록했다.

"그녀가 부인의 남편에게도 무례했습니까?"

린다는 아무것도 말하지 말았어야 한다는 걸 깨달았지만 너무 늦었다. 그녀가 이제 더는 말하지 않겠다고 했을 때 그들은 매우 친절한 태도를 보였다. 그들은 게스트룸에 대한 수색영장 발부가 진행중이며 증거가, 아마 시트나 베갯잇 같은 것들이 압수될 거라고 설명했다.

*

다음날 아침 제이는 그들의 침실에서 곤히 잠들어 있었다. 새벽 무렵 놈 애트우드가 그를 집으로 데려왔다. 제이는 3급 구타 혐의로 기소되어 보석금을 내고 풀려났다. 놈은 제이가 기소된 가장 유력한 이유가, 이본이 극도의 히스테리 상태로 새벽 세시에 팬티와 티셔츠만 입고 거리를 달려, 타운 어느 집의 문을 두드린 것, 그리고 이본의 손목에 몸싸움이 있었을 가능성을 시사하는 작은 멍이 있었던 것이라고 했다. 놈은 그렇다 해도 그것만으로 접촉이 합의에 의한 것이 아님을 입증하기는 어려울 거고, 목격자 없이는 합의의 문제를 입증하기가 늘 어렵다고 말했다. 지금 린다는 뒤쪽 정원의 눈부시게 푸른 수영장 옆에 가만히 앉아 있었다. 주머니에 넣어둔 휴대전화가 울렸고, 그녀는 전화를 받았다.

그녀의 딸이었다. "미쳤군요, 엄마. 둘 다 정말 지긋지긋해. 다시는 집에 가지 않을 거예요."

린다는 일어서서 거실로 들어가 카우치 한쪽 끝에 앉았다. 그녀는 영혼이 얼마간 육체에서 빠져나온 기분이 들었다. 자신이 다시 어려져 이른 여름 어느 저녁, 학교의 여자 친구들과 길을 걸으면서 옥수수밭을, 또 옥수수밭을 지나고 이어 콩밭을 지나는 느낌에 빠져들었기 때문이다. 온 세상이 새 생명의 연초록빛으로 가득했고, 해가 넘어가면서 온 하늘이 찬란한 축하의 색깔을 입었다. 맨팔에 닿던 공기도 떠올랐고, 그 모든 자유, 그 모든 순수함, 그 웃음도……

놈 애트우드는 린다가 오후에 레이턴으로 가서 그녀의 변호사를 만날 수 있도록 주선해주었다. 그는 그녀에게 배우자 특권이 있다고—제이가 그녀에게 말한 어떤 것에 대해서도 불리한 증언을 하지 않아도 된다고—설명했다. 하지만 그녀가 목격한 것이 있다면 법정 선서를 하고 증언대에서 말해야 했다. 린다는 카우치에 앉아 그 말을 이해하려고 해보았지만 자신의 모든 부분이 기능을 멈춰버린 것 같았다. 그녀는 중립이었다. 그녀는 주위를 둘러보았다. 벽에 호퍼의 그림이 너무도 무심하게 걸려 있어서, 그 의미가 개인적인 것으로 느껴지기 시작했다. 마치 그 그림이 바로 이 순간을 위해 그려지기라도 한 것처럼. 당신의 고통은 크지만 의미 없다고, 그것이 그렇게 말하는 것 같았고, 그림 속 집의 측면에는 햇살만이 비쳐 들 뿐이었다. 린다는 일어나 식사실로 가서 긴 식탁 앞에 앉았다. 몇 년 전 그녀의 딸이 아버지의 컴퓨터에서 뭔가를 발견한 뒤 비명을 지르고 지르고 또 질렀다. 아빠가 이 집에서 여자들에게 그런 짓을 하는데 엄마는 아무것도 안 해요? 엄마가 아빠보다 더 형편없어요, 엄마, 구역질나요.

그것은 린다 피터슨-코넬을 무모하고 도발적인 여자로, 남편에게 더 큰 가치를 인정받는 사람으로 만들기 위한 은밀한 게임으로서, 가정의 권태를 깨는 한 방법으로서 시작된 것이었다.

*

린다가 자란 곳은 노던일리노이로, 아버지는 그곳에서 사료용 옥수수 농장을 성공적으로 경영했다. 어머니는 가정주부였는데 늘 부산스러웠지만 다정했다. 그들의 성은 나이슬리였고, 린다를 포함한 세 자매는 프리티 나이슬리 걸즈로 통했다. 그녀는 즐거운 유년기를 보냈지만, 어느 날 갑자기—린다에게는 너무 갑작스럽게 느껴졌다—그녀가 학교에 있는 사이 어머니가 집을 나가 작고 지저분한 아파트로 옮겨가버리는 일이 일어났다. 그 일은 린다가 상상할 수 있는 가장 끔찍한 일, 어머니가 죽은 것보다 더 끔찍한 일이었다. 몇 달 뒤 어머니는 집으로 돌아오고 싶어했지만 아버지가 받아주지 않았다. 그리고 그후 어머니가 작은 주택—지저분한 아파트에 이어—에서 혼자 살아간 것, 딸들에게 신의를 요구한 아버지 때문에 어머니와 딸들의 관계가 소원해진 것. 그뿐 아니라 자유를 얻고자 한 어머니의 시도가 불치의 전염병이라도 된다는 듯 어머니의 친구 모두가 보인 공포 반응에 어머니가 친구들과의 관계마저 포기한 것, 그 모든 것이 린다의 삶에서—지금까지는—가장 강렬한 사건이었다. 린다는 고등학교를 졸업하고 바로 그다음주에 빌 피터슨이라는 이름의 동네 청년과 결혼했고, 일 년 뒤 이혼했지만 그의 성은 유지했다. 그리고 위스콘신의 어느 대학에서 제이를 만났다. 똑똑하고 굉장한 부자인 그가 제공하는 삶이, 추방되어 혼자 살고 있는 어머니에 대한 무섭고 끈질긴 이미지로부터 그녀를 멀리 떼어놓아줄 것만 같았다.

　린다가 식사실 식탁 끝에 앉아 있는데 초인종이 울렸다. 하지만 처음에 그녀는 제대로 들었는지 확신이 없었다. 초인종이 다시 울렸다. 그녀는 커튼 틈 사이로 빠끔 내다보았고 아무도 보이지 않자 조심스럽게 문을 열었는데 몹시 야윈 조이 건터슨이 서 있었다. 그녀가 "린다, 와봐야 할 것 같았어요" 하고 말했다.

린다가 말했다. "아니, 당신은 안 돼요, 아니, 당신은 안 돼요. 당신은 나와 아무 공통점이 없어요, 알아들어요? 당신은 나와 아무 공통점이 없어요. 어서 가요."

"오, 린다. 하지만 나는 정말로……"

"나는 트레일러에서 인생을 끝내고 싶지 않아요, 조이." 린다는 이 말을 해놓고 스스로 놀랐는데, 자신이 이런 말을 하리라고는 짐작조차 못했기 때문이었다. 조이도 그 말에 놀란 것 같았다. 린다보다 키가 작은 그 여자의 얼굴 위로 순식간에 혼란스러운 표정이 떠올랐다.

아마 서로 놀란 것 때문에 린다는 문을 닫지 못했을 것이다. 그래서 조이는 고개를 가로저으며 이 말을 할 시간을 벌 수 있었다. "오, 하지만, 린다…… 저기, 당신이 어디 사는지는 중요하지 않아요. 그건 나중 일이에요. 당신이 누구보다 사랑하는 사람이 감옥에서 하루하루를 보낸다면 당신 자신도 감옥에 있는 거나 마찬가지예요. 당신이 실제로 어디 있는지는 중요하지 않아요. 누가 당신의 진정한 친구들인지 알게 될 거예요. 그리고 그들은 당신이 생각하는 사람이 아닐 테고요. 그 점에 대해선 내 말을 믿어도 돼요."

린다는 문을 닫고 잠갔다.

그녀는 제이의 침실 앞으로 갔지만 그는 여전히 등을 대고 누운 채 코를 골며 곤히 잠들어 있었다. 안경을 쓰지 않은 그의 얼굴은 벌거벗은 듯 보였다. 그녀는 그의 잠든 모습을 한동안 보지 못했었다. 문을 닫고 다시 아래층으로 내려갔다. 린다는 변호사에게 무슨 말을 해야 할지 알지 못했다. 놈은 이 문제가 이본이 고소를 계속 진행하고 싶어할지 아닐지에 달렸다고도 말했었다. 많은 것이 이본에게 달려 있었다.

린다는 집안을 조용히 서성였다. 그녀는 자신의 마음이 받아들일 수 없는 뭔가를 받아들이려고 애쓴다는 것을 알고 있었다. 이 순간 틀림없이 이본과 함께 있을 캐런-루시 토스에 대해 생각했다. 경찰이 이본의 물건을 챙겨 본인에게 돌려주려고 집에 왔을 때, 린다는 이본이 어디 있는지 묻지 않았다. 개수대에는 커피 얼룩이 묻은 하얀 머그잔 두 개가 있었다. 린다는 누가 커피를 마셨는지, 그 잔들이 어떻게 개수대 안에 들어가 있는지 알지 못했다. 잔들을 씻는데 다리 힘이 거의 풀릴 것 같았다. 그녀는 배심원들이 배심원석에 앉아 있는 장면을 상상했다. 이본이 언제나처럼 화장을 아주 진하게 한 채 원고석에 서 있는 모습을 상상했다. 그리고 그 카메라들에 대해 생각했다. 도대체 어떻게 그녀가 그 카메라들을 생각하지 못했을까? 그들이 옷을 벗고 샤워를 하고 변기를 쓰는 것을 남편과 함께 지켜보았습니까, 아니면 보지 않았습니까? 남편이 이런 식으로 그들을 지켜본다는 것을 안 지 얼마나 됐습니까?

*

레이턴으로 차를 몰면서 린다는 타운에서 몇 마일 떨어진 외곽 주유소에 차를 세웠다. 그녀는 자신이 끔찍할 정도로 노출된 기분이 들어 셀프 주유기 옆에 차를 대는 대신 종업원에게 기름을 채우게 했다. 하지만 갑자기 화장실에 가고 싶어졌다. 그녀는 선글라스를 쓴 채 가게로 들어가 셀로판지로 포장된 도넛과 케이크와 땅콩과 캔디 매대 옆을 지나갔다. 화장실은 경악스러울 만큼 지저분했다. 그녀는 이렇게 지저분한 공중화장실을 마지막으로 쓴 게 언제였는지 기억나지 않았지만 곧 이런 생각이 들었다. 이제 중요한 건 아무것도 없는데 이런 게 뭐가 중요하지? 그녀의 마음은 이처럼 뒤죽박죽이어서 그녀가 다시 가게로 들어가다 캐런-루시 토스와 정면으로 마주쳤을 때 두 사람 다 놀라서 서로를 빤히 쳐다보았다. 캐런-루시도 선글라스를 쓰고 있었다. 캐런-루시가 선글라스를 벗었을 때 그녀의 눈은 린다가 생각한 것보다 더 나이들고 슬퍼 보였지만 여전히 아름다웠다.

"깜짝 놀랐네요." 린다가 말했다.

"그러게요. 나도 깜짝 놀랐어요."

그들은 오가는 사람들에게서 떨어져 함께 통로를 걸어갔다. 키가 큰 캐런-루시가 린다를 내려다보며 말했다. "부인, 이건 진심인데요. 몇 년 전 나 자신의 비극이 있은 뒤로, 이따금 내가 모든 사람들에게 연민을 가지고 있다고 느껴요. 정말로 그래요. 아마 그게 그 일을 통해 받은 유일한 축복일 거예요. 하지만 당신남편 때문에 내 친구가 놀랐어요. 몹시 놀랐어요."

"이본은 어디 있어요?"

"방금 공항에 데려다줬어요. 집으로 돌아가면 적당한 의사를 찾아가야겠죠."

"내 말 좀 들어봐요." 린다가 말했다. "나는 그 일에 대해서는 전혀 몰라요."

캐런-루시의 아름다운 눈이 작아졌다. "아니, 당신이 내 말을 들어요. 내 등에 대고 오줌을 갈기면서 밖에 비가 온다고 말할 생각은 말고. 당신은 당신 남편에 대해 틀림없이 뭔가 알고 있을 거예요. 그리고 이비가 이 문제를 재판까지 끌고 가면, 나는 그녀가 정말로 그러길 바라는데, 당신은 증언대에 서게 될 거예요. 그러면 당신의 의무는……"

"나는 남편에 대해 아무것도 몰라요." 린다가 차갑게 말했다. 그리고 선글라스를 통해 캐런-루시가 먼 곳을 바라보듯 창밖으로 시선을 던지는 것을 지켜보았다. 린다는 그 아름다운 눈이 붉어지는 것을 보았다.

캐런-루시가 천천히 고개를 끄덕였다. 그리고 조용히 말했다. "오, 차일드, 당연히 그렇겠네요. 정말 미안해요." 그녀가 시선을 린다에게로 돌렸지만 초점은 여전히 먼 곳에 닿아 있는 듯 보였다. "내가 다른 사람에게 당신 남편이 무슨 일을 저지르려고 하는지 알고 있어야 한다고 말할 입장은 아니네요. 내가 유리로 만들어진 집에 돌을 던졌어요.* 미안해요."

그것은 거의 언제나 놀라운 일이다. 예전에는 영원히 닫힌 장소로 보이던 곳으로 들어가도록 허가를 받는다는 것은. 그리고 그것이 놀라서 멍해 있던 린다에게 일어난 일이었다. 린다는 그날 콘칩 봉지들 위로 햇살이 쏟아지는 편의점 안에 서서 그 같은 동정의 말—캐런-루시는 자신의 남편이 어떤 마음 상태였는지 몰랐던 반면, 린다는 남편의 마음 상태를 너무도 잘 알고 있었기에 그 말을 들을 자격이 없었다—을 들으면서 그 일의 결말이 결

---

* '유리로 만들어진 집에 사는 사람은 집안에서 돌을 던지면 안 된다(Those who live in glass houses should not throw stones)'는 말을 활용한 표현으로 스스로 결점을 가진 사람이 남의 결점을 비난해서는 안 된다는 뜻.

국 어떻게 될지 감지했다. 이본 터틀과 캐런-루시는 이 타운에 다시는 돌아오지 않을 것이고, 재판은 열리지 않을 것이며, 카메라에 대한 언급도 없을 것이다. 그리고 린다가 남편과 함께 밤에 뉴스를 보거나 전원을 산책하거나 레스토랑에 앉아 담소를 나눌 때, 그는 자신이 궁지에서 벗어난 것이 아마도 혹은 부분적으로 아내의 신중함 덕분이라는 것을 언제나 의식하고 있을 것이기에, 그리고 그뒤로 더이상 다른 여자는 없을 것이기에, 게스트룸은 아마 누구도 들어가지 않고 벽에 캐런-루시의 금 간 접시 사진이 걸려 있는 햇볕 잘 드는 서재가 될 것이기에, 린다는 자유의 상태에서 남편과 함께 살아가게 될 것이었다.

린다는 그날 그 사건의 본질을 느꼈다. 그녀는 선글라스를 벗고 그 여자의 눈을 깊이 바라보았다. 린다는 그녀의 손을 잡고 싶어졌다. 심지어—갑작스럽고 놀랍고 다급하게—그녀의 뺨을 어루만지고 싶어졌다. 캐런-루시가, 자신이 줄곧 중요하고 사랑받는 존재라고 생각하다가 어느 날 학교에서 집으로 돌아와 어머니가 사라진 것을 알고 뒤통수를 맞은 듯 괴로워하던 그 프리티 나이슬리 걸인 것처럼.

엄지 치기 이론

황혼이 짙어지기 시작할 무렵 찰리 매콜리는 그녀가 오기를 기다리며 창가에서 바깥을 지켜보고 있었다. 쓰레기가 나뒹구는 아름답지 않은 모텔 주차장이라도 나머지 세상과 당장 전쟁을 치를 만큼의 위협이 될 수 있다는 듯—혹은 그럴 가치가 있다는 듯—꺼멓게 검댕이 묻은 주차장 벽 위쪽으로 가시철망이 둘둘 감겨 있었다. 찰리에게는 그 모습이 조금 전 그가 피오리아에서 반시간 떨어진 이곳, 그들이 함께 찾아낸 이 타운을 걷다가 백화점 유리창을 통해 본 진열된 꿈들의 덧없음을 증명하는 것 같았다. 사람들은 제설기나 아내에게 줄 멋진 양모 드레스를 살 수도 있을 것이다. 하지만 그 이면에 존재하는 것은, 사람들은 모두 음식물을 찾으려고 쓰레깃더미로 달려가는 쥐 같다는 사실이었다. 어떤 쥐는 무거운 것을 날라 깨진 벽돌 틈에 보금자리를 마련하기도 하지만 결국 그곳을 몹시 불쾌하고 더러운 장소로 만들 것이며, 세상에 기여하는 일이라고는 그저 배설물을 보태는 것뿐이리라.

하지만 창문 왼쪽으로 보이는 단풍나무 꼭대기에는 나뭇가지들이 분홍색이 감도는 노란 잎 두 장을 미안한 듯 조심스럽게 내밀고 있었다. 그것들은 어떻게 11월까지 붙어 있었을까? 찬란한 하루의 마지막 햇살이 나무 바로 뒤에서 비치고 있었다. 탁 트인 하늘을 배경으로 저무는 해의 다채로운 색깔이 위를 향해 부채처럼 펼쳐졌다. 찰리는 이런 가을 햇살 속에서 메릴린과 함께 작은 언덕 비탈에 쭈그리고 앉아 크로커스 구근을 심던 것을 떠올리며―왜 지금 그때 일이 기억난 걸까?―자신의 큰 손을 얼굴 옆에 갖다댔다. 그들이 대학교 1학년 때의 일이었다. 메릴린의 열의에 찬 모습이 기억났다. 몰두한 그녀의 눈이 커다랬다. 그는 크로커스 구근 심는 법을 전혀 몰랐고, 그녀 역시 흥분해서 가쁜 숨을 몰아쉬며 자기도 이번이 처음이라고 말했다. 그들은 그날 오후 시내에서 모종삽을 하나 사서 기숙사 뒤의 작은 언덕을 올라 대학 숲 옆으로, 가을 풀밭으로 갔다. "그래, 여기로 해." 메릴린이 아주 진지하게 말했다. 열여덟 살에 첫사랑인 그와 함께 처음으로 꽃을 심는 일, 그는 그것이 그녀에게 얼마나 중요한 일인지 알 수 있었다. 긴 모직 코트로 몸을 단단히 감싼 채 그 일에 열중하는 그녀의 모습에 그는 감동받았었다. 그들은 구멍을 파서 구근을 심었다. "안녕, 잘 가, 행운을 빌어." 그녀가 어느 구근에게 말했다. 그날, 가을 흙냄새가 모종삽을 든 채 무릎을 꿇고 있는 그를 가득 채울 때, 그의 마음에는 왈칵 사랑과 보호심이 일었고, 지금은 그의 눈살을 찌푸리게 하는 그것—그녀의 중심에 자리한 순전한 어리석음, 쓸모없고 메스꺼운 다정함—이 그를 조용히 전율케 했었다. 넋을 잃고 그 일에 몰두해 있던 사랑스러운 메릴린, 그녀의 얼굴은 일을 끝냈다는 기쁨으로 빨갛게 달아올랐었다. "애들이 싹을 틔울까?" 그녀가 걱정스러운 얼굴로 물었다. 애처로운 사람, 늘 걱정만 한다. 그는 그럴 거라고 말했다. 그리고 그렇게 되었다. 몇 개가 싹을 틔웠다. 하지만 그는 그 부분 또한 잘 기억나지 않았다. 그는 정말로 지금 이 순간까지 오래도록 잊고 있던 그것, 그들이 그저 어린아이였던 그 가을의 어느 순수했던 하루만 기억해낼 수 있을 뿐이었다.

찰리는 창문의 블라인드를 내렸다. 플라스틱 재질의 블라인드는 세월의 더께가 앉아 더러웠다. 그가 줄을 잡아당기자 블라인드 살이 고르지 않게 제자리를 찾아갔다.

잽싸게 물살을 거슬러올라가는 큰 피라미처럼 그의 안에서 공포의 감정이 이리저리 돌아다녔다. 그는 갑자기 친척집으로 보내진 어린아이처럼 집이 그리워졌다. 가구는 크고 검고 낯설고 냄새는 이상하고 세부적인 모든 것이 거의 견디기 힘든 다름으로 공격해오는 것 같은 그런 때. 집으로 돌아가고 싶어, 그는 생각했다. 그리고 그 욕망이 그의 숨을 쥐어짜는 것 같았다. 그건 그가 돌아가고 싶은 집이 메릴린과 함께 살고 있고 손주들이 거리 바로 아래에 사는 일리노이주 칼라일의 그 집이 아니기 때문이었다. 칼라일에 있는 유년 시절의 집 또한 아니었다. 매디슨 외곽에 있는 그들의 첫 신혼집도 아니었다. 그는 자신이 갈망하는 집이 어느 집인지 몰랐지만 나이가 들수록 향수병도 더 심해지는 것 같았다. 지금 같이 살고 있는 메릴린—어쨌거나 그의 고립되고 추방된 가슴을 연민으로 채워주는 여자—을 참아낼 수 없었기 때문이었다. 그는 어떻게 해야 할지 몰랐다. 근심의 강물을 쏜살같이 통과하는 그 피라미는 거리 아래 손주들이 사는 현재 칼라일의 집에 잠시 머물렀다가, 가끔 그가 눈앞에 방대하게 펼쳐진 초록을 즐기는 골프장으로 헤엄쳐 갔다가, 검고 윤기 흐르는 머리칼을 한, 지금 여기 나타날 수도 있고 나타나지 않을 수도 있는 여자에게로 헤엄쳐 갔다. 어느 한 장소도 안정된 느낌을 주지 않았다.

조용히 모텔 문 두드리는 소리가 들렸다.

"안녕, 찰리." 그녀가 그를 스쳐 방안으로 들어오면서 따뜻한 눈빛으로 미소를 보냈다.

그는 대번에 알아차렸다. 젊은 날에 연마된 그 직관력은 그뒤로 그를 떠난 적이 없었다. 재앙을 탐지하는 직관력.

그럼에도 남자라면 위엄을 갖춰야 했다. 그래서 그는 고개를 끄덕이고 말했다. "트레이시."

트레이시가 방 안쪽으로 좀더 들어왔고, 찰리는 그녀가 하룻밤 지낼 짐을 싸온 것을 보자—안 그럴 이유가 있었겠는가?— 애처롭게도 순간적으로 기쁨을 느꼈다. 하지만 그녀가 침대 위에 앉아 그에게 다시 미소를 보내자 그는 다시금 알았다.

"코트 받아줘?" 그가 물었다.

그녀가 어깨를 으쓱해 코트를 벗었다.

"찰리," 그녀가 말했다.

그는 스스로를 지켜보았다. 그것은 조금, 흥미로웠다. 그라는 인간은 곧 날아올 한 방에 대비해, 타고난 능력으로 자신을 방어하고 있었다. 그것은 그가 그녀의 위쪽 뺨에 있는 흉터를 골똘히 바라본다는 것을 의미했다. 그가 이미 알고 있는 것처럼 힘들었던 청소년기를 상징하는 들쭉날쭉한 구멍들. 그가 받아든 코트에서 어떤 냄새가 났는데, 희미하지만 질릴 만큼 강하고 분명했다. 그는 코트를 옷장 안에 있는 그의 코트 옆에 걸지 않고 책상 의자 등받이에 걸쳐놓았다. 그는 그녀의 시선이 자신을 똑바로 향하지 않은 것에 주목하면서 자신은 무엇보다 정직하지 않은 것—혹은 용기 없는 것—을 싫어한다고 생각했다.

그는 그 작은 방이 허용하는 한 그녀에게서 멀찍이 떨어져 반대쪽 벽에 기대섰다.

이제 트레이시가 그를 바라보았다—냉소적이고 미안한 표정으로. "돈이 필요해요." 그녀가 말했다. 그러고는 깊은 한숨을 쉬며 침대 이불 위에 손을 내려놓았다. 그녀의 손에는 엄지를 포함해 손가락마다 반지가 끼워져 있었다. 그는 그녀의 많은 부분이 반감을 일으켜야 마땅하다는 것을 그의 마음이 스스로에게 계속 일깨워주려고 하는데도—찰리, 맙소사, 정신 차려!—그렇게 느껴지지 않는다는 사실이 여전히 놀라웠다. 계급 우위라는 헛소리는 어느 남자도 오래 보호해주지 않는다. 많은 사람들이 평생 동안 그 사실을 결코 몰랐다. 하지만 찰리는 알았다.

"말해봐." 그가 말했다.

"만 달러."

그는 자신이 있던 그 자리를 정확히 지켰다. 침대 옆 작은 테이블에 놓여 있던 그의 휴대전화가 갑자기 진동했다. 트레이시가 몸을 기울여 전화기를 보았다. "부인 전화네요." 그녀가 보고하듯 말했다. 무심히.

찰리는 전화기 쪽으로 걸어가 그것을 주머니에 집어넣었고,

그것은 잠시 동안 그의 손바닥 안에서 몸서리치다가 진동을 멈췄다. 그가 침대에 앉아 있는 트레이시에게 말했다. "나는 해줄 수 없을 것 같은데."

"해줄 수 있잖아요." 그녀는 그 대답을 예상하지 못했던 것이 분명했고, 그는 그것이 놀라웠다.

"아니, 해줄 수 없어."

"당신은 돈이 많아요. 찰리."

"내겐 아내와 자식들과 손주들이 있어. 내가 가진 건 그거야."

찰리는 아까 그녀가 좋아하는 샴페인을 사왔고, 이제 트레이시가 뒤늦게 서랍장 위 얼음을 채운 모텔 플라스틱통에 담긴 그것을 쳐다보는 모습을 지켜보았다. 그녀가 애처로운 표정으로 다시 그를 보았다. "당신이 내 마음을 찢어놓네요." 그녀가 말했다. "하고많은……"

그가 킁 소리를 내며 웃었다. "당신의 하고많은 바지씨들 중에 내가 당신 마음을 가장 아프게 찢어놓았군."

"하지만 사실인걸요." 그녀가 일어서서 샴페인 쪽으로 걸어갔다. "그리고 나한테 함부로 하지 마요. 찰리. 나는 고객들을 상대하지만 당신은 그들 중 하나가 아니에요."

"당신한테 고객들이 있는 건 나도 알지." 그가 말했다.

"'바지씨'란 말은 너무…… 구식이에요, 맙소사, 찰리."

"잊어버려."

"아뇨, 잊지 않을 거예요."

"트레이시, 그만하지. 당신과 나는—바로 지금—책에서 보던 고리타분한 옛날이야기 중 하나를 재연하려 하고 있어. 나는 그 러고 싶지 않아. 대사도 이미 다 알아. 배경음악도 다 알고. 그런 건"—그가 한쪽 손바닥을 폈다—"하고 싶지 않아, 그게 다야. 나는 그러지 않을 거야."

그녀의 얼굴에 잠시 고통의 표정이 스쳐지나가자 그는 희열을 느꼈다. 그는 늘 그가 그녀를 사랑하듯 그녀도 그를 사랑한다고 느껴왔다. 하지만 돌연 어떤 상쾌한 단순함이 방안에 들어와 퍼 지는 듯하더니 예상치 못한 어마어마한 안도감, 혹은 상황이 바 로잡히는 느낌이 찾아왔다. 가정으로 돌아가고 상황을 정리하세 요. 의사는 그렇게 말할 것이다. 아니. 불륜을. 가정으로 돌아가 고 불륜을 정리하세요. 그런 명료화—그로서는 불가피한 일이 었다—가 찰리는 재미있게 느껴졌다. 자신이 태어나기 한참 전 에 존재했던 모든 사람들이 이런 것들, 오래도록 사용된 이런 표 현들—가정으로 돌아가고 불륜을 정리하세요—을 알고 있었던 것처럼 생각되었고, 아주 미미하게 기쁨을 느꼈다.

주머니 속 휴대전화가 다시 진동하자 그는 그것을 꺼내 확인했 다. 메릴린이라는 이름이 액정 화면에 푸른색 글씨로 떠 있었다.

"내가 나가 있는 게 좋겠어요?" 그 질문은 예전에도 아주 여러 번 받았던 것이라 친근했다. 일상적인 대화를 나누듯 친숙한 어조였다.

그가 고개를 끄덕였다.

그녀는 다시 코트를 입었고, 그는 그녀에게 방 열쇠를 건넸다.

그가 말했다. "모텔에 작은 로비가 있으니……" 하지만 그녀는 차에 가 있으면 된다고, 라디오를 듣겠다고, 정말로 괜찮다고 말했다. 그녀는 늘 그런 식으로 아주 멋있었다. 그런 식으로 멋있는 게 그녀의 직업이었다. 하지만 그녀가 그에게 진짜 이름을 말하고—옷을 다 입은 채 책상 옆 의자에 앉아 "당신한테 내 진짜 이름을 말해주고 싶어요"라고 말했다—그것을 증명하려고 운전면허증을 꺼낸 그날 이후에도 그녀는 여전히 그런 식으로 멋있었다. 그에게 면허증을 보여준 그날 이후 그녀는 이제 다시는 자신에게 돈을 주면 안 된다고 강력하게 말했다. 아마 그녀는 그때 일을 이렇게 저렇게 따져본 뒤 이제 자신이 돈을 받아 마땅하다고 결론을 내렸을지도 모른다. 어쩌면 정말 그래야 마땅할지도. 그녀가 나가고 조용히 문이 닫혔다. 그는 블라인드 틈새로 그녀가 차에 타는 것을 지켜보고 싶은 충동을 뿌리쳤다.

묘한 희망의 느낌이, 이 상황이 곧 끝날 거라는, 이미—본질적으로는—끝났다는 기분좋은 이해가 그를 떠나지 않았다. 그리고 그 느낌은 확실히 계속 이어질 것 같았는데, 그것은 어째서 인지 지금껏 그가 몰랐던 사실이었다.

그의 아내는 통화를 하면서 울었다. "찰리? 오, 방해가 됐다면 미안해. 정말로 미안해. 재미있는 시간을 보내고 있을 텐데……음, 그게 재미있지 않다는 건 알지만, 그러니까 내 말은 지금은 당신의 시간인데……"

"무슨 일이야?" 그는 전혀 놀라지 않았다.

"오, 찰리. 그애가 나한테 또 못된 말을 했어. 있잖아, 내가, 손녀들이 추수감사절에 입을 드레스는 잘 준비됐는지 물어보려고 전화를 했더니 재닛이 그러는 거야. '어머님, 부탁드릴 게, 아니, 말씀드릴 게 있는데요, 단도직입적으로 말씀드릴게요, 어머님. 저희한테 너무 자주 전화하시는 것 같아요. 여기는 저희 집이고, 스티비는 제 남편이고, 저희에게도 공간이 필요해요.' 그애가 그렇게 말했어, 찰리. 그리고 우리 아들, 걔가 혹시 집에 있었을지 누가 알겠어? 걘 쓸개가 있기나 한지 몰라……"

찰리는 더이상 듣지 않았다. 그는 절대적으로, 그리고 묵묵히 아이들 편이었고, 또한 아들의 아내 편이었다. 그가 침대에 걸터앉았다.

"찰리?" 메릴린이 말했다.

"듣고 있어." 그는 무심코 거울 속 자신의 모습을 흘끗 보았다. 자신이 익숙한 누군가로 보이지 않은 지 오래였다.

몇 분 뒤 그는 전화를 끊을 만큼 아내를 진정시켰다. 그녀는 그를 방해한 것에 대해 다시 사과했고 그와 통화하니 기분이 좀 풀렸다고 말했다. 그가 대답했다. "알았어, 그럼 끊어, 메릴린."

그는 침묵과 함께 방안에 홀로 남아, 앞서 중단된 그것, 지금 그에게 다시 돌아온 그것이 무엇인지 깨달았다. 그것은 거대한 고요였다. 오래전 그는 그것에 자기만의 이름을 붙였다. 엄지 치기 이론. 어린 시절 어느 여름에, 할아버지 집 지붕 위에서 망치로 타일을 세게 내려치다 알아낸 사실이었다. 실수로 엄지를 내려쳤을 때, 이것 봐, 그렇게 세게 쳤는데도 많이 아프진 않은데…… 하고 생각되는 찰나의 순간이 존재했다. 그리고 이어—어리둥절한 채 다행이라고 느끼며 안도하는 착각의 순간이 지난 뒤—살을 짓이기는 진짜 아픔이 몰려왔다. 전쟁에서도 이런 일이 수시로, 여러 형태로 일어났기에 그는 이따금 자신이 아주 똑똑하다고—그의 이론은 그만큼 잘 들어맞았다—생각하곤 했다. 전쟁에서 그는 많은 것을 배웠지만, 메릴린이 지금 그가 참석중이라고 알고 있는 모임 시간에 그런 것을 언급하는 심리학자는 이제껏 한 명도 없었다.

*

찰리가 일어섰다. 그는 성적이고 육체적인 욕구가 근질거리는
것을 느꼈다. 그 욕구는 많은 것을 포함하고 있었고, 그에게 낯
설지 않았다. 그는 팔짱을 낀 채 온갖 것을 견딜 수 있도록 만들
어진—여러 번 느껴본 경험으로 알았다—섬유 이불이 깔린 퀸
사이즈 침대 앞을 서성였다. 이리저리 서성였다. 이리저리. 이따
금 몇 시간을 이리저리 서성인 적도 있었다. 따스한 감정이 그를
찾아왔다.

기념비를 축조할 당시에 그는 별 관심을 두지 않았다. 아니,
찰리 매콜리는 조금도 관심이 없었다. 하지만 어느 날—케산*에
서의 기억이 폭격처럼 그를 반복적으로 찾아오는 숱한 밤을 보
낸 뒤—그는 혼자 버스를 타고 워싱턴으로 갔고, 그가 그곳에서
발견한 것은 얼마나 놀라웠던가. 그는 검은 화강암 벽을 따라 걸
으면서 자신이 기억하는 이름들을 보았고, 거칠어진 손끝으로
그것을 만지면서 소리 없이 혹은 자각 없이 울었다. 그리고 주변
에 있던 사람들—그는 그들을, 아마도 관광객이 분명한 사람들

---

* 베트남 중부에 있는 지역으로, 베트남전 당시 미군 기지가 주둔했고 대규모 전
투가 벌어졌던 곳이기도 하다.

을 감지할 수 있었다—은 경의의 표시로 그를 혼자 두었다. 그는 느낄 수 있었다. 그들이 울고 있는 그에게 경의를 표한다는 것을! 그는 그런 것이 가능하리라곤 한 번도 생각지 못했었다.

칼라일로 돌아온 그가 메릴린에게 말했다. "거기 갔다 오길 잘했어." 그녀가 "나도 기뻐, 찰리" 그렇게만 말해서 그는 깜짝 놀랐다. 그리고 그날 밤 늦게 그녀는 말했다. "저기, 당신이 필요하다고 생각될 때는 언제든 가, 진심이야. 아무때고 당신이 필요하다면 그곳에 갈 수 있는 정도의 경제적 여유는 있어." 사람들은 당신을 놀라게 할 수 있다. 친절로만이 아니라, 무언가를 올바르게 표현하는 갑작스러운 능력으로도.

그 자신은 무언가를 올바르게 표현한 적이 한 번도 없는 것 같았다.

한번은 그가 아들, 며느리와 함께 백화점에 간 적이 있었다. 재닛에게 운동복 상의가 필요했다. 찰리는 그저 동행했을 뿐 아무런 관심이 없었다. 하지만 그의 아들은 관심을 보였고, 찰리는 그쪽을 흘끗 보다 갑자기 그 장면에 주목하게 되었다. 아들은 며느리—재닛은 꾸밈없고 상냥한 여자였다—에게 배려심과 열의를 보이며 이야기를 하고 있었다. 흘끗 본 그 모습, 소소하고 가정적인 대화에 참여하는 아들의 모습에 찰리는 거의 무릎을 꿇을 뻔했다. 아들의 그런 모습이란! 싸구려 캔디와 땅콩과 온갖 잡다한 것으로 가득한 서커스 텐트 같은 냄새가 나는 가게에서, 아내가 정확히 어떤 운동복 상의를 사고 싶어하는지에 대해 아내와 함께 상의하면서 아주 품위 있게 서 있는 아들의 모습은 다 큰 남자 어른의 그것이었다. 아들과 시선이 마주치자 그의 얼굴이 펴졌다. "아버지, 괜찮으세요? 이제 갈까요?"

그 단어가 떠올랐다. 깨끗하다. 그의 아들은 깨끗했다.

"난 괜찮아." 찰리가 한 손을 살짝 들어올리며 말했다. "천천히 고르렴."

그는 오래전 자기 자신을 극심히 더럽힌 찰리였기에, 그는 찰리이고 다른 누군가가 아니었기에, 그는 아들에게 이 말을 할 수 없었다. 너는 품위 있고 강하지만 나는 그중 어느 것에도 해당되지 않는단다. 네 어린 시절이 온통 장밋빛은 아니었는데도 너는 그 시기를 무사히 넘겼어. 나는 네가 자랑스럽고 네가 놀라워. 찰리는 자신이 어떤 감정을 느꼈건 그 감정을 희석시킨 말조차 할 수 없었다. 그는 아들에게 어서 오라고 하면서, 혹은 잘 가라고 하면서 아들의 등을 툭툭 칠 수조차 없었다.

*

찰리는 트레이시에게 이제 돌아와도 괜찮다는 것을 알리려고 모텔방의 열린 문 앞에 서서 주차장을 바라보았다. 그는 트레이시가 차에서 내려 그에게로 걸어오면서 자신을 지켜보는 그의 시선을 알아차렸다는 것을 알아차렸다. 그러나 사실 그는 그녀를 보고 있는 것이 아니었다. 그는 훅 끼쳐온 가을냄새를 맡고 있었다. 갑작스러운 쌀쌀함과 비옥한 흙냄새가 흥분에 가까운 감정과 함께 그를 덮쳤다. 조심해야 해, 그는 생각했다. 조심해야 해. 그는 뒤로 물러서서 그녀를 들어오게 했다.

트레이시는 이번에는 코트를 벗지 않았고 침대가 아닌 책상 옆 의자에 앉았다. 그는 그녀의 얼굴에서 그녀가 미리 마음의 준비를 하고 왔다는 것을 알 수 있었다. "제발, 찰리. 제발 나를 그냥 믿어줘요. 나는 돈이 필요해요."

"당신한테 돈이 필요한 건 나도 알아."

"그러면 부탁할게요."

어쩌면 그녀가 그 돈은 그가 갚아야 할 빚이라고 주장하는지 두고 보겠다는 삐딱한 심보가 찰리에게 있었는지도 모르지만, 바로 그때 그는 그녀를 알고 나서 처음으로 그녀의 눈이 눈물로 그렁그렁해진 것을 보았다. "아, 트레이시. 말해봐. 어서, 베이비, 문제가 뭐지?"

"내 아들."

아주 느리게, 그러면서도 대번에 ─찰리는 그렇게 경험했다─

그는 이해했다. 그녀의 아들이 마약 문제로 곤경에 처했다. 어떤 남자에게 만 달러를 빚진 것이다. 그 사실이 날개를 한껏 공포스럽게 펼친 크고 검은 새처럼 방으로 들어왔다. 그가 그녀에게 단도직입적으로 물었다.

그녀가 고개를 끄덕였고, 눈물이 그녀의 뺨 위로 주르륵 흐르더니 멈추지 않고 계속 흘러내렸다. 그는 그녀가 우는 모습을 한 번도 본 적이 없었기 때문에, 마스카라가 그녀의 옷 위로, 청록색 나일론 블라우스와 검은 스커트 위로, 심지어 부츠로 커다란 흔적을 남기며 흘러내리는 것을 보자 묘한 매력을 느꼈다. 그의 아내는 화장을 전혀 하지 않았다.

"아, 트레이시. 애 같긴, 왜 그래, 당신." 찰리는 그녀를 향해 한 팔을 벌렸고, 그에게 오고 싶어하는 그녀의 욕망을 보았다고 생각했다. 어쩌면 그녀는 그렇게 했을지도 모른다. 그가 이렇게 말하지만 않았다면. "트레이시, 그러면 당신도 위험해져."

그 말의 무엇인가가 그녀의 심기를 깊이 건드렸는지, 그녀는 고개를 가로젓더니 반지를 줄줄이 낀 손을 오므려 주먹을 쥐었다. "빌어먹을, 당신이 뭘 안다고? 당신이 뭘 좀 안다고 생각하나 본데…… 미안하지만 웃기지 마요. 젠장, 당신은 쥐뿔도 몰라."

그녀는 이렇게 해서 그를 도왔다. "나는 해줄 수 없어." 그가 마음 편히 말했다. "나는 갑자기 그런 식으로 은행 계좌에서 만

달러를 찾을 수는 없어. 메릴린이 모르게 할 수는 없어. 그리고 어쨌거나 하지 않을 거고."

그러자 트레이시의 초록색 눈이 벌름거리는 검은 콧구멍처럼 변했다. 그가 그녀를 보면서 떠올린 이미지는 그랬다. 그녀의 눈동자가 말 콧구멍처럼 오므려졌다 벌어졌다 했다. "내가 이 돈을 마련하지 못하면 내 아들은 죽어요." 이제 눈물은 흐르지 않았다. 그녀가 훅훅 작게 숨을 내쉬었다.

찰리는 아주 느리게 움직여 그녀를 마주볼 수 있는 침대 모서리에 앉았다. 마침내, 조용히, 그가 말했다. "당신에게 아들이 있다는 사실을 내가 전혀 몰랐던 거 당신도 알고 있겠지."

"음, 당신한텐 당연히 말하지 않았죠."

"왜 말하지 않았지?" 그는 정말로 의아해서 물었다.

"글쎄요." 그녀가 과장되게 곰곰이 생각해보는 자세를 취하며 반지 낀 손가락을 턱에 갖다댔다. "아마, 내가 그 상황을 설명하면 당신이 나를 하찮게 생각할까봐?"

"트레이시, 많은 사람들의 자식들이 말썽을 일으켜." 찰리는 그녀의 냉소적인 태도가 불편했다. 칼날이 그의 팔에 찰과상을 입힌 것처럼. "내가 당신을 하찮게 생각할까봐?" 그가 메아리처럼 반복했다.

"하! 그러네요, 당신이 어떻게 나를 지금보다 더 하찮게 생각할 수 있겠어요……?"

"그만해. 제길. 이제 그만. 그만하라고." 그가 일어섰다.

그녀가 조용히 말했다. "그럼 당신도 자유주의자 백인의 동정심 따윈 집어치우시지."

아슬아슬하게—딱 아슬아슬하게. 찰리는 늘 아슬아슬한 순간에 멈췄다—그는 그녀의 얼굴을 후려치고 싶은 것을 참았지만, 손에 찌릿한 감각이 퍼지는 것이 실제로 느껴졌다. 그녀는 경멸을 드러내며 그를 외면했고, 그래서 그는 사과하지 않았다. 경멸은 그녀에게 어울리지 않았고, 그는 그것에 연극적인 요소가 있다고 느꼈다.

군부대에 목사가 있었다. 맙소사, 그는 참 좋은 사람이었고, 단순했다. "하느님이 우리와 함께 눈물을 흘리십니다." 목사가 말했지만 그렇다고 그에게 화를 낼 수는 없었다. 케산에서의 그날 밤 이후 또다른 목사가 왔다. 사기꾼이었다. 연극적이었다. "예수님은 여러분의 친구이십니다." 새 목사는 오직 자신만이 예수라는 알약을 나눠주는 책임을 맡았다는 듯 어리석게 거들먹거리며 말하곤 했다.

*

언젠가 그는 병원에 갔다가 다시 모임에 참가해보라는 이야기를 들었다. 다른 사람들이 하는 말을 들으면 도움이 될 거라고 했다. 하지만 거기 참가한다는 것은—오, 찰리의 머리는 그것을 그려보는 것만으로도 무거워졌다—빙 둘러놓은 접이의자와 피로에 찌든 젊은 사람들을 포함하는 것이었다. 그곳에 오는 대부분이 젊은 사람들이었다. 그들은 이라크의 타운에 진입한 이야기, 잠을 자지 못한 이야기, 술을 너무 많이 마신 이야기를 했고, 찰리는 그들을 견딜 수가 없었다. 어떤 사람들은 아직 여드름이나 있을 정도로 어렸다. 그가 명령을 내린 대상이 이토록 어린 아이들이었기에, 그는 그들을 보기만 해도 속이 메슥거렸다. 그것, 그가 그들을 혐오한다는 사실 때문에 그는 공포에 사로잡혔다. 그들과 한자리에 있는 일은 그가 자신의 죽음을 초래할지도 모른다고 생각한 바로 그것을 더욱 악화시켰는데, 왜냐하면 그 모임을 이끌어가는 사람이 뭘 어떻게 해야 할지 정말로 모른다는 것을 그가 알 수 있었기—그리고 그 사실이 두려웠기—때문이었다. 실제로 할 수 있는 일은 아무것도 없었다. 그것에 대해 이야기해봅시다. 물론이죠. 잠깐 담배 피우면서 휴식시간을 가진 뒤에 좀더 이야기해봅시다. 세번째 모임에서 담배를 피우는 휴식시간에 그는 떠났다. 그는 정말로 공포를 느꼈다.

그가 로빈을 만난 것은 인터넷에서 본 그녀의 광고를 통해서였다. 그는 칼라일에서 피오리아까지 두 시간 거리를 차로 달려갔고, 그 타운의 가장 오래된 호텔 로비에서 그녀를 처음 만났다. 호텔은 최근에 재단장을 해서, 로비는 유리와 폭포로 반짝거렸고 엘리베이터는 그가 로빈과 함께 앉아 있는 아래층 바 오른쪽에서 공손히 딩딩거리며 오르내렸다. 그들은 조용히 대화를 나누었고, 그는, 오 하느님 맙소사, 몇 년 만에 가장 행복에 가까운 감정을 느꼈다. 초록색 눈에 피부색이 옅은 흑인 여자는 정적이면서도 자기 확신에 찬 느낌을 주었다. 그렇듯 가볍게 걸쳐 입은 그녀의 권위가 일렁이는 모습에, 찰리는 그 자리에서 그녀의 벌어진 앞니와 검은 콜 펜슬로 속눈썹 위에 그린 아이라인과 그녀가 상대의 말을 들을 때 고개를 끄덕이며 "그러네요" 하고 말하는 방식을 사랑하게 되었다. 그녀는 마흔 살이었고, 로빈이 함께 있어주지 못할 때 할머니와 지내는 두 딸이 있었다. 찰리는 강이 바라보이는 꼭대기 층에 방을 빌렸고, 그녀가 시간을 꼼꼼히 확인하여 정해진 시간보다 한 시간 더 썼다고 그에게 알려주는 것에 주목했다. 하지만 그녀는 부드럽고 차분하고 예의발랐는데, 그런 특징은 달콤하게 폭발하는 그녀의 성적 매력 아래에서도 고스란히 남아 있었다. 그래서 그는 처음부터 가짜라는 느낌을 결코 받지 못했고, 덕분에 늘 기분이 좋을 수 있었다. 그것은 특별한 경험이었다.

"왜 이런 일을 하지?" 그가 물었다. "다들 궁금해할 것 같은데." 그가 덧붙였다.

"그런 사람들도 있긴 하지만 대부분은 그렇지 않아요. 돈 때문이죠." 그녀가 말했고, 일어나 앉으면서 어깨를 가볍게 으쓱했다. "간단한 이야기예요." 그녀 등골의 튀어나온 부분들이 피부 아래에서 완벽한 선을 만들어냈고, 그 모습을 보자 그는 숨이 멎는 것 같았다.

몇 달 뒤 만나는 곳을 피오리아에서 반시간 떨어진 모텔로 하자고 한 것은 그녀의 제안이었다. 비싼 호텔에 갈 돈을 아껴서 더 자주 만나는 데 쓰자는 것이었다. 다만 그는 집에서 빠져나오기가 어려워 원래 만나던 것보다 더 자주 그녀를 만날 수는 없었고, 그래서 만남을 모텔에서 이어가는 대신 남는 돈은 그녀에게 주었다. 그리고 그들은 사랑에 빠졌다—그는 정말로 처음부터 그녀를 사랑했고, 그녀는 자기도 그와 사랑에 빠졌다고 말했으며, 옷을 다 입은 채 바로 그 의자에 앉아 자신의 이름은 트레이시라고 밝혔다. 그리고 그들은 지금 일곱 달째 그렇게 만나고 있는 것이었다. 절박하게 사랑에 빠진 채. 찰리는 절박한 것을 좋아하지 않았다.

트레이시는 욕실 안에 서서 벽에 뚫린 가느다란 구멍에서 화
장지를 톡톡 뽑아 쓰고 있었다. 침대 위 찰리가 앉은 자리에서
빳빳하고 작은 흰색 스커트를 홱 잡아당기는 그녀의 모습이 보
였다. 모텔에서 화장지를 통째로 훔쳐가지 못하게 하려고 그렇
게 만들어놓은 것이었다. 그녀는 화장지로 얼굴을 닦고 작은 세
수수건으로 얼굴을 씻은 다음 립스틱을 덧바른 뒤 방으로 돌아
왔다. 그의 안도감도 되돌아왔다. 그 감정이 결코 멀리 가버린
것은 아니었다. 이 일은 끝날 것이고, 중요한 것은 오로지 그 사
실이었다. 그리고 트레이시는—맙소사, 사람들이 당신을 얼마
나 놀라게 할 수 있는지—뭔가 말도 안 되게 웃긴 말을 했다. 그
녀가 말했다. "난 당신이 나를 도와줄 만한 인격을 가진 사람인
줄 알았어요."

찰리가 그 말을 한번 더 해보라고 했고, 그녀는 약간 경계하는
표정으로 다시 말했다. 그는 침대에 앉아 웃고 또 웃었다. 그것
은 듣기 좋은 소리가 아니었고, 그의 웃음은 곧 그쳤다. "나한테
그게 없군." 그가 마침내 소매로 얼굴을 닦으며 말했다. 그녀는
이제 그를 약간 짜증난다는 느낌으로 쳐다보았다. "인격," 그가
덧붙였다. "나한테 그게 없어."

인격이 제단이고 그 앞에서 모든 품위가 절을 해야 할 것처럼 여겨지던, 인격이 모든 것을 의미한다고 여겨지던 그 시절이 먼 옛날 고대의 시간처럼 느껴졌다. 과학에 의해 유전이 결정적인 요인이라는 사실이 밝혀진 지금, 인격에 관련된 모든 것이 폭포로 내던져졌다. 불안은 본래부터 장착되어 있거나 혹은 트라우마 사건 이후 장착되고, 사람은 강하거나 약한 것이 아니라 그저 특정한 방식으로 만들어질 뿐이라는 사실. 그랬다, 그에게는 인격이 빠져 있었다! 인격의 고상함. 그래, 그것은 종교의 밑바탕과 원시적인 측면에 맞닥뜨리면 종교를 버릴 수밖에 없게 되는 것과 같았다. 가톨릭교회가 소아성애와 끝없는 은폐와 히틀러나 무솔리니와 한패가 된 교황들의 온상이라는 사실을 목도하는 것과 같았다. 찰리는 가톨릭 신자가 아니었지만 그가 아는 몇몇 가톨릭 신자들은 계속 미사를 드리러 갔고, 그는 화려한 파사드가 깎여나가는 것을 직면하고도 어떻게 그럴 수 있는지 이해할 수가 없었다. 가톨릭교회는 의심의 여지 없이 세력을 잃어가는 중이었다. 하지만 근면과 품위와 인격을 중시하는 신교도의 개념 또한 마찬가지였다. 인격이라! 그 단어를 쓰는 사람이 이제 더누가 있는가?

트레이시가 썼다. 트레이시가 그 단어를 썼다. 그가 그녀를 바라보았다. 눈 주변이 여전히 마스카라로 거뭇거뭇 얼룩져 있었다. "이봐, 애 같긴." 그가 말했다. "이봐, 트레이시." 그러고는 그녀를 향해 두 팔을 벌렸다.

그녀가 조용히 말했다. "내 이름은 트레이시가 아니에요." 잠시 후 그녀가 덧붙였다. "그 면허증은 가짜예요. 그렇게 알아두라고요. 전부 가짜예요." 그녀가 몸을 앞으로 숙이고 속삭였다. "가짜."

그에게서 어떤 소리가 새어나왔다. 특별한 일은 아니었다. 그는 종종 의도하지 않았는데 그런 소리를 내곤 했다. 가끔은 사람이 많은 곳에서도 그런 소리를 내서 사람들에게 겁을 주었다. 한번은 도서관에서 젊은 사람이 그를 쳐다보는 것을 발견하고 자신이 그 소리를 냈다는 것을 깨달았다. 그르렁거리는 소리. 메릴린, 백치 같은 그 여자가 젊은 남자에게 소곤거렸다. "이 사람이 전쟁에 나갔었거든요."

하지만 그 애송이는 메릴린의 말이 무슨 뜻인지 모르는 것 같았다.

많은 젊은이들이 그가 복무한 전쟁의 이름을 몰랐다. 그것이 전쟁이기보다는 갈등이기 때문이었을까? 국가가 이 전쟁을, 사람들 다 있는 데서 제멋대로 행동해서 자신을 난처하게 만드는 아이처럼 여겨, 창피함 때문에 뒤로 감춰버렸기 때문이었을까? 그것도 아니면 역사란 원래 그렇게 흘러가는 것일까? 그는 답을 알지 못했다. 하지만 요즘 다 그렇듯 완벽한 치아를 가진 그 젊은 남자는 "잠깐만요, 뭐라 그러셨죠? 죄송하지만……" 하고 말한 뒤 사과라고 보기에는 전적으로 잘못된 방식으로, 얼굴을 자조적으로 찡그리며 찰리의 나이를 가늠하려고 했다. "죄송하지만 그게, 음, 첫번째 이라크전쟁을 말씀하시는 건가요?" 그 순간 찰리는 울고 싶어졌고 소리지르고 싶어졌고 호통치고 싶어졌다. "우리가 그걸 했어. 하지만 무엇 때문에, 무엇 때문에, 무엇 때문에?"

그는 아시아인 모두에게 변함없이 혐오감을 느꼈고, 그 감정을 한 번도 거둔 적이 없었다.

그리고 그를 두려움의 눈빛으로 쳐다본 여자들.

"이렇게 하지." 찰리가 일어섰다. "같이 가자고."

트레이시가 가방을 한쪽 어깨에 둘러메고 기다렸다. 그녀는 그를 두려운 눈빛으로 쳐다보지 않았다. 그녀는 그를 아예 쳐다보지 않았다.

그가 코트를 꺼낼 때 옷장 안 옷걸이들이 댕댕 부딪쳤다. 금속 옷걸이들은 누가 훔쳐가지 못하게 위쪽이 가로대에 완전히 둘둘 감겨 있었다. "준비 다 됐어?" 그는 코트를 걸치며 유쾌한 목소리로 물었고, 한 걸음 물러서서 그녀가 먼저 문밖으로 나가게 했다. 자신이 스스로를 관찰하고 있다는, 앞서의 그 익숙하고 묘한 느낌이 존재했다. 그가 그녀를 굉장히 사랑한다는—이제 그것은 감정이라기보다 알고 있는 사실에 가까웠다—그 사실은 한 가지를 제외한 어떤 측면에서도 이해할 수 없는 것이었기에, 그는 혼란스러웠다. 그 중요한 한 가지 측면은 그녀가 그를 구원했다는 것, 그에게 숨쉴 공간을 주었다는 것이었다. 혹은 그가 그녀를 통해 이것을 자신에게 주었을 것이다. 왜냐하면 그녀를 보면서 그는 자신이 지금 느끼는 감정을 일으키게 할 만한 그 어떤 것—단 한 가지—도 보지 못했기 때문이었다. 여전히 그녀를 욕망하면서도, 그는 그녀를 보며 어리둥절한 기분이었다. 하지만 이제 다 끝났고, 하느님 감사하게도, 안도감이라는 열린 공간은 여전히 그 자리에 있었다.

"당신 차로 나를 따라와." 그가 말했다.

그는 이 모텔로 오는 길 말고는 거의 아는 것이 없는 타운의 중심부를 향해 다시 차를 몰았다. 메인 스트리트의 백화점과, 앞에 늘 '빈방 있음' 안내판이 걸려 있는, 빅토리아양식으로 지어진 듯 보이는 민박집은 알고 있었다. 수줍지만 속은 다정한 어린아이처럼 겉에 산뜻한 연푸른 색깔을 입고서 늘 환영하는 느낌을 주는 곳이었다. 그는 자신이 이용하는 은행의 지점이 어디쯤 있는지 몰랐지만 곧 나타날 것처럼 차를 몰았고, 그녀가 잘 따라오는지 보려고 딱 한 번 백미러를 흘끗 보았다. 그녀는 입술을 깨물고 있었는데, 그에게 아주 익숙한 제스처여서 그는 다시 거울을 보지 말아야 한다는 것을 알았다. 그는 완전히 저문 해를 오른쪽에 두고 차를 몰면서 기분이 괜찮다고 다시금 느꼈다. 오래된 교회를 지나면서 그는 만약 그녀가 따라오고 있지 않다면 차를 세우고 길가에서 교회를 바라봤을 거라고 생각했다.

그는 이따금 기도의 필요성을 느꼈다. 이 필요성은 그에게 아내의 모습을 보는 것만큼이나 끔찍이 싫은 것이었다. 그는 차멀미와 관련된 경험 외엔 그에게 아무것도 준 것 없는 감리교회에 다니면서 자랐다. 메릴린이 원해서 회중교회에 몇 번 같이 예배를 드리러 갔었지만, 아이들이 사춘기에 접어들자마자 그 의무감도 사라졌다. 그는 교회를 견딜 수가 없었고, 메릴린에게 그렇게 말했다. 그녀는 그와 언쟁하지 않았고, 그들은 그냥 교회 가는 것을 그만두었다. 그리고 교회의 어느 누구도 그들에게 다시 오라고 하지 않았다. 찰리는 손주들의 세례식과 패티 나이슬리의 남편 장례식에 간 것을 빼면 오랫동안 교회에 발걸음을 하지 않았다.

하지만 요즘 그는 이따금 그저 교회에 가서 기도하고 싶었다. 그는 무릎을 꿇고 싶었는데, 무엇을 위해 기도할 것인가? 용서. 그것 말고는 기도할 것이 없었다. 당신이 찰리 매콜리라면 그것 말고는 없었다. 찰리 매콜리에게 자식들의 건강이나 아내를 더 잘 사랑할 수 있는 능력—아니 아니 아니 아니 아니—을 달라고 기도하는 것은 사치이자 어리석은 짓이었으므로, 찰리 매콜리는 제발 하느님, 그래도 괜찮으시다면 저를 용서하십시오, 라고 기도할 수 있을 뿐, 무릎 꿇고 간청할 수 있을 뿐이었다.

그러나 참으로 속이 거북한 일이었다. 그는 그 생각을 하면 속이 거북했다.

신호등 하나를 더 지나 길 오른쪽에 그가 이용하는 은행 간판이 보였다. 주차장에 들어가면서 그는 은행 문이 아직 열려 있는 것에 묘한 성취감을 느꼈다. 그는 그녀가 그의 뒤에 차를 세우는 것을 지켜보았다. 그는 그녀에게 한 손으로 그 자리에 그대로 있으라는 신호를 보냈고, 그녀는 고개를 한 번 까딱했다. 십 분쯤 뒤 그는 현금이 든 봉투 두 개—두툼한 살집처럼 폭신한 부피감이 느껴졌다—를 가지고 나와 조금 열린 운전석 차창으로 그녀에게 건넸다. 그녀는 그에게 고맙다고 말하려는 듯 창문을 조금 더 열었지만 그는 고개를 저어 그러지 못하게 했다. "나한테 또 연락하면 당신을 추적해서 내 손으로 죽일 거야." 그가 침착하게 말했다. "당신 이름이 트레이시건 레이시건 개똥이건 예쁜이건 말이야. 알겠어? 더 요구하게 될 게 뻔하니까."

그녀는 차의 시동을 걸고 떠났다.

이제 그의 몸이 떨리기 시작했다. 처음에는 손이, 이어 팔이, 그리고 허벅지가 떨렸다. 그는 이전에도 메릴린의 것을 훔쳤었는데, 다를 게 무엇인가? 하지만 그에게는 이것이 지금까지 그가 한 어떤 일과도 다르게 느껴졌다. 그는 이제 돈을 벌지 않았고, 메릴린도 마찬가지였다. 그것이 정말로 그를 떨리게 만들었다—그가 아내의 돈을 훔쳤다는 사실이. 그는 다시 운전할 수 있을 것 같아질 때까지 차 안에 가만히 앉아 있었다.

이제 해가 저물어 하늘에 아주 여린 잔광만이 남아 있었다. 본질적으로 어둡기 때문에, 심지어 더는 황혼녘도 아니기 때문에, 그래서 위험한 시간이었다. 밤이 빠르게, 빠르게 내려왔다. 하지만 아직은 밤시간이 아니었다. 사람들이 잠들기까지 아직 몇 시간 남아 있었다. 그는 약을 먹어도 고작 다섯 시간 정도 잘 수 있을 뿐이었다.

민박집은 길에서 보이는 것보다 더 컸다. 그는 민박집 뒤쪽 주차장에 차를 대고 건물을 빙 돌아 앞으로 가서—얼굴에 닿는 공기가 오래전에 사용하던 해머밀리스 향 애프터셰이브처럼 상쾌했다—입구의 계단을 올라갔다. 계단이 살짝 삐걱거렸는데, 그 소리에 그는 기분이 조금 좋아졌다. 이곳은 진짜 한 방이 날아왔을 때 머무르기 좋은 곳이라고 그의 본능이 말해주었다. 여기서라면 그는 안전할 수 있었다. 그와 같은 남자를 받아줄 수 있는 곳이었다. 실제로 문을 열어준 여자는 그와 나이가 같거나 어쩌면 더 많은 것 같았다. 피부가 좋고 자그마하고 단정한 여인이었다. 대번에 이런 생각이 떠올랐다. 이 여자는 나를 두려워할 거야. 하지만 그녀는 그런 것 같지 않았다. 그녀는 그의 눈을 바라보면서 텔레비전이 없는 방도 괜찮은지 물었다. 그리고 텔레비전이 보고 싶으면 여기 응접실에서 봐도 된다고, 다른 손님들은 벌써 잠자리에 든 것 같다고 말했다.

처음에 그는 아니라고, 텔레비전은 필요 없다고 말했지만 자신이 지낼 방에 가본 뒤, 거기 그냥 가만히 앉아 있을 수만은 없다는 것을 깨닫고 다시 로비로 나왔다. 그녀가 "그럼요" 하고 말하면서 그에게 리모컨을 건넨 뒤 "부엌일을 끝내고 나서 저도 같이 봐도 괜찮을까요?" 하고 물었다. 그는 그래도 괜찮다고 대답했다. "뭘 보시든 상관없어요." 그녀가 덧붙였다. 그는 그녀에게도 그녀만의 고통이 메아리치고 있다는 것을 어렴풋이 알아차렸다. 그들 나이에 그렇지 않은 사람이 어디 있겠는가, 그는 생각했다. 그러다가 많은 사람들이 그렇지 않다는 생각이 들었다. 그는 자신의 머릿속에 늘 따라다니는, 침묵의 소음이 일으키는 고통의 메아리가 많은 사람들에게는 존재하지 않을 거라고 종종 생각하곤 했다.

그는 카우치에 앉은 채 그녀가 부엌에서 움직이는 소리를 들었다. 그는 팔짱을 끼고 영국 코미디를 보았는데, 영국 코미디는 현실적인 어떤 것과도 동떨어져 있는데다 우스꽝스럽게 느껴졌기 때문이었다—그래서 안전했다. 영국 코미디의 억양도 그랬고, 왁자한 소동도 그랬다. 그래서 그는 기다렸다. 그것이 올 것이다. 이런 한 방이 있고 나면 파도에 파도가 덮쳐오듯 생생한 날것의 고통이, 오 그렇다, 그것이 올 것이다.

민박집 주인이 조용히 응접실로 들어왔다. 그는 곁눈으로 그녀가 구석에 있는 큰 의자에 앉는 것을 보았다. "오, 완벽해." 그녀가 중얼거렸고, 그는 그 말이 프로그램을 잘 골랐다는 의미라고 생각했다.

그는 그녀에게 묻고 싶었다. 누군가가 자기의 가짜 이름을 직접 골랐는데, 그게 트레이시라면 진짜 이름은 무엇일 것 같은지?

그것이 점점 더 가까워지고 있었다. 그것은 기어코 온다. 그는 그것이 무엇인지 알고 있었다. 이전에도 경험했으니 그것은 끝날 것이다. 하지만 아직이었다. 그가 예상한 것보다 시간이 더 걸리고 있었다.

고통에 대해 누가 무슨 말을 하건 당신은 결코 그것에 익숙해지지 않는다. 하지만 지금 이 순간 처음으로 그에게 이런 생각이 떠올랐는데—그 생각이 떠오른 것이 이번이 정말 처음일까?— 그것은 고통보다 훨씬 더 무서운 것이 있다는 생각이었다. 더이상 고통을 느끼지 못하는 사람들. 그는 다른 남자들에게서 그것을 보았다—눈 뒤의 텅 빈 공백, 그리고 그런 이들을 정의하는 결핍.

그래서 찰리는 몸을 아주 조금 더 일으켜 앉았고, 텔레비전을 뚫어져라 처다보았다. 그리고 기다렸다. 그의 안에는 지금 크로커스 구근 같은 희망이 있었다. 그는 기다렸고, 그는 희망했고, 그는 정말로 기도했다. 오, 다정하신 예수님, 그것이 오게 해주십시오. 사랑이신 하느님, 제발, 그래주실 수 있습니까? 제발 그것이 오게 해주실 수 있습니까?

미시시피 메리

"너희 아버지한테 내가 보고 싶어한다고 전해줘." 메리는 딸이 건넨 화장지로 눈물을 훔치며 말했다. "그렇게 말해줄 수 있겠니, 응? 내가 미안해하더라고도 전하고."

그녀의 딸이 천장—이런 이탈리아 아파트 특유의 높은 천장—을 올려다보았고, 이어 잠시 바다가 바라보이는 창문을 돌아봤다가 이내 다시 어머니를 보았다. 앤젤리나는 어머니가 얼마나 늙고 작아 보이는지에 대한 생각을 멈출 수 없었다. 피부색도 묘한 갈색이었다. 그녀가 말했다. "엄마. 제발 그만해요. 제발 그만요. 엄마. 여기까지 날아오려고 꼬박 일 년 모은 돈을 썼는데 엄마가 그 남자, 엄마 남편이란 사람하고 이런 끔찍한—죄송하지만 정말로 그래요—이런 지저분한 투룸 아파트에서 같이 지내는 걸 봐야 하다니, 오 맙소사. 게다가 그 남자는 거의 제 또래잖아요. 우리는 그 사실을 그냥 모른 척 무시해왔지만, 무시하는 것 말고 달리 뭘 할 수 있었겠어요? 지금 엄마는 여든 살이에요, 엄마."

"일흔여덟이야." 메리가 울음을 멈췄다. "그리고 그는 전혀 네 또래가 아니고. 그는 예순둘이야. 왜 그러니, 아가."

앤젤리나가 말했다. "알았어요, 엄마는 일흔여덟이에요. 하지만 엄마는 뇌졸중도 왔었고 심장마비도 왔었어요."

"이제 제발 그만. 그건 오래전 일이야."

"그래놓고 지금 저더러 아빠한테, 엄마가 아빠를 보고 싶어한다고 전해달라니요."

"정말 보고 싶단다, 아가. 내 생각엔 너희 아빠도 나를 보고 싶어한 날들이 틀림없이 있었을 거야." 메리의 팔꿈치는 의자 팔걸이에 놓여 있었고, 손은 화장지를 힘없이 흔들었다.

"엄마. 엄마는 모르죠, 그렇죠? 오 맙소사, 엄마는 전혀 몰라요." 앤젤리나가 소파 등받이에 몸을 기대고 두 손을 머리로 가져가더니 머리칼을 손가락으로 빗어내렸다.

"제발 소리 좀 지르지 마, 아가. 누가 사람들에게 소리지르라고 가르쳤니?" 어머니가 커다란 노란색 가죽 핸드백 안에 화장지를 집어넣었다. "나는 뭐든 알 것 같다고 느낀 적이 한 번도 없었어. 그래, 나는 아주 많은 걸 몰랐어. 그 말에는 나도 동의해. 하지만 제발 소리는 지르지 마, 앤젤리나. 내가 방금 말했잖아?" 메리의 딸, 다섯 딸들 중 막내, 메리가 (속으로) 가장 예뻐하는 이 아이의 이름이 앤젤리나가 된 것은 메리가 그애를 임신한 동안 자신의 뱃속에 작은 천사가 들어 있다는 것을 알았기 때문이었다. 메리는 허리를 세우고 앉아 딸을 보았다. 딸이 중년의 여성이 된 지도 꽤 되었다. 앤젤리나는 어머니를 마주보지 않았다. 구석자리 의자에 앉아 있던 메리는 햇살이 교회 첨탑에 부딪히는 것을 보고 그 광경에 시선을 두었다.

"아빠가 늘 소리를 질렀어요." 앤젤리나가 카우치 덮개를 내려다보며 말했다. "제게 소리지르지 말라고 소리지르시면 안 되죠, 절 그런 식으로 키우지 않았다고 말씀하셔도 안 되고요. 사실 그렇게 키워졌으니까. 그렇게 소리지르는 사람 손에서 컸잖아요. 아빠가 소리지르는 사람yeller이었다고요."

"〈올드 옐러〉.*" 메리가 자기 가슴에 손을 올렸다. "솔직히 그 영화 정말 슬펐어. 그 왜, 우리가 너희를 데려가서 같이 봤는데 태미가 한 달 동안인가 잠을 못 잤었잖니. 그들이 그 불쌍한 개

---

* 〈Old Yeller〉. 프레드 깁슨의 동명 소설을 바탕으로 제작되어 1957년에 상영된 영화. 미국 남북전쟁 이후의 텍사스를 배경으로, 한 소년과 떠돌이 개에 대한 이야기를 다룬다.

를 초원으로 데리고 가서 죽인 거 기억나?"

"어쩔 수 없었잖아요, 엄마. 광견병rabid에 걸린 개였으니까요."

"토끼rabbit?"

"광견병요. 오, 엄마. 엄마가 저를 이렇게 슬프게 하지 않으면 좋겠어요." 앤젤리나가 잠시 눈을 감고 카우치에 올린 손을 부드럽게 튕겼다.

"당연히 그렇겠지." 그녀의 어머니가 맞장구를 쳤다. "정말로 여기 오려고 모은 돈을 다 쓴 거니? 아버지가 조금도 도와주지 않았어? 아가, 네가 소리지른 것 때문에 너한테 소리지른 거 아니었어. 나가서 재미있는 걸 하자."

앤젤리나가 말했다. "외국에서는 모든 게 아주 어렵게 느껴져요. 그리고 이탈리아 사람들은 영어 못하는 걸 자랑스러워해요. 엄마도 처음 여기 왔을 때 그런 생각 했어요? 모든 것이 너무 어렵게 느껴진다는 생각?"

메리가 고개를 끄덕였다. "했지. 하지만 사람은 환경에 익숙해져. 알다시피 파올로가 옆에 없었다면 나는 몇 주 동안 저 모퉁이 가게에서 커피 마실 엄두도 못 냈을 거야. 그들은 처음에 내가 파올로 엄마라고 생각했단다. 그러다 내가 그의 아내란 사실을 알게 됐지. 그들은 우리를 좀 비웃었던 것 같아. 하지만 파올로가 내게 돈을 지불할 때 접시에 동전 놓는 법을 가르쳐줬지."

"엄마."

"왜, 아가?"

"오, 엄마, 그 이야기 들으니 슬퍼요. 그냥 그래요."

"접시에 제대로 동전 놓는 법을 몰랐던 게?"

"아니요, 엄마. 엄마를 그 사람 엄마라고 생각했다는 거요."

메리는 그 말을 곰곰이 생각해보았다. "하지만 사람들이 왜 나를 그의 엄마라고 생각했을까? 나는 미국인이고, 그는 이탈리아인인데. 사람들이 그 생각은 하지 못했나봐."

"엄마는 내 엄마예요!" 앤젤리나가 버럭 소리를 질렀고, 메리는 또다시 눈물을 흘릴 뻔했다. 그건 그 순간 자신이 초래한 것이 분명한 모든 상처들을 한순간에 다 본 것 같아 가슴이 타들어가는 듯했기 때문이었고, 또한 그녀 메리 멈퍼드는 살면서 어느 누구에게도 상처를 줄 생각이 없었고 그러고 싶지도 않았기 때문이었다.

*

그들은 교회를 지나 카페 창가에 앉았다. 카페는 바다를 내다보는 바위 위에 세워져 있었다. 8월 말의 햇살이 쏟아져 모든 것이 정신없이 반짝거렸다. 사 년을 살면서 메리는 이 마을 풍경의 아름다움에 머리가 멍해지지 않은 적이 없었다. 하지만 메리는 걱정이 많았다. 큰딸 태미가 앤젤리나의 결혼생활에 문제가 있다는 내용의 이메일을 보냈기 때문이었다. 메리는 앤젤리나와 단둘이 있게 되면 당장 그 문제를 물어봐야겠다고 생각했었다. 하지만 그럴 수 있을 것 같지 않았다. 앤젤리나가 그 이야기를 먼저 꺼낼 때까지 기다려야 했다. 메리가 커다란 제노바행 유람선을 가리키자 앤젤리나가 고개를 끄덕였다. 그들이 앉은 자리 옆의 창문이 열려 있었고 출입문도 열려 있었다. 메리는 살구 코르네토*를 먹은 뒤 앤젤리나의 팔에 손을 올렸다. 그러고는 조용히 노래하기 시작했다. "당신은 늘 내 마음에 있었어요." 하지만 앤젤리나는 얼굴을 찡그리며 말했다. "엘비스가 지금도 그렇게 좋아요?"

"응." 메리가 자세를 바로 하고 앉아 두 손을 무릎에 올려놓았다. "파올로가 내 전화기에 엘비스 노래를 몽땅 내려받아줬어."

앤젤리나가 입을 벌렸다가 다물었다.

메리는 곁눈으로 세월이 자신의 아이에게 미친 흔적을 다시 한번 보았다. 앤젤리나의 입가와 눈가에 메리가 기억하지 못하는 주름이 있었다. 머리칼은 여전히 옅은 갈색이고 여전히 어깨 아

---

* 이탈리아식 크루아상.

래로 내려와 있었지만 숱은 메리가 생각했던 것보다 적었다. 그리고 입고 있는 청바지가 너무 꽉 끼었다! 메리는 그것을 대번에 알아보았다. "저기, 아가." 메리가 바다 쪽을 향해 손을 저으며 말했다. "내가 이탈리아에서 정말 좋아하는 건 바깥세상과 접촉하는 시간이 더 많다는 거야. 이렇게 열린 문도 그렇고, 열린 창문도 그렇고."

앤젤리나가 말했다. "저는 추워요."

"이걸 둘러." 메리가 늘 하고 다니는 스카프를 건넸다. "펼쳐 봐." 그녀가 알려주었다. "다 펴면 네 마르고 작은 어깨뼈를 충분히 감쌀 수 있을 거야."

그녀의 막내 아이는 시키는 대로 했다.

"네가 어떻게 사는지 말해주렴." 메리가 말했다. "아주 작은 거라도, 네가 말하고 싶다면."

앤젤리나가 푸른색 밀짚 핸드백 안에 손을 넣어 전화기를 찾아 꺼낸 뒤 테이블 위 그들 사이에 내려놓았다. "음, 쌍둥이와 제가 공예 박람회에 가서 뭘 손에 넣었는지 알면 깜짝 놀라실걸요. 잠깐만요, 전화기에 사진이 있을 거예요." 메리가 의자를 더 가까이 끌어당겨 전화기를 내려다보니 쌍둥이 중 하나가 태미의 생일 선물로 사준 예쁜 분홍색 스웨터가 보였다.

"좀더 말해봐." 메리가 말했다. 그녀의 욕망이 갑자기 하늘만큼 커진 것 같았다. 보여줘, 보여줘, 그녀의 가슴이 외쳤다. "그 사진을 전부 보여줘." 그녀가 말했다.

"육백서른두 장이에요." 앤젤리나가 눈을 찡그려 전화기를 쳐다본 뒤 알려주었다.

"하나씩 보여줘." 메리가 사랑스러운 막내딸을 보며 환하게 웃었다.

"울면 안 돼요." 앤젤리나가 주의를 주었다.

"한 방울도."

"한 방울만 흘려도 그만 볼 거예요."

"맙소사," 메리는 그렇게 말하며 생각했다. 이 아이를 키운 게 누구였지?

*

그들이 다시 카세지아토*로 돌아가는 길에는 해가 구름 뒤로 숨었고, 그것이 빛을 극적으로 바꿔놓았다. 갑자기 가을 날씨가 된 것 같았고, 이 날씨는 종려나무나 밝게 칠한 건물과 잘 어울리지 않았다. 이런 것에―추측건대―익숙해져 있을 메리조차

---

* '주택지'라는 뜻의 이탈리아어.

그렇게 느꼈다. 하지만 메리는 딸의 전화기에서 본 모든 것이, 자기 없이 일리노이에서 흘러가는 모든 삶이 어리둥절했다. 그녀가 말했다. "요전날 프리티 나이슬리 걸즈가 생각났어. 더클럽도. 아마 더클럽. 그리고 거기서 춤춘 게 기억났던 것 같아."

"프리티 나이슬리 걸즈는 걸레였어요." 앤젤리나가 어깨 너머로 말했다.

"아니야, 그렇지 않아. 앤젤리나. 바보 같은 소리 마."

"엄마." 앤젤리나가 걸음을 멈추고 어머니를 돌아보았다. "그 애들은 정말로 걸레였어요. 적어도 위의 둘은 그랬어요. 그 둘은 모두하고 잔 게 확실해요."

메리도 걸음을 멈췄다. 그러고는 선글라스를 벗고 딸을 쳐다보았다. "정말이니?"

"엄마, 저는 엄마도 아시는 줄 알았어요."

"내가 대체 그걸 어떻게 알아?"

"엄마, 모두가 알았어요. 당시에도 제가 엄마한테 말씀드렸고요. 오 이런." 앤젤리나가 잠시 뒤에 덧붙였다. "하지만 패티는 아니었어요. 아니었을 거예요."

"패티?"

"나이슬리 씨네 막내딸이요. 지금 저하고 친구예요." 앤젤리나가 선글라스를 코 위로 밀어올렸다.

"음, 잘됐구나." 메리가 말했다. "잘됐어 nicely.* 친구가 된 지 얼마나 됐니?"

"사 년이요. 저하고 같이 일해요."

사 년, 메리가 생각했다. 사 년 동안 나는 누구보다 사랑하는 내 어린 천사를 못 봤구나. 메리는 딸을 흘끗 보며 이 아이의 청바지가 작은 엉덩이에 너무 꽉 낀다고 다시 한번 생각했다. 그녀는, 앤젤리나는 중년 여성이었다. 앤젤리나가 불륜을 저지르고 있나? 메리는 천천히 고개를 저었다. "음, 걔들이 어렸을 때를 생각하고 있었어. 프리티 나이슬리 걸즈. 네 아버지와 내가 그애들 중 하나의 결혼식에 갔었는데. 피로연을 더클럽에서 했어."

앤젤리나가 다시 걷기 시작했다. "그리운 적 있어요?" 그녀가 어머니를 돌아보며 어깨 너머로 물었다. "더클럽 말이에요."

"오, 아가." 메리는 숨이 찼다. "아니, 더클럽이 그립다곤 말할 수 없겠구나. 거긴 결코 내 취향이 아니었어."

"하지만 다들 거기 자주 갔었잖아요." 작은 돌풍이 불어 앤젤리나의 머리카락을 들어올리자 머리끝이 일직선을 그리며 어깨 위로 떠올랐다.

"그랬지." 메리는 딸을 따라 거리를 걸었고, 잠시 뒤 앤젤리나

---

* 나이슬리라는 이름과 'nicely'라는 단어의 본뜻을 이용한 말장난.

가 돌아서서 어머니를 기다렸다. "거기 한쪽 벽에 유리판이 있고, 그 안에 인디언 화살촉이 가득 있었어. 아마 그랬을 거야." 메리가 말했다.

"엄마가 거길 안 좋아하는 줄 몰랐어요." 딸이 말했다. "엄마, 제 결혼식 피로연도 거기서 했잖아요."

"아가, 내 취향이 아니라는 거야. 확실히 아니었어. 나는 그런 분위기에서 자라지 않아서 그런 것에 결코 익숙해지지 않았지. 새 드레스를 자랑하는 것하며 그 바보 같은 여자들하며." 오 맙소사, 메리는 생각했다. 어휴.

"엄마, 나이슬리 아줌마 기억 안 나요? 음, 그 아줌마 어떻게 됐는지 아세요?" 앤젤리나가 선글라스로 가려진 눈으로 어머니를 보았다.

"아니. 어떻게 됐는데?" 메리가 물었다. 엄청난 두려움이 밀려와 그녀 가슴에 둥지를 틀었다.

"별거 없어요. 어서 가요."

"잠깐만." 메리가 말했다. 그녀는 작은 가게로 들어갔고, 앤젤리나가 그 뒤에 바짝 붙어 들어갔다. 계산대 뒤의 남자가 말했다. "아, 부온조르노, 부온조르노.*" 메리가 이탈리아어로 대

---

* 오전에 하는 이탈리아어 인사.

답하며 앤젤리나를 가리켰다. 남자가 자기 앞의 작은 계산대 위에 담배 한 갑을 내려놓았다. 메리가 "시, 그라치에"* 하고 말하고는 앤젤리나가 알아듣지 못하는 말을 몇 마디 더 했고, 그러자 남자는 입을 벌려 누렇고 듬성듬성 빠진 자리가 있는 이를 드러내며 큼지막하게 웃었다. 그가 그녀의 어머니에게 단박에 대답했다. 어머니가 돌아섰고, 커다란 노란색 가죽 핸드백이 앤젤리나의 몸에 부딪혔다. "아가, 이이가 너보고 아름답다고 하는구나. 벨리시마!**" 어머니가 그 남자에게 또 뭐라고 말한 뒤 그들은 다시 거리로 나섰다. "저이가 그러는데 네가 나를 꼭 닮았대. 오, 그 말을 들은 게 얼마 만인지 몰라. 사람들이 늘 말했었잖아. 딸이 엄마를 꼭 닮았네요, 하고."

"엄마, 아직도 담배 피워요?"

"하루에 한 개비만, 응."

"예전에 사람들이 저보고 엄마 닮았다고 하면 기분이 정말 좋았어요." 앤젤리나가 말했다. "하루에 담배 한 개비면 괜찮다는 거 진짜죠?"

"나 아직 안 죽었잖니." 그리고 메리는 이렇게 말하려고 했다.

---

* '네, 고마워요'라는 뜻의 이탈리아어.
** '아주 아름답다'는 뜻의 이탈리아어.

내가 아직 안 죽었다니 정말 놀라워. 하지만 그녀는 앤젤리나에게 자신의 죽음에 대해 언급하지 말자고 마음을 다잡았다.

앤젤리나가 어머니의 팔에 팔짱을 꼈고, 어머니는 딸이 자전거를 타고 오는 여자와 부딪치지 않게 잡아당겼다. "엄마," 앤젤리나가 뒤를 돌아보며 말했다. "저 여자, 엄마 나이 또래 같아요. 담배를 피우네요. 진주 목걸이를 했고요. 하이힐을 신고 뒤쪽 바구니에 짐까지 실은 채 자전거 페달을 밟고 있어요."

"오, 그래, 아가. 내가 여기 왔을 때 저걸 보고 얼마나 감탄했는지. 그리고 내린 결론은, 저 여자들은 차를 몰고 월마트로 가는 여자들과 다를 바 없다는 거야. 자전거를 탄다는 것만 다를 뿐인 거지."

앤젤리나가 크게 하품을 했다. 그리고 마침내 말했다. "엄마는 늘 모든 것에 감탄하시죠."

*

아파트 안으로 들어온 메리는 침대에 누웠다. 이것이 그녀의 오후 휴식이었다. 앤젤리나는 아이들에게 이메일을 쓰겠다고 말했다. 메리는 창문을 통해 바다를 바라보았다. "컴퓨터 이리로 가져와." 그녀가 딸에게 소리쳤고, 앤젤리나도 소리쳐 대답했다.

"쉬세요, 엄마, 저는 괜찮아요. 나중에 우리 같이 아이들하고 스카이프로 이야기해요."

제발, 메리는 생각했다. 제발 여기 와서 나하고 같이 있자. 그녀의 막내딸이—그녀가 가장 예뻐하는 아이지만 유독 그녀와 만나기를 거부하며 사 년 동안 찾아오지 않다가 일 년 전에야 오겠다고 말한 아이!—(이제는 여인이 된) 그 아이가 지금 이 아파트 옆방에 있다는 사실이 메리의 삶에 자연스러운 느낌을 주었지만, 사실 이 아이가 여기 있는 것은 전혀 자연스럽지 않았다. 제발, 메리는 생각했다. 하지만 그녀는 피곤했고, 그 '제발'은 지금 이 순간 제노바에서 그의 아이들과 즐겁게 지내고 있을 파올로를 위한 말이자 한편으로 다른 딸들이 건강하게 지내게 해달라는 의미의 제발이기도 했다. 오, 메리가 제발이라고 말할 것은 아주 많았다.

캐시 나이슬리.

메리는 한쪽 팔꿈치를 짚고 몸을 살짝 일으켰다. 가족을 버리고 집을 나간 여자. 그 여자가 작은 체구에 좋은 인상이었다는 것을 떠올린 순간, 뭔가 뜨거운 것이 그녀를 관통했다. "허," 메리는 조용히 말한 뒤 다시 누웠다. 캐시 나이슬리는 겉으로는 미소를 보였지만 메리를 좋아하지 않았는데, 메리는 자신의 출신이 비천해서 그랬다는 걸 이제야 이해했다. "비천한 출신." 메리의 시어머니는 메리의 배경에 대해 그렇게 말했었다. 그것은 사실이었다. 그들에게는 서로 맞대어 비빌 5센트짜리 동전 두 개도 없었다. 하지만 메리는 치어리더로 활동하던 귀엽고 깜찍한 아가씨 시절에 대규모 농기구 사업을 하는 멈퍼드 씨 아들의 눈길을 사로잡았다. 그때 그녀는 무엇을 알고 있었는가? 침대에 누운 채 메리는 고개를 가로저었다. 아무것도 몰랐다.

음, 그녀는 옆으로 누우며 생각했다. 이젠 뭔가 아는 게 있었다. 캐시 나이슬리가 그녀를 결코 인정하지 않았다는 사실을 알았다. 메리는 그게 무슨 상관이냐는 듯 한 손을 내저었다. 하지만 그들은 그녀의 딸들 중 하나의 결혼식에 갔었다. 장녀였던가? 틀림없이 그랬을 것이다. 오래전 일이었다.

잠깐. 잠깐. 잠깐.

이제 기억났다. 캐시 나이슬리가 이미 집을 나간 뒤였고, 결혼식에 갔던 사람들은 캐시가 바람이 났다고 숙덕거렸다. 그리고 어쩌다보니—왜 그런 일이 일어났을까?—사람들의 바로 그 숙덕거림 때문에 메리는 자신의 남편 역시 바람을—그 끔찍하고 뚱뚱한 에일린, 그의 비서와—피우고 있다는 사실을 알게 되었다. 그의 자백을 받아내는 데 며칠이 걸렸고, 이어 메리에게 심장마비가 왔다. 음, 그녀 자신의 세계가 그렇게 와르르 무너져버렸으므로 그녀가 캐시 나이슬리를 잊고 살았던 것은 당연한 일이었다.

메리는 침대 위에서 손을 뻗어 노란색 가죽 핸드백을 끌어당긴 다음, 전화기를 꺼내 이어폰을 꽂았다. 엘비스가 〈I've Lost You〉를 노래했다. 메리보다 두 살이 많고 메리처럼 미시시피주의 작은 타운 출신이었던 엘비스 프레슬리는 늘 그녀의 비밀 친구였지만, 그를 볼 기회는 한 번도 없었다. 그녀가 아기 때 아버지가 사촌이 경영하는 칼라일 타운의 주유소에서 일하게 되는 바람에 일리노이주 농장 지역으로 급히 이주했기 때문이었다. 한번은 엘비스가 그녀가 사는 곳으로부터 두 시간 떨어진 곳에서 공연을 했지만, 아이들이 너무 어려서 그녀는 보러 갈 수 없었다. 오, 메리는 누군가가 상상할 수 있는 것보다 더 많은 시간을 엘비스에 대해 생각하며 보냈고, 결혼생활 초기에 그녀 마음속의 내밀한 기쁨—그것은 그녀의 마음이고 다른 사람들은 알수 없는 것이기에—은 이런 식으로 만들어졌다. 혼자 몰래 마음속에서, 그녀는 엘비스와 무대 뒤에 있었고, 그의 외로운 눈을들여다보는 것으로 그녀가 그를 이해한다는 것을 알렸다. 혼자몰래 마음속에서, 그녀는 멍청한 코미디언이 텔레비전 전국 방송에서 그를 두고 "뚱뚱한 마흔 살"이라고 한 것에 대해 그를 위로했다. 혼자 몰래 마음속에서, 그들은 둘만의 시간을 보냈고 그럴 때면 그는 자신의 고향과 어머니에 대해 이야기했다. 그가 죽었을 때 그녀는 며칠 동안 조용히 울었다.

하지만 파올로는…… 그녀는 파올로에게 엘비스와 함께 보낸 환상 속의 삶에 대해 말했고, 파올로는 한쪽 눈을 살짝 감고 그녀를 지그시 바라보다가 두 팔 벌려 그녀를 포옹했다. 자유로움이란. 오오, 사랑받는 것의 자유로움이란……!

잠에서 깨어난 그녀는 문가에 서 있는 딸을 보았다. 메리가 침대 위 자기 옆자리를 툭툭 쳤다. "이리 와, 아가. 여긴 그가 눕는 쪽이 아니야. 그가 쓰는 자리는 내가 지금 누워 있는 쪽이야."

앤젤리나가 반짝거리는 작은 컴퓨터를 서랍장 위에 올려놓고 어머니 옆으로 와서 누웠다. 메리가 말했다. "저 바다를 봐. 스페인까지 흘러간단다." 앤젤리나가 눈을 감았다. 메리가 몸을 조금 일으켰다. "저기, 네 아버지 머리는 어떠니?" 그녀가 조용히 딸꾹질을 하자 아까 먹은 코르네토의 살구맛이 올라왔다.

"치매는 아니에요." 앤젤리나가 말했다. "하지만 계속 지켜보고 있어요."

"다행이구나." 메리가 대답했다. 그러고는 큰 노란색 핸드백에서 화장지를 꺼내 입술에 갖다댔다. "하지만 내가 물어본 건 암이 어떤지였어."

이제 앤젤리나는 눈을 뜨고 일어나 앉았다. "암은 재발하지 않았어요. 재발했다면 당연히 말씀드리지 않았겠어요?"

"글쎄다." 메리가 솔직하게 대답했다.

"우리가 그렇게 못되지는 않아요, 엄마. 아버지가 다시 아프면 말씀드릴 거예요. 왜 그러세요, 엄마."

"에인절, 당연히 너희는 못되지 않아. 아무도 너희가 못됐다고 하지 않았어. 그냥 물어본 거야." 내가 바보지, 메리는 생각했다. 메리는 자신이 그렇다고 분명하게 믿었고, 그러자 딸에게 미안한 마음이 들면서 다시 울컥해졌다. 그녀가 몸을 좀더 바로 일으켰다. "저기, 이제 그건 그만 생각하기로 하자." 그녀는 노란색 가죽 핸드백에서 사용한 화장지를 모아놓은 비닐봉지를 꺼내 침대 옆의 테이블 밑 쓰레기통에 버렸다.

앤젤리나가 웃었다. "엄마 정말 재미있어요. 다 쓴 화장지 모으는 건 여전하시네요."

메리는 자신의 어여쁜 아이가 웃는 소리를 들으니 웃음이 나왔다. "전에 말했잖아. 딸이 다섯 있고 전부 감기에 걸려 집에 돌아오면 계속 돌아다니면서 화장지를 주워야 한다고……"

"알아요, 엄마. 알아요." 앤젤리나가 어머니의 팔에 손을 올렸고, 어머니는 반대쪽 손으로 잠시 딸의 얼굴을 만졌다.

*

　오십일 년 동안 결혼생활을 유지하다 떠나는 사람은 누구인가? 메리 멈퍼드는 아니다, 그건 확실하다. 그녀는 고개를 가로저었다. 앤젤리나가 물었다. "뭐라고요, 엄마?" 메리는 다시 고개를 가로저었다. 그들은 여전히 침대에 함께 누워 있었다. 오십일 년 동안 결혼생활을 유지하다 떠나는 사람은 누구인가?

　음…… 메리가 떠났다. 그녀는 다섯 딸이 다 클 때까지 기다렸고, 십삼 년 동안 남편과 불륜 관계에 있던 그 비서—그렇게 뚱뚱한 여자와 십삼 년이라니—에 대해 알게 된 뒤 그녀를 찾아온 심장마비에서 회복될 때까지 기다렸고, 파올로가 보낸 편지들을 발견한 남편이—지금으로부터 거의 십 년 전에—오, 얼굴이 벌게져서는 측두의 몹쓸 혈관이 터질 듯 소리를 질렀을 때 정작 터진 것은 그녀의 혈관이었기에—그녀는 한편으로 그것이 결혼이라고, 그녀가 그의 터지는 혈관을 떠맡게 된 거라고 생각했다—그것이 회복될 때까지 기다렸고, 그녀가 그를 떠나겠다고 선언한 직후에 그에게 생겼을 뇌종양이 그를 죽음에 이르게 하지 않는 것이 확실해질 때까지 기다렸다. 그렇게 그녀는 기다리고 또 기다렸고, 사랑하는 파올로도 기다렸고—그리하여—그녀가 여기 있게 된 것이었다.

이렇게 되리라는 걸 어떻게 알았겠는가? 당신은 결코 아무것도 알지 못하며, 뭐라도 안다고 생각하는 사람들은…… 음, 그런 사람들은 누구라도 엄청나게 큰 놀라움에 빠지게 될 것이다.

"엄마는 저한테 정말로 잘해줬어요." 앤젤리나가 여전히 누운 채로 검은 플랫슈즈를 살며시 벗었고, 신발은 부드러운 소리를 내며 바닥에 떨어졌다.

"무슨 뜻이니, 아가?"

"엄마가 저한테 참 잘해줬다고요. 제가 열여덟 살이 될 때까지 밤에 저를 재워주셨잖아요."

"너를 사랑했으니까." 메리가 말했다. "지금도 사랑하고."

"이쪽이 엄마가 자는 쪽 맞죠?" 앤젤리나가 일어나 앉았다.

"그래, 아가. 믿어도 돼."

앤젤리나는 한숨을 쉬고 다시 어머니 옆에 누웠다. "죄송해요. 내일 그분이 돌아오시면 상냥하게 대할게요. 좋은 분이란 거 알아요, 엄마. 그냥 제가 애처럼 구는 거죠."

메리는 "내가 너였어도 똑같이 느꼈을 거야" 하고 말했다. 하지만 그녀는 그것이 사실이 아니라고 생각했다. 그녀가 시계를 흘끗 본 뒤 말했다. "일어나자. 내가 수영하러 나가는 시간이야."

앤젤리나가 침대에서 내려왔고 머리칼을 한쪽 어깨로 쓸어내렸다. "엄마 엄청 까무잡잡해요." 그녀가 어머니에게 말했다.

"그렇게 태운 모습을 보니까 웃겨요."

"그래, 바닷가잖니." 메리는 욕실로 들어가 수영복을 입고 그 위에 드레스를 입었다. "같이 가자. 물속에 들어가면 다른 건 할 것 없고 그냥 앉아 있기만 하면 돼. 물이 널 받쳐줄 거야, 장담해."

오후 네시여서 해는 엄청난 햇빛을 쏟아내고 있었고, 언덕 높이 지어진 집들은 햇빛을 받아 환하게 빛났다. 옅은 색깔들, 밝은 노란색 꽃들, 종려나무들. 메리는 고무 신발을 신고 돌밭을 가로질러 해변으로 내려갔다. 그녀가 드레스를 벗어 수건 위에 올려놓고 물안경을 찾았다.

"엄마, 비키니 입었네요."

"투피스다, 얘야. 둘러봐라. 원피스 수영복 입은 사람이 하나라도 있니? 너 말고?" 메리는 물안경을 쓰고 물속으로 들어갔고, 곧 물을 밀고 나아가며 발을 움직였다. 그녀 아래에서 헤엄치는 작은 물고기들이 보였다. 그녀는 매일 수영하는 이 시간이 하루 중 가장 좋았고, 그것은 딸이 그녀를 찾아온 지금도 마찬가지였다. 누가 물속으로 첨벙 들어와 그녀는 동작을 멈췄다. 머리칼이 젖은 앤젤리나가 거기 있었다. "엄마, 너무 웃겨요. 노란 비키니 입은 모습요. 그리고 그 물안경도요. 오 맙소사, 엄마!" 그래서 그들은 웃으면서 수영을 했고, 해는 그들 위로 편편이 떨어져내렸다.

햇볕에 데워진 바위에 앉아 앤젤리나가 말했다. "친구는 사귀
셨어요?"

"사귀었지." 메리가 고개를 끄덕였다. "발레리아하고 가장 친
해. 내가 편지에서 그녀에 대해 쓰지 않았니? 오, 나는 그녀가 정
말 좋아. 광장에서 처음 만났어. 그녀가 어느 늙은 여자 옆에 앉
아 있는 모습을 봤는데, 오, 발레리아의 얼굴은 정말로 사랑스러
웠어, 앤젤리나, 내가 본 얼굴 중에 가장 사랑스러웠어. 너 말고
다른 사람 중에서 말이야. 그녀는 대략 백 년 동안 햇볕을 받아
다리가 까매진 늙은 여인과 함께 바닷가에 앉아 있었어. 나는 그
여인의 다리를 쳐다보고 있었는데, 짙고도 짙은 피부 속에 자주
색 혈관이 보였어. 정말로 소시지 같았어. 그래서 생각했지. 삶
이란 참으로 기적 같구나! 저 노쇠한 다리가 아직도 피를 펌프질
하고 있다니. 그런 생각을 하다가 그 여인과 이야기를 나누고 있
는 여자를 흘끗 쳐다봤어. 몸집이 자그마하고 귀여워 보였지. 발
레리아는 그런 여자였고, 그 여인의 무릎에 거의 앉아 있다시피
했는데, 얼굴은 또 얼마나 사랑스럽던지…… 세상에……" 메리
가 고개를 가로저었다. "그리고 이틀 뒤 교회 건물을 지나가는데
그 자그마한 여자가 곧장 내게 다가왔어. 영어를 좀 하더라고.
나는 이탈리아어를 조금 했고. 그래, 그렇게 친구가 생겼어. 만
나게 해줄게. 너를 만나면 좋아할 거야."

"그렇게 해요." 앤젤리나가 말했다. "며칠 후에요. 잘은 모르겠지만."

"언제든 네가 원할 때."

그들 앞에 배 네 척이 있었는데, 한 척은 제노바로 가는 유람선이었고 나머지는 유조선이었다.

"파올로 그분이 엄마한테 잘해줘요?"

메리가 말했다. "아주 잘해줘."

"그렇군요. 알겠어요." 잠시 뒤 앤젤리나가 덧붙였다. "그러면 그분 아들들은요? 그리고 아들들의 아내들은요? 그 사람들도 엄마한테 잘해줘요?"

"더할 나위 없이 잘해줘." 메리가 물어볼 것도 없다는 듯 손을 내저었다. "파올로가 나한테 어떻게 해준 줄 아니, 아가? 엘비스 노래를 모조리 내 전화기에 내려받아줬어." 메리가 손을 뻗어 전화기를 집어들고 쳐다본 다음 다시 커다란 노란색 핸드백 속에 넣었다.

"아까 말씀하셨어요." 앤젤리나가 말했다. 그리고 더 다정한 어조로 덧붙였다. "엄마는 한결같이 노란색을 좋아하시네요." 그녀가 어머니의 핸드백을 만졌다. "이것도 노란색이에요."

"나는 늘 노란색이 좋았어."

"그리고 비키니도 노란색. 엄마 진짜 웃겨요."

또 한 척의 배가 수평선 저멀리 나타났다. 메리가 그 배를 가리켰고, 앤젤리나가 느리게 고개를 끄덕였다.

*

메리는 옛날에 그랬던 것처럼 앤젤리나에게 목욕물을 받아주면서, 아이가 어렸을 때 종종 그랬듯 지금도 자기보고 옆에 남아 이야기를 해달라고 하지는 않을까 살짝 궁금했다. 하지만 앤젤리나가 말했다. "이제 됐어요, 엄마. 금방 나갈게요."

메리는 침대─그녀가 하루의 대부분을 보내는 곳─에 누워 높은 천장을 바라보면서, 딸아이는 지독한 굶주림을 이해하지 못한다고 생각했다. 자신은 거의 오십 년 동안 심한 갈증을 느끼며 살았다. 남편의 마흔한번째 깜짝 생일 파티 때─메리는 남편의 마흔한번째 생일에 그를 정말로 놀라게 할 파티를 준비하면서 매우 뿌듯해했는데, 오 맙소사, 그는 정말로 놀랐다─그녀는 남편이 자신과 춤추려 하지 않는다는 사실을 알아차렸다. 단 한번도. 나중에 메리는 그가 그녀를 사랑하지 않아서 그랬다는 것을 깨달았다. 딸들이 마련해준 쉰번째 결혼기념일 파티 때도 그는 그녀에게 춤추자고 하지 않았다.

그해, 시간이 더 지난 후 딸들이 그녀에게 생일 선물을 해주었다. 그녀의 예순아홉 살 생일이었고, 선물은 단체 이탈리아 여행이었다. 그 단체 여행자들과 함께 볼리아스코라는 작은 마을에 갔을 때 메리는 빗속에서 길을 잃었고, 파올로가 그녀를 발견했다. 그는 영어를 할 줄 알았고, 그녀는 그의 나이에 대해 정말로 크게 고민하지 않았다. 그녀는 사랑에 빠졌다. 그렇게 된 것이었다. 그는 이십 년 동안 결혼생활을 했지만 그 기간이 오십 년처럼 느껴졌고, 당시에는 혼자였다. 그들은 둘 다 갈증을 느끼는 상태였다.

하지만 메리는 남편을, 그러니까 전남편을 떠올렸고, 요즘은 더욱 자주 생각했다. 그가 걱정이 되었다. 누군가와 오십 년을 살았다면 그 사람에 대해 걱정하지 않을 수 없는 것이었다. 또한 그리워하지 않을 수 없는 것이었다. 이따금 그녀는 자신이 그를 그리워한다는 사실에 비참한 기분이 들었다. 앤젤리나는 아직 자신의 결혼에 대해 말을 꺼내지 않았고, 메리는 정말로 염려하는 마음으로 앤젤리나가 그 이야기를 하기를 기다리고 있었다. 앤젤리나의 남편은 선량한 사람이었다. 하지만 누가 알겠는가? 누가 알겠는가.

*

앤젤리나는 욕조에서 머리를 뒤로 젖히고 샴푸를 문질렀다. 어머니와 함께 수영한 시간은 행복했다. 하지만 지금 이 굽 달린 끔찍하고 낡은 욕조에 앉아, 물이 사방에 튀지 않도록 조심하면서 이 작고 요상한 샤워기를 잡고 있으려니 앤젤리나는 기분이 아주 좋지 않았다. 믿을 수 없다는 데서 오는 불쾌감이었다. 어머니가 그렇게 달라 보이는 것이 믿어지지 않았다. 어머니가 더이상 그녀로부터, 손주들로부터 10마일 거리에 살지 않는다는 것이 믿어지지 않았다. 어머니가 태미의 나이 정도밖에 되지 않는 따분한 이탈리아 남자와 결혼했다는 사실이 믿어지지 않았다. 아니야, 그녀는 머리를 감다가 울고 싶어졌다. 아니야 아니야 아니야! 오, 그녀는 어머니가 끔찍이 보고 싶었었다. 하루가 멀다 하고, 한 주가 멀다 하고 그녀는 끊임없이 어머니에 대해 이야기했고 잭은 그것을 들어주었지만, 어느 날 그는 마침내 그리고 갑자기 이렇게 말하고 떠났다. 당신은 어머니와 사랑에 빠졌어, 앤지. 나하고 사랑에 빠진 게 아니라. 그래서 그녀는 지금 어머니를 만나 자신의 결혼에 대해 말하려고 이곳에 와 있는 것이었다. 그녀가 사랑에 빠져 있다는 이 여자, 그녀의 어머니에게.

서글서글한 인상의 파올로는 그녀를 데리러 공항에 와서 이

184

작고 늙고 까무잡잡하게 탄 여인, 그녀의 어머니(!) 옆에 서 있었고 미친 도로들을 달려 그들을 여기로 데려다주었다. 자 그럼 이제 그가 제노바로 가서 아들과 며칠 밤을 보내면 앤젤리나도 어머니와 둘이서 시간을 보낼 수 있지 않을까? 앤젤리나는 이곳의 모든 것이 싫었다. 촌스러운 마을의 아름다움도 싫었고, 이 끔찍한 아파트의 높은 천장도 싫었고, 이탈리아인들의 오만함도 싫었다. 지금 그녀는 마음속으로 자신이 어른이 되기 전의 시절을, 일리노이에 있는 그들의 집 옆으로 옥수수밭이 아득히 펼쳐진 풍경을 그려보았다. 그녀의 아버지가 소리를 질러댄 것은 사실이었다. 그리고 그가 그 멍청하고 뚱뚱한 여자와 십삼 년 동안 어리석은 관계를 가졌던 것도 사실이었다. 하지만 앤젤리나는 그것이 애처롭게 보였다. 당연히 고통스러웠지만 한편으로는 애처로웠다. 어머니는 자신이 그렇게 떠남으로써 무슨 짓을 저질렀는지 왜 보지 못하는가? 왜 보지 못하는가? 이유는 한 가지뿐이었다. 어머니는 겉으로는 엉뚱해 보이고 속은 좀 바보 같다는 것. 어머니는 상상력이 부족했다.

흑흑. 흑흑. 가족 중 누구라도 울고 있는 걸 보면 아버지는 그들 앞에 얼굴을 바짝 들이대고 이렇게 말하곤 했다. 그는 정말로 비열한 뱀 같은 남자였고(하지만 그녀에게는 아버지였고, 그녀는 그를 사랑했다), 총을 좋아해서 집에 누가 침입하더라도 쏴버릴 수 있었다. 그는 그렇게 자랐고, 그에게 딸이 아니라 아들이 있었다면 아들도 그런 식이었을 것이다. 앤젤리나는 삶에서 이렇게 늦은 시기에 그들로부터 어머니의 애정을 빼앗아간, 이 파올로라는 아무것도 아닌 남자를 찾겠다고 아버지가 이탈리아로, 이 끔찍하고 작은 마을로 오는 일은 결코 없기를 바랐다. 병이 재발하면 아버지는 이번엔 정말 진짜로 죽게 될 텐데, 그런 상황이 되면 어떻게든 이 마을로 와서 이 아무것도 아닌 파올로라는 남자를 찾아내 공개적인 장소에서 그를 쏘고 자신도 쏴버릴 것이었다.

그런 미치광이 짓은 거의 이탈리아인들의 방식 같았다.

"제가 여기 오는 데 필요한 돈을 왜 아빠가 보태줄 거라고 생각하셨어요?" 앤젤리나가 침대 위에 앉아 수건으로 머리를 말리며 어머니에게 물었다.

"너희 아버지잖니. 내 말이 맞을걸." 메리가 고개를 한 번 까딱했다.

"뇌종양으로 한창 힘들어하던 때 자신을 떠난 전처를 보러 간다는데 저를 왜 도와줘요?"

메리의 머릿속에 띵 하고 전류가 흐르는 것 같았는데, 그것은 그녀가 갑자기 매우 화가 났다는 뜻이었다. 그녀가 똑바로 일어나 앉아 침대 머리판에 등을 기댔다. "난 네 아버지가 뇌종양으

로 힘들어할 때 떠나지 않았어. 그게 가장 중요한 부분인데. 맙
소사, 너희는 그걸 모르고 있었니? 나는 너희 아버지 곁을 지키
며 그이를 계속 돌봤고, 너희 아버지가 회복된 뒤에 내 인생을
살기로 한 거야." 이 아가씨야, 그런 바보 같은 소리 집어치우지
않으면 나한테 뇌졸중이 또 올지 몰라, 메리는 생각했다. 하지만
앤젤리나는 아가씨가 아니었고, 집을 떠날 준비가 거의 다 된 두
아이가 있었으며, 뭔지는 몰라도 지금 겪는 일 때문에 예민해져
있을 터였다. 그래도 메리는 몹시 화가 났다. 그녀는 자신의 화
난 상태가 마음 편했던 적이 없었다. 이 기분을 어떻게 해야 할
지 알 수 없었다. "잭과는 어떻게 지내니?" 그녀가 물었다. "잭
에 대해선 한마디도 안 하는구나."

앤젤리나는 바닥을 내려다보았다. 잠시 뒤 그녀가 말했다. "한
동안 힘든 시간을 보냈어요. 지금 해결하는 중이에요. 우리는 싸
우는 법을 배울 기회가 전혀 없었어요." 그녀가 불편한 표정으
로 어머니를 흘끗 쳐다보았다가 다시 바닥을 보았다. "엄마와 아
빠는 한 번도 싸우지 않으셨으니까요. 음, 아빠는 소리를 질렀고
엄마는 그걸 그냥 내버려두셨죠. 하지만 그걸 건설적인 싸움이
라고 부르진 않겠어요."

메리는 기다렸다. 분노가 그녀를 떠나지 않았다. 분노가 그녀
를 더 영리하게 만들었다. 자신이 논리정연하고 강인한 사람이

된 것 같았다. "건설적인 싸움이라." 메리가 말했다. "너희 아버지와 내가 건설적인 싸움을 하지 않았다는 거지. 알겠어, 계속해봐."

"그 이야긴 하고 싶지 않아요." 앤젤리나는 여전히 바닥을 내려다보고 있었는데 완전히 침울한 표정이었다. 열두 살짜리 아이처럼 샐쭉하게 토라질 수도 있었겠지만, 앤젤리나는 여태 한 번도 그런 태도를 보인 적이 없었다.

"앤젤리나." 메리는 자신의 목소리가 분노로 흔들리는 것을 느꼈다. "잘 들어. 나는 너를 사 년 동안 못 봤어. 다른 아이들은 모두 나를 보러 왔지만 너는 안 왔어. 태미는 두 번이나 왔는데. 지금 보니 네가 나한테 화난 상태란 걸 알겠구나. 너를 탓하진 않아." 메리가 발이 바닥에 닿게 일어나 앉았다. "잠깐. 탓해야겠어."

앤젤리나가 놀라서 고개를 들고 어머니를 보았다.

"너는 어른이니 너를 탓해야겠어. 내가 떠난 건 네가 어린아이였을 때가 아니었어. 나는 할 만큼 다 했고, 그러고 나서야…… 사랑에 빠졌어. 그러니 화를 내고 싶은 만큼 내. 하지만 내가 바라는 건, 내가 바라는 건……" 그 순간 메리의 분노가 그녀를 떠났다. 마음이 몹시 불편했다. 앤젤리나의 표정을 보자 마음이 끔찍하게 불편했다. "뭐라고 말 좀 해봐, 아가." 메리가 말했다. "뭐든 말해봐."

앤젤리나는 아무 말도 하지 않았다. 딸이 무슨 말을 할지 몰라서 그런다는 생각은 들지 않았다. 한참 동안 그들은 침묵했다. 앤젤리나는 바닥만 내려다보고 있었고, 메리는 자신의 아이만 바라보고 있었다. 마침내 메리가 말했다. 조용히 말했다. "의사가 너를 나한테 안겨줬을 때 내가 너를 알아봤다고 얘기했나?"

그러자 앤젤리나가 어머니를 쳐다보았다. 그리고 희미하게 고개를 저었다.

"다른 아이들 때는 그렇지 않았어. 오, 그애들도 당연히 보자마자 사랑하게 됐지. 하지만 너랑은 달랐어. 의사가 '따님 받으세요, 메리' 하길래 내가 너를 받아 안고 쳐다봤는데, 그건 정말로 신기한 경험이었어, 앤젤리나. 오, 너로구나, 그런 생각이 들었거든. 심지어 놀랍지도 않았어. 세상에서 가장 자연스러운 일로 느껴지면서 너를 알아본 거야, 아가. 너를 왜 알아봤는지는 모르겠지만, 알아봤어."

앤젤리나가 침대의 어머니가 사용하는 쪽으로 걸어가 어머니 옆에 앉았다. 그리고 말했다. "무슨 의미인지 말해주세요."

"음, 나는 너를 딱 보고 이렇게 생각했어—정말로 정확히 내가 생각한 그대로를 말하는 거란다, 아가—오, 너로구나, 당연히 너지. 그렇게 생각했다는 말이야. 너를 그냥 알아봤어. 하지만 그건 너를 알아본다는 것 이상의 무언가였어." 메리가 샴푸 냄새를 풍기는, 아직 젖어 있는 딸의 머리칼을 만졌다. "네가 내 뱃속에 있을 때 나는 알았어. 내 뱃속에 있는 게……"

"어린 천사." 앤젤리나가 어머니와 동시에 그 말을 했다. 그들은 서로 손을 잡고 침대 모서리에 앉은 채 한동안 아무 말도 하지 않았다. 메리가 마침내 말했다. "초원에 사는 소녀가 등장하는 그 책들, 네가 정말 좋아했는데, 기억나? 텔레비전으로도 같이 봤잖아?"

"기억나요." 앤젤리나가 어머니를 돌아보았다. "하지만 가장 잘 기억나는 건 엄마가 저를 재워준 거예요. 매일 밤 저는 엄마가 제 방에서 나가는 걸 견딜 수 없었어요. 밤마다 말했을 거예요, 아직 나가지 마요! 하고."

메리가 말했다. "이따금 너무 피곤하면 바로 네 옆에 눕곤 했어. 내 머리가 네 머리 아래로 내려가면 넌 그걸 견딜 수 없어했지. 그건 기억나?"

앤젤리나가 말했다. "그렇게 하면 엄마가 아이가 된 것 같았거든요. 나는 어른인 엄마가 필요했는데."

메리가 말했다. "그랬구나." 그들은 다시 침묵에 빠졌다. 이윽고 메리가 딸의 손목을 잡으며 말했다. "네가 태어났을 때는 알아봤지만 네 언니들은 알아보지 못했다는 이야기, 언니들한테는 하지 마. 비밀이 있는 건 싫지만, 그래도 넌 알고 있어야 할 것 같

190

아서 말했어."

앤젤리나가 더 똑바로 앉으며 말했다. "그렇다면 그게 의미하
는 건……"

"우리는 그게 어떤 의미인지 알 수 없어." 그녀의 어머니가 말
했다. "우리는 이 세상에서 뭐가 뭘 의미하는지 알 수 없어. 하지
만 내가 너를 봤을 때 뭘 알고 있었는지는 알지. 네가 나를 늘 행
복하게 만들어줬다는 것도 알고. 네가 엄마의 가장 소중한 어린
천사라는 것도 알고." (그녀는 소리 내어 말하지 않았지만 스쳐
지나가듯 이런 생각이 떠올랐다. 그리고 넌 늘 내 가슴속 공간을
너무 많이 차지해서 가끔은 그게 짐으로 느껴졌어.)

*

부엌에서 같이 팬과 냄비를 찾아 물을 끓이고 소스를 데우는
동안 메리는 황홀에 가까운 감정을 느꼈다. 행복감이 가슴을 두
드렸다―그것을 빵처럼 먹을 수 있을 것 같았다! 부엌에 딸과 함
께 있다니, 아이들이나 앤젤리나의 교사생활 같은 일상적인 이
야기를 나누다니. 오, 그건 멋진 일이었다. 메리는 식사 공간의
전등을 켰고, 그들은 파스타를 먹고 앤젤리나의 언니들에 대해
이야기했다. 와인 한 잔을 마시고 메리가 말했다. "세상에나, 네

가 나이슬리네 딸들에 대해 이야기한 거 말이야. 맙소사."

"오." 앤젤리나가 냅킨으로 입을 닦았다. "가십 같은 거 듣고 싶으세요?"

"오. 그럼." 메리가 말했다.

"찰리 매콜리 기억나세요? 생각해보세요, 기억나셔야 해요."

"기억나. 키 크고 괜찮은 남자였어. 그리고 베트남에 갔지. 오, 몹시 안타까운 일이었어."

"맞아요. 그 남자예요. 음, 그가 피오리아에서 창녀를 만나고 다닌 게 밝혀졌어요. 그러는 내내 아내한테는 참전용사 자조 모임에 간다고 하고서요. 잠깐, 잠깐만요. 그가 창녀한테 만 달러를 준 걸 아내가 알아내고 그를 내쫓았어요."

"앤젤리나."

"정말 그랬대요. 내쫓았대요. 그리고 지금 그가 누구하고 만나는지 짐작돼요? 엄마, 얼른 맞혀보세요!"

"에인절, 모르겠어."

"패티 나이슬리요!"

"설마."

"정말이에요! 그래요, 패티가 나한테 솔직하게 털어놓진 않겠죠. 하지만 최근에 살을 뺐어요. 패티가 살이 쪄서 학교 아이들이 뚱보 패티라고 불렀다는 이야기 제가 해드렸던가요? 음, 패티가 찰리에게 아주 잘해주고 있는 게 확실해요. 그녀는 아주 좋아 보여요. 원래부터 둘이 어느 정도 친분이 있기도 했고요. 그런 일이 있었어요." 앤젤리나가 어머니에게 의미를 담은 고갯짓을 했다. "사람 일은 절대 모른다니까요."

"맙소사." 메리가 말했다. "에인절, 그거 아주 굉장한 가십이로구나, 맙소사. 학교 아이들이 패티를 뚱보 패티라고 부른다고? 면전에 대고?"

"그건 아니고요. 패티는 그 사실을 알지도 못할 거예요. 한때 그랬다고요." 앤젤리나가 한숨을 쉬며 자기 접시를 밀었다. "그녀는 정말 좋은 사람이에요."

식사를 끝낸 뒤 메리는 소파로 가서 앉았다. 그녀가 옆자리를 톡톡 치자 앤젤리나가 와인잔을 들고 그 자리로 왔다. "내 말 잘 들어." 메리가 말했다. "지금부터 내가 하는 말 잘 들어."

앤젤리나가 똑바로 일어나 앉아 어머니의 발을 보았다. 예전에는 어머니의 발목이 항상 가늘었는데 더이상 그렇지 않다는 게 이제야 보였다.

"네가 열세 살 때였어. 도서관에 널 데리러 갔었지. 그리고 너한테 소리를 질렀어……" 메리의 목소리가 갑자기 떨리기 시작하자 앤젤리나가 그녀를 쳐다보며 "엄마……" 하고 말했다. 그러자 어머니가 고개를 가로저으며 말했다. "아니, 아가, 계속 말할게. 나는 그저 내가 너한테 소리를 질렀다는 걸 말하고 싶은 거야. 내가 너한테 정말로 소리를 질렀어. 무슨 일로 그랬는지는 모르겠는데, 내가 소리를 질렀고 너는 겁을 먹었어. 하지만 내가 소리를 지른 진짜 이유는 네 아버지와 에일린의 관계를 알아냈기 때문이었어. 너한테 그 이야기는 절대 안 했지. 그 이야기를 한 건, 음, 알겠지만, 백만 년 뒤였어. 하지만 요점은, 아가, 내가 너를 겁먹게 했다는 거야. 내가 너한테 소리를 질렀고 너는 겁을 먹었어." 메리가 앤젤리나를 비껴 창문을 바라보았고, 곧 그녀의 얼굴이 씰룩거렸다. "정말 정말 미안해." 그녀가 말했다.

잠시 뒤 앤젤리나가 물었다. "그게 다예요?"

메리가 딸을 보았다. "음, 그래, 아가. 그 일로 오랫동안 마음이 정말 힘들었어."

"저는 기억 안 나요. 괜찮아요." 하지만 앤젤리나는 기억이 나는 것 같았고, 지금 그녀는 가슴속으로 이렇게 외쳤다. 엄마, 그는 멍청한 돼지였어요, 그래서 어쨌다고요, 엄마, 제발, 엄마…… 제발 떠나지 마요, 엄마! 잠시 시간이 흐른 뒤 이윽고 앤젤리나가 말했다. "엄마, 그건 정말 오래전 일이었어요. 에일린과 관련된 그 일요. 그것 때문에 아빠를 떠난 거예요? 그렇다면 그러기까지 진짜 오랜 시간이 걸린 거네요." 앤젤리나는 자신의 어조에서 차가움을 느꼈다. 와인이 작용하기 시작한 것 같았다. 그녀는 그 차가움이 어머니에게로 향하는 것이 느껴졌다, 갑자기.

메리가 생각에 잠겨 말했다. "잘 모르겠어, 아가, 하지만 내가 그 일 때문에 떠난 것 같진 않구나."

"우리는 그 일에 대해 이야기해본 적이 한 번도 없어요." 앤젤리나가 말했다.

어머니는 침묵했고, 어머니를 쳐다본 앤젤리나는 어머니의 얼굴에 떠오른 슬픈 표정에 칼로 찔리는 기분이 들었다. 하지만 어머니가 말했다. "그래, 그럼 말해보렴, 애야. 마침내 네가 여기 왔으니. 그게 너한테 어떻게 느껴졌는지 말해봐. 아까 말했듯이 나는 파올로와 사랑에 빠졌어. 너희 아버지와 나는 여러 면에서 안 맞았지, 아가. 하지만 중요한 건 내가 사랑에 빠졌다는 거야. 그러니 이제 네가 내게 말해줘."

앤젤리나가 말했다. "그분, 은행 직원이라면서요, 엄마. 그리고 이 집은……" 그녀가 주위를 둘러보았다. 그녀는 이번에도 '불결해요'라고 말하고 싶었지만, 불결하지 않았다. 그렇진 않았고―그저 아름답지 않았다―이 집은 천장이 높고 의자에 씌워 놓은 천이 낡은 낯선 장소였다.

어머니가 똑바로 앉았다. "이 집은 아름다워." 그녀가 말했다.

"봐, 여기선 바다가 보여. 파올로의 아내한테 돈이 없었다면 우리는 이런 덴 엄두도 못 냈을 거야."

"그 여자한테 돈이 있었어요?"

"돈이 좀 있지. 응. 그리고 그는 나하고 같아. 넉넉하지 않은 가정에서 자랐어."

앤젤리나는 아무 말도 하지 않았다.

메리가 말을 이었다. "요점은 이거야. 나는 그 사람과 함께 있으면 편안해. 나는 그를 사랑하고 그와 함께 있으면 편안해. 너희 아버지 가족은, 너도 아주 잘 알다시피 돈이 많았고, 너희 아버지는 아주 성공적으로 살아왔어. 솔직히 앤젤리나, 나는 돈에는 쥐뿔도 관심이 없어. 사실, 나는 돈이 없는 게 좋아. 돈이 없어서 너를 못 보는 것만 빼면."

"엄마는 원래 뿌리로 되돌아간 거네요." 앤젤리나가 의도한 것은 냉소였지만, 그녀는 그 말이 바보처럼 들린다고 느꼈다.

"내 아버지는 주유소에서 일했어. 우리는 무일푼이었어. 너도 그건 알 거야. 파올로는 돈이 없고 돈을 어떻게 벌지에 대한 대단한 계획도 없어. 그게 뿌리로 돌아갔다는 네 말의 의미라면."

앤젤리나는 앞으로 쭉 뻗은 자신의 발을 물끄러미 내려다보았다. 발목이 가늘었다. "그러니까," 그녀가 어머니를 올려다보았다. "파올로가 여기서 자기 아내와 같이 살았다는 거죠?"

196

"그래. 그러다 그 여자가 누군가를 만나 떠났고, 이 집을 그에게 남겨줘서 우리가 기꺼이 받은 거지."

"저는 하나도 이해되지 않아요." 앤젤리나가 마침내 말했다.

"그래. 나도 이해되진 않아."

메리가 손을 내밀어 딸의 손을 잡았다. 하지만 그 순간 메리에게 갑작스러운 깨달음이 찾아왔는데―지금까지 그것을 깨닫지 못했다니 얼마나 어리석었는가―그것은 딸이 자신의 아버지를 떠난 것에 대해 결코 그녀를 용서하지 않으리라는 사실이었다. 메리가 살아 있는 동안은 용서하지 않을 것이다. 그리고 메리가 살아 있는 시간은 더이상 그리 많지 않을 것이었다. 그러한 깨달음은 끔찍했다. 메리의 머릿속에서 다시 한번 띵 하는 느낌이 왔다, 화가 난 것이다……!

제발.

앤젤리나가 말했다. "엄마. 나는 엄마가 죽지 않았으면 좋겠어요. 오로지 그것뿐이에요. 엄마가 늙었을 때 제가 돌봐드리고 싶었는데, 엄마는 그럴 기회를 빼앗아갔죠. 나는 그저 엄마가 죽게 되면, 엄마가 죽을 때 엄마 옆에 있고 싶었어요. 엄마, 제가 원하는 건 그거예요."

메리가 앤젤리나를, 입가에 주름이 생긴 이 여인을 보았다.

"엄마, 하고 싶은 말이 있는데……"

"네가 무슨 말을 하려는지 알아." 이제 메리는 신중해야 했다. 이 아이-어른이 그녀의 딸이기 때문에 조심해야 했다. 자신은 죽음을 두려워하지 않는다고, 그것에 거의 준비가 되어 있다고, 완전하게는 아니지만 그렇게 되어가고 있다고 이 아이—지금껏 사랑했던 그 무엇보다 사랑하는—에게 말할 수는 없었다. 그 사실을 깨닫는 것은 무서운 일이었다. 삶이 그녀를 마모시키고 마멸시켜 그녀는 거의 죽을 준비가 되었으며, 아마 지금으로부터 그리 멀지 않은 때에 죽게 된다는 사실을 깨닫는 것은. 몇 년이라도 더 살려고 아등바등하는 것은 늘 있는 일이었고, 메리는 주변에서 많은 사람들이 그러는 것을 보았다. 하지만 그녀는 그렇지 않았다. 혹은 정말로는 그렇다 하더라도 그렇게 느끼지 않았다. 그랬다. 그녀는 지칠 대로 지친 느낌이었고 거의 준비가 되었다고 느꼈지만, 이 아이에게 그렇게 말할 수는 없었다. 그리고 그녀 자신도 그 생각에 공포를 느꼈다. 그녀는 그 장면을 그려보고—그녀는 바로 이 방 이 자리에 누워 있고 파올로는 허둥지둥 돌아다닌다—겁에 질렸다. 다시는 딸들을 보지 못할 테고 남편도, 그러니까 딸들의 아버지인 그 남편도 다시는 보지 못할 것이기 때문이었다. 그들 모두를 다시 보지 못한다는 사실에 그녀는 겁을 먹었다. 그리고 그녀는 가장 소중하고 귀여운 딸인 에인절에게, 자기가 그녀에게 어떤 짓을 하고 있는지 알았다면 아마 그렇게 하지 않았을 거라고 말할 수도 없었다.

하지만 이것이 삶이었다! 그리고 삶은 엉망이었다! 앤젤리나, 내 아이야, 제발……

"엄마는 심지어 이혼하면서 아버지한테 받아야 하는 돈도 받지 않았어요. 일리노이주에서라면 돈을 좀 받을 수 있었을 텐데."

메리가 말했다. "하지만, 아가." 그녀가 단어를 고르느라 잠시 말을 멈췄다. 이윽고 그녀가 말했다. "사랑에 빠지게 되면 뭔가"—메리가 위쪽을 향해 손짓했다—"거품 같은 것에 빠져들게 돼. 생각이란 걸 할 수 없어져. 게다가 내가 왜 그 사람 돈을 받아야 해? 그 돈은 한푼도 내가 번 게 아닌데."

앤젤리나는 생각했다. 엄마는 바보예요.

메리가 천천히 고개를 저으며 말했다. "나는 바보야."

앤젤리나가 말했다. "음, 엄마가 그 돈을 받았다면 내가 엄마를 보러 올 수 있었겠죠. 그게 그 돈으로 엄마가 할 수 있는 것 중 하나였을 텐데."

메리가 말했다. "그건 알겠구나. 이제."

"그리고 왜 엄마가 번 돈이 아니라고 말씀하세요? 엄마는 딸 다섯을 키우셨어요."

메리가 고개를 끄덕였다. "나는 늘 너희 아버지와 그 가족이 하라는 대로 해야 한다고 느끼면서 살았어. 볼모로 잡힌 여자처럼. 나도 직장을 다녔어야 했는데. 하지만 그때 내가 어떻게 직장에 다닐 생각을 했겠니? 너하고 잭이 돈 문제를 어떻게 하고 있는지 모르겠다만 이건 말할 수 있어, 앤젤리나. 너한테 늘 직장이 있었다는 건 좋은 일이야. 그게 두 사람 사이를 훨씬 더 공평한 것으로 만들어주니까."

앤젤리나가 말했다. "잭이 돌아온대요."

"잭이 떠났어? 난 떠난 줄도 몰랐구나." 메리가 딸을 쳐다보려고 몸을 뒤로 뺐다.

앤젤리나가 말했다. "그 이야기는 하고 싶지 않지만, 제게도 잘못이 있었어요. 그런데 돌아온대요. 제가 집에 돌아가면요."

"떠났다고?"

"네. 하지만 그 이야기는 하고 싶지 않아요."

메리는 이제 정말로 겁에 질렸다. 침대에 누이고 재우던 숱한 밤, 목욕물을 받아주던 숱한 시간에 그녀에게 온갖 이야기를 다 해주던 귀엽고 수다스럽던 그녀의 에인절. 획, 그것이 사라졌다, 사라져버렸다! "아가," 잠시 뒤 메리가 말했다. "내가 관여할 바는 아니지만 다른 여자가 있었니?"

앤젤리나가 갑자기 돌처럼 굳은 표정으로 어머니를 쳐다보았다. "네." 그리고 잠시 뒤에 덧붙였다. "엄마요."

"무슨 뜻이니?" 메리가 물었다.

"그 다른 여자가 엄마라는 뜻이에요. 저는 엄마가 떠난 걸 극복할 수 없었어요. 엄마에 대해 이야기하는 걸 멈출 수 없었어요. 그러자 잭이 내가 엄마와 사랑에 빠졌다고 했어요."

"오, 아가. 오, 맙소사." 메리가 말했다.

"그이가 떠난 지 일 년이 넘었고, 저는 지난여름에 엄마를 보러 오려다가, 그이가 자꾸 돌아올지 모르겠다고 해서, 여기 오지 못하고 집에 있었던 거예요. 하지만 잭은 이제 정말로 집에 돌아올 거예요."

앤젤리나는 어머니가 자신을 안게 놔두었고, 어머니의 가슴에 얼굴을 묻고 울었다. 한참을 울었다. 이따금 앤젤리나가 고통에 못 이겨 소리를 냈는데, 그 소리가 너무 처절해서 메리는 외려 그것으로부터 떨어져나오는 기분이었다. 마침내 앤젤리나가 고개를 들고 코를 닦은 뒤 말했다. "이제 기분이 좀 나아졌어요."

그들은 한동안 카우치에 앉아 있었고, 메리는 한 팔로 딸을 감싸고 있었다. 메리가 반대쪽 손으로 앤젤리나의 다리를 쓸어주었다. 이윽고 메리가 말했다. "저기, 네가 이 청바지 입은 모습을 처음 봤을 때 나는 네가 혹시 다른 사람하고 바람이 났나 했어."

앤젤리나가 똑바로 일어나 앉았다. "네?" 그녀가 말했다.

"그게 나인 줄은 몰랐구나."

"엄마, 무슨 말이에요?"

메리가 말했다. "음, 아가, 이 청바지는 네 나이의 여자가 입기엔 너무 꼭 끼어. 그래서 생각해봤지. 그러니까 혹시……"

앤젤리나가 웃기 시작했지만 얼굴은 여전히 눈물에 젖어 있었다. "엄마, 저는 여기 오려고 특별히 이 청바지를 산 거예요. 이탈리아 여자들은…… 옷을 섹시하게 입을 거라고 생각했거든요."

"오, 청바지가 섹시한 거로구나." 메리가 말했다. 그녀는 청바지가 섹시하다고는 전혀 생각하지 않았다.

"엄마는 청바지 안 좋아해요?" 앤젤리나는 금방이라도 다시 울 것처럼 보였다.

"아가, 좋아하지."

그러자 앤젤리나―오, 그녀의 영혼에 축복을―가 정말로 웃기 시작했다. "음, 저는 안 좋아해요. 청바지를 입으면 머저리가 된 것 같아요. 하지만 이걸 특별히 산 이유는, 이걸 입으면 엄마가 저를, 음, 세련되거나 뭐 그렇다고 생각해줄 것 같았거든요." 앤젤리나가 덧붙였다. "원피스 수영복도요!" 두 사람 모두 눈물이 고일 때까지 웃었고, 그래도 웃음이 멎지 않았다. 하지만 메리는 생각했다. 영원히 지속되는 건 아무것도 없어. 하지만 그럼에도 앤젤리나가 이 순간만큼은 평생 간직할 수 있기를.

*

  메리는 밖으로 나가 교회 옆 마당에 앉아 저녁 담배를 피우고
오겠다고 말했다. 사실 메리는 이곳에 살러 온 뒤로 담배를 피우
지 않았다. 가게 남자에게는 딸이 피울 담배라고 말했었다.

  "그러세요, 엄마." 앤젤리나가 말했고, 어머니는 가서 노란색
가죽 핸드백을 들고 돌아왔다. 잠시 뒤 앤젤리나가 창가에서 바
깥을 내다보니 어머니는 타운과 바다가 바라보이는 벤치에 앉아
있었다. 앉은 자리가 가로등 아래라서, 앤젤리나는 담배를 입에
문 채 이어폰을 꽂고 고개를 까딱거리는 어머니의 형체를 알아
볼 수 있었다. 그리고 앤젤리나는 한 여자가 어머니에게 다가오
는 것을 보았는데, 발레리아가 틀림없는 것 같았다. 어머니가 그
녀를 만나 얼마나 행복해 보이는지! 어머니가 일어섰고, 어머니
와 그 작은 여인은 서로 뺨의 이쪽 저쪽에 키스했다. 그리고 앤
젤리나는 어머니가 손동작을 하는 것을 보았는데, 어떤 시점에
담배를 친구 쪽으로 내밀자 둘 다 웃음을 터뜨렸다. 그리고 나서
그 작은 여인이 몸을 기울였고, 그들은 다시 양쪽 뺨에 키스했
다. 작은 여인은 떠났고, 앤젤리나의 어머니는 다시 앉았다. 어
머니가 벤치에 앉은 채 담배를 길게 두 모금 더 빨더니 바닥에
비벼 껐다. 하지만 꽁초를 버리지 않고 큰 노란색 핸드백에서 꺼

낸 작은 비닐봉지에 조심스럽게 넣었다.

어머니는 미동도 않고 가만히 앉아 바다를 바라보았고, 앤젤리나는 어머니를 계속 내려다보지 않을 수 없었다. 그러던 어느 순간 어머니가 갑자기 일어서더니 거리로 걸어갔다. 한 노인이 비틀거리며 길을 건너고 있었다. 술 때문은 아닌 것 같았고 노환 때문인 것 같았다. 어머니가 노인에게 얼마나 빠르게 다가가는지 앤젤리나는 깜짝 놀랐다. 앤젤리나는 가로등 불빛에 비친 노인의 얼굴을 보았는데, 단순히 어머니를 올려다보며 웃는 방식뿐만이 아니라 그 표정에서 묻어나는 인간적인 느낌, 따스하고 깊은 감사의 표시에 앤젤리나의 마음이 움직였다. 어머니가 그를 부축해 길을 건널 때 가로등 불빛에 잠시 어머니의 얼굴도 보였다. 어쩌면 빛의 각도 때문이었겠지만—어머니가 노인의 손을 잡을 때, 그리고 노인을 부축해 길을 건널 때—앤젤리나는 어머니의 얼굴이 순간적으로 환하게 빛나는 것을 보았다. 그들은 길을 다 건넌 뒤 잠시 이야기를 나누는 듯했고, 이어 어머니가 보도를 걸어가는 노인에게 손을 흔들어주었다. 앤젤리나는 생각했다. 이제 어머니가 다시 아파트로 올라오겠지.

하지만 어머니는 이번에도 벤치에 앉았다. 그리고 다시 이어폰을 꽂았고, 전화기로 무슨 음악을 듣는지 몰라도 다시 고개를 까딱거리기 시작했다. 분명 엘비스의 노래였을 것이다. 어머니는 바다를 향해 앉아 있었고, 불 켜진 배들을 응시하는 듯 보였다.

　어머니는 앤젤리나에게 초원에 사는 어린 소녀에 관한 책을 전부 읽어주었고, 그것이 텔레비전 드라마로 방송되었을 때는 앤젤리나와 카우치 위에 웅크리고 붙어 앉아 보았다. 어머니는 앤젤리나에게 그들이 어떻게 인디언을 죽이고 인디언의 땅을 빼앗았는지 말해주었다. 아버지는 인디언은 그렇게 되는 것이 마땅하다고 말했다. 어머니는 마땅하지 않다고, 하지만 그런 일이 일어난 것이 현실이라고 말했다. 사람들은 늘 옮겨다닌다고, 어머니는 말했었다. 그것이 미국인의 방식이라고. 서부로 가고, 남부로 가고, 위쪽 지역 사람과 결혼하고, 아래쪽 지역 사람과 결혼하고, 이혼하고…… 어쨌든 옮겨다닌다고.
　어머니는 그녀가 태어난 순간 그녀를 곧바로 알아보았다……
　"그래요, 엄마." 앤젤리나가 조그맣게 말했다. 그리고 창가에서 물러나 컴퓨터를 가지러 침실로 갔다. 하지만 그녀는 컴퓨터를 가지고 나가지 않고 침대에 걸터앉아 주위를 둘러보았다. 어머니가 파올로라는 이름의 남자와 같이 쓰는 이 침대에.
　어머니는 십팔 년 동안 그녀를 재워주었다. 아직 나가지 마요, 앤젤리나는 말하곤 했다. 아직요! 아버지는 침실 입구에서 말했

었다. 잘 자라, 리나, 어서 자. 이제 앤젤리나는 창문을 통해 바다
를 응시했다. 바깥은 어두웠고 배에는 불이 켜져 있었다. 어머니
가 계단을 올라오는 소리가 들렸다. 그리고 그녀는, 앤젤리나는,
어머니가 불안정하게 길을 건너는 노인을 부축할 때 자신이 중
요한 뭔가를 보았다는 사실을 알게 되었다. 잠시 천장이 훌쩍 높
아졌다―하지만 그 순간은 말 그대로 잠시일 뿐이고, 자신은 영
원히 아이일 거라는 사실을 앤젤리나는 알고 있었다. 그녀는 길
을 건너던 노인에게 재빨리 다가가 자애롭고 사랑스러운 모습을
보여주던 어머니를 떠올렸다. 이탈리아 어느 해안 마을의 길 위
에서 본, 개척자인 어머니의 모습을.

동생

피트 바턴은 동생 루시가 시카고로 북투어를 온다는 사실을 알고 있었다. 그는 온라인에서 그녀의 활동을 챙겨보았다. 집에 와이파이를 설치한 것은 겨우 몇 달 전이었고, 후에 자신이 쓸 작은 노트북도 구입했다. 그가 가장 관심 있게 살펴본 것은 루시의 향후 계획이었다. 그는 루시가 지금의 그녀가 된 것에 경이를 느꼈다. 그녀는 이 작은 집을, 이 작은 타운을, 그들이 견뎌낸 그 가난을 뒤로하고 떠났다. 그 전부를 두고 뉴욕으로 가버렸고, 이제 그가 보기에 그녀는 유명했다. 그는 청중으로 가득찬 강당에서 그녀가 강연하는 모습을 컴퓨터로 지켜보며 조용한 전율을 느꼈다. 그의 동생……

그가 루시를 본 지도 십칠 년이 지났다. 그녀는 아버지가 돌아가신 뒤로 이곳에 오지 않았지만 그후에도 시카고는 여러 번 방문했다. 그녀가 그에게 그렇게 말했었다. 하지만 그녀는 거의 매주 일요일 밤에 그에게 전화했고, 서로 통화하다보면 그는 동생이 유명하다는 사실을 잊은 채 편하게 이야기를 하고 또 들었다. 그녀에게 새 남편이 생긴 뒤로 벌써 여러 해가 지났는데, 그는 그 이야기도 들었다. 그녀는 이따금 딸들에 대해서도 말했지만 그는 크게 관심이 가지 않았다. 이유는 몰랐다. 그녀는 그런 마음을 이해하는지 아이들에 대해서는 간단히만 말했다.

어느 일요일 밤에—그가 그녀의 시카고 북투어에 대해 알게 되고 몇 주 뒤—그의 전화기가 울렸고, 루시가 그에게 "피티, 나 시카고에 가게 됐어. 그리고 그주 토요일에는 차를 렌트해서 오빠를 보러 앰개시로 갈 거야" 하고 말했다. 그는 깜짝 놀랐다. "좋지!" 그가 말했다. 하지만 전화를 끊자마자 두려움이 밀려왔다.

앞으로 두 주 뒤였다.

그 시간 동안 그의 두려움은 점점 커졌고, 중간에 낀 일요일에 통화할 때 "네가 나를 보러 오다니 정말 좋아" 하고 말하면서도 그는 그녀가 핑계를 대며 못 오게 됐다고 말하리라 생각했다. 하지만 그녀는 오히려 이렇게 말했다. "오, 나도 그래."

그래서 그는 집을 청소하기 시작했다. 세제를 사서 뜨거운 물을 담은 통에 넣고 거품이 생기는 것을 지켜보았고, 이어 두 손과 무릎을 바닥에 대고 엎드려 바닥을 문질러 닦았다. 때가 놀랄 정도로 많이 끼어 있었다. 부엌 조리대를 문지르니 거기도 놀랄 만큼 때가 많았다. 블라인드 앞에 걸려 있던 커튼도 걷어 오래된 세탁기에 넣고 빨았다. 그는 커튼이 청회색인 줄 알았는데 빨고 보니 옅은 황백색이었다. 두번째로 빨고 나니 색이 더 밝아졌다. 다음으로 창문을 닦았는데, 바깥쪽에도 길게 얼룩이 묻어 있었다. 그래서 밖에서도 창문을 닦았다. 8월 말의 햇살을 받은 창문은 다 닦은 뒤에도 여전히 소용돌이 모양의 얼룩이 보이는 것 같았다. 그는 평소처럼 블라인드를 내려두는 게 좋을지도 모르겠다고 생각했다.

하지만 문—집으로 들어가는 유일한 통로인 그 문으로 들어가면 곧바로 작은 거실이 나왔고 오른쪽에 부엌 공간이 있었다—을 통해 들어가자 루시의 시선으로 내부가 보였고, 그는 생각했다. 그애가 죽을지도 몰라, 여길 보면 너무 침울해져서. 그는 정말로 어떻게 해야 할지 알 수 없었다. 그는 차를 몰고 타운 외곽의 월마트로 가서 러그를 사왔다. 그러자 분위기가 굉장히 달라 보였다. 하지만 카우치는 표면이 울퉁불퉁했고, 원래 노란색 바탕에 꽃무늬가 있던 천은 닳아빠진데다 군데군데 올이 드러나 보였다. 부엌 식탁 상판에는 리놀륨이 깔려 있었는데, 더 깔끔하게 만드는 것은 불가능했다. 집에 식탁보가 없었지만 사는 것은 내키지 않았다. 그는 집을 꾸미는 일을 포기했다. 하지만 루시가 도착하기 하루 전에 그는 시내로 가서 이발을 했다. 대체로 그는 머리칼을 직접 잘랐다. 집으로 돌아오면서야 그는 이런 생각이 들었다. 이발을 해준 남자에게 팁을 줬어야 했나?

그는 그날 밤 악몽을 꾸다 새벽 세시에 잠을 깼지만 내용은 기억나지 않았다. 네시에 다시 일어났는데 그뒤로는 잠을 이룰 수 없었다. 루시는 오후 두시면 도착할 거라고 말했었다. 그는 한시에 블라인드를 올렸다가, 하늘에 구름이 끼어 있는데도 창문에 여전히 긴 얼룩이 보이는 듯해서, 다시 블라인드를 내렸다. 그러고는 카우치에 앉아 기다렸다.

*

두시 이십분, 피트는 자갈 깔린 진입로로 차가 들어오는 소리를 들었다. 그가 블라인드 틈새로 내다보니 한 여자가 하얀 차에서 나오고 있었다. 문 두드리는 소리가 들리자 그는 너무 불안해진 나머지 시력이 어떻게 된 느낌마저 들었다. 그는 햇살이 집 안으로 쏟아져들어올 거라고 기대했었는데ㅡ자신이 그런 기대를 했었다는 건 나중에 깨달았다ㅡ그 말인즉 루시의 존재가 햇살처럼 빛날 거라는 뜻이었다. 하지만 그녀는 그가 기억하고 있던 것보다 키가 더 작았고 훨씬 더 마른 몸이었다. 남자가 입는 것 같은 검은 재킷에 검은 진바지를 입고 검은 부츠를 신었으며 얼굴이 아주 피곤해 보였다. 그리고 늙어 보였다! 하지만 눈만은 반짝반짝 빛났다. "피티," 그녀가 말했고, 그도 "루시" 하고 말했다.

그녀가 두 팔을 벌렸고, 그는 머뭇머뭇 그녀를 안았다. 한 가족으로 살던 때 그들은 한 번도 포옹한 적이 없어서 이런 행동이 그에게는 익숙지 않았다. 그녀의 정수리가 그의 턱에 닿았다. 그는 뒤로 물러서서 자신의 머리를 손으로 쓸며 "나 이발했다" 하고 말했다.

"멋있어 보이는데." 루시가 말했다.

그리고 그 순간, 거의, 그는 그녀가 안 왔더라면 좋았을 거라는 생각이 들었다. 몹시 지치는 시간이 될 터였다.

"길을 못 찾겠더라." 루시가 말했고, 그녀의 얼굴에 정말로 놀란 표정이 떠올랐다. "그러니까, 이 앞을 다섯 번은 지나가면서 계속 생각했어. 대체 어디 있는 거지? 그러다 마침내—맙소사, 나 정말 바보인가봐—마침내 그 간판이 철거되었다는 걸 깨달았어. '바느질과 수선'이라고 되어 있던 그 간판 말이야."

"오, 그래. 내가 그 간판을 떼어낸 지 일 년은 넘었어." 피트가 덧붙였다. "그럴 때가 됐다고 생각했거든."

"오, 물론 그렇지, 피티. 그저 어리석고 늙은 내 마음이 그게 보일 때가 됐는데 하고 계속 찾은 거였어. 그리고 내가…… 그런데 안녕, 피트? 오, 맙소사. 잘 지냈어?" 루시가 그의 눈을 똑바로 보았고, 그러자 그는 그녀가 정말로 이곳에 왔다는 것을 실감했다. 그가 자신의 동생을 보았다.

"네가 온다고 해서 청소를 했어." 그가 말했다.

"그랬구나, 고마워."

오, 그는 불안해하고 있었다.

"피티, 이런 일이 있었어." 루시가 카우치로 걸어가더니 마치 오랜 세월 그 카우치를 써온 사람처럼 익숙하게 앉았고, 피트는 그것이 놀라웠다. 그는 구석에 있는 낡은 안락의자에 천천히 앉아 그녀가 검은 부츠를 벗는 모습을 지켜보았는데, 지금 보니 그냥 구두에 더 가까웠다. "들어봐." 루시가 말했다. "에이블 블레인을 만났어. 내 낭독회에 왔더라고."

"에이블을 만났다고?" 에이블 블레인은 외가 쪽 육촌이었다. 어린 시절 몇 해 동안 에이블은 여동생 도티를 데리고 그들의 집에 와서 여름을 났다. 에이블과 도티는 그들만큼 가난했다. "어때 보였어?" 피트는 오랫동안 에이블을 잊고 지냈었다. "와우, 루시, 네가 에이블을 만났구나. 지금 어디 산대?"

"말해줄게, 잠깐만." 루시는 발을 재빨리 위로 살짝 들면서 허리를 굽혀 구두같이 생긴 부츠를 옆으로 치워놓았다. 피트는 그런 신발을 본 적이 없었다. 뒤꿈치 쪽에 작은 지퍼가 달린 형태였다. "됐다." 루시가 검은 재킷 앞쪽을 털고 나서 말했다. "그러니까 내가 앉아서 책에 서명을 해주고 있는데, 가만 보니 어떤 남자가―멋있어 보이는 희끗한 머리칼에 키가 아주 컸어―혼자서 아주 인내심 있게 서 있는 거야. 그리고 마침내 내 앞에 와서 '안녕, 루시' 하고 말했는데 귀에 익은 목소리였어. 믿어져, 피트? 그렇게 오랜 세월이 흘렀는데도 말하는 게 꼭 에이블이었어. 그래서 내가 말했지. '가만있어봐요.' 그랬더니 그가 '나야, 에이블' 하는 거야. 나는 벌떡 일어섰고, 피티, 우리는 끌어안았어. 오 맙소사, 우리가 포옹을 한 거야. 에이블 블레인을 만나다니!"

피트는 가슴이 흥분되는 것을 느꼈다. 그녀의 흥분이 그에게로 고스란히 전달되었다.

루시가 말했다. "지금 시카고 바로 외곽에 산대. 고급 동네 같더라. 에어컨 사업을 오랫동안 했대. 내가 '아내도 같이 왔어?' 하니까, 아니라고, 아내가 같이 못 와서 아쉬워한다고 말했어. 보조 단체 회의 같은 데 참석해야 해서."

"오고 싶지 않던 거겠지." 피트가 말했다.

"바로 그거야." 루시가 격하게 고개를 끄덕였다. "그 말이 정답이야, 피티. 어떻게 알았어? 나한테는 그게 좀 분명해 보였거든.

그러니까, 거짓말인 것 같더라고. 에이블이 정말로 거짓말할 사람이라고 생각하지는 않았지만."

"속물하고 결혼했잖아." 피트가 뒤로 기대앉았다. "엄마가 예전에 그렇게 얘기하셨어."

"엄마가 나한테도 그렇게 이야기하셨는데. 예전에 병원에 입원한 나를 보러 오셨을 때." 루시가 앞섶을 잡아당겨 검은 재킷을 잠갔다. "엄마가 에이블이 사장 딸하고 결혼했는데 거들먹거리고 거만한 여자라고 말했어. 에이블 말야, 옷을 쫙 빼입었더라, 값비싼 정장으로."

"그게 비싼 건지 어떻게 알아?" 피트가 물었다.

"음, 그렇지." 루시가 의미심장하게 고개를 끄덕였다. "피티, 나도 어떤 옷이 비싼 건지 알아내기까지 시간이 많이 걸렸는데…… 음, 시간이 지나면 그냥 알게 돼. 그러니까 그 정장이 그에게 완벽하게 잘 맞고 좋은 옷감으로 만들어진 거였다는 이야기야. 아무튼 그는 나를 보고 아주 기뻐했어. 오, 피티, 오빠도 좋아 죽었을 거야."

"도티는 어떻게 지낸대?" 피트는 무릎 위에 팔꿈치를 괴고 잠시 주위를 둘러보다가 벽에 그림이 한 점도 걸려 있지 않다는 것을 깨달았다. 평소에는 지금 앉은 이 의자에 거의 앉지 않으니 알아차리지 못한 게 당연했다. 그는 늘 지금 루시가 앉은 곳에 문을 마주하고 앉았다. 옅은 황백색 벽은 아무것도 없이 휑뎅그렁했다.

"도티는 잘 지낸대. 피오리아 외곽인 제니스버그에서 민박집을 한다고 했어. 아이는 없고. 하지만 에이블은 아이가 셋에 어린 손주가 둘이래. 그는 아주"—루시는 자신의 무릎을 가볍게 쳤다—"손주들이 있어서 아주 행복한가봐."

"오, 루시. 그거 잘됐다."

"잘됐지. 정말 멋진 일이야." 루시가 머리칼에 손가락을 넣고 쓸어내렸는데, 일부는—얼굴 앞쪽으로—턱까지 내려왔고 색깔은 옅은 갈색이었다. "오, 그리고 내가 휴스턴에서는 누굴 만났는지 알아? 책에 서명을 하고 있는데, 거기에 온 그 여자가—정말로 못 알아볼 뻔했어—바로 캐럴 다였어."

"아, 그래." 피트가 뒤로 기대앉았다. 텅 빈 벽은 모서리 쪽이 더 짙어 보였다. "그 다라는 애. 이사갔어. 지금 휴스턴에 산대?"

"캐럴은 우리 반이었어, 피티. 그리고 아주 못된 아이였어. 오, 나한테 얼마나 못되게 굴었는데."

"루시, 모두가 우리한테 못되게 굴었어."

그 말에 그들은 어떤 이유에선지 서로를 쳐다보고는 잠시—거의—웃었다.

"그래," 루시가 말했다. "하긴 그랬지."

"그애가 휴스턴에서도 너한테 못되게 굴었어?"

"아니. 내가 말하려고 했던 게 그거야. 자기가 누구라고 밝히면서 정말로 수줍어하는 거야. 수줍어하다니! 그래서 내가 말했어. 오, 캐럴. 만나서 정말 반갑다. 그애는 자기 책에 내가 서명해주기를 기다렸어. 내가 개한테 뭐라고 써줄 수 있었겠어? 그래서 그냥 이렇게 썼지. '행운을 빌어요.' 그리고 책을 돌려줬어. 그랬더니 그애가 내게로 몸을 숙이고 조용히 말했어. '네가 정말로 자랑스러워, 루시.' 그래서 내가 말했지. '오, 고마워, 캐럴.' 모르겠어, 피티. 걔는 어른이 된 뒤에 아마 자기가 잘못했다고 느낀 거겠지. 그냥 그런 인상을 받았다는 거야."

"결혼은 했대?" 피트가 물었다.

루시가 손가락 하나를 들어올렸다. "모르지," 그녀가 천천히 말했다. "남자하고 같이 오진 않았지만 집에 있을지도." 루시가 오빠를 흘끗 보았다. "모르겠어." 그러고는 어깨를 조금 으쓱했다. 그리고 자신이 앉은 울퉁불퉁한 카우치의 옆자리를 톡톡 치며 말했다. "피티, 다 말해줘. 오빠가 어떻게 지내는지 이야기 좀 해줘! 나는 이 집에 온 지 이 분밖에 안 됐는데 이렇게 내 이야기만 주절주절 쏟아내고 있잖아."

"그게 어때서. 나는 듣는 게 좋아." 그는 정말로 그랬다. 오, 그는 행복했다.

"피티, 개를 키우지 그래? 늘 동물을 좋아했잖아." 루시가 그곳을 진짜 처음 보는 사람처럼 주위를 둘러보았다. "개 키운 적 있어?"

"아니. 생각은 해봤지만 내가 일하러 가면 하루종일 개 혼자 있어야 할 테고, 그건 너무 슬퍼서."

"두 마리 키워." 루시가 말했다. "세 마리 키우든가." 그러고는 다시 말했다. "피트, 전화로 했던 이야기 좀더 해줘. 무료급식소에서 일한다고 했었지? 그 이야기 더 해줘."

"그래, 알겠어." 피트가 말했다. "토미 거프틸 기억나?"

루시가 발을 바닥에 내려놓고 똑바로 앉았다. 피트는 그녀의 양말 두 짝 색깔이 짝짝이라는 것을 알아차렸다. 하나는 갈색, 하나는 파란색. 그녀가 말했다. "학교 수위 아저씨였잖아. 참 좋은 분이셨지."

피트가 고개를 끄덕였다. "음, 지금 나하고는 친구 같은 사이야. 일주일에 한 번씩 그 아저씨하고 그 아저씨 부인하고 같이 칼라일 무료급식소에 가서 일해."

루시가 그것을 높이 산다는 듯 고개를 끄덕였다. "오빠한테 아주 잘 맞는 일 같아, 피티. 오빠가 그 일을 한다는 게 정말 자랑스러워."

"왜?" 그는 정말로 그 이유를 떠올릴 수 없었다.

"왜냐하면 모든 사람이 무료급식소에서 일할 수 있는 건 아니니까 그 일을 하는 오빠가 자랑스러운 거지. 칼라일에 무료급식소가 생긴 지는 얼마나 됐어?" 루시가 바짓가랑이에서 뭔가를 뜯어내 허공에 휙 튕겼다.

"이제 몇 년 됐어. 잘은 모르겠어. 내가 간 건 두어 달 됐고." 피트가 말했다.

"토미 아저씨는 잘 지내셔? 나이 많이 드셨겠네." 루시가 피트를 쳐다보았다.

"많이 드셨지." 피트가 말했다. "하지만 여전히 건강하셔. 부인도 건강하시고. 두 분이 가끔 너에 대해 물어보셔, 루시. 틀림없이 네가 보고 싶으신 거야." 그는 그녀의 표정이 변하는 것을 보고 깜짝 놀랐다. 그녀의 표정이 닫혔다.

"아니야," 루시가 말했다. "하지만 내가 안부 전하더라고 말씀드려줘." 그리고 그녀가 말했다. "저기, 오빠한테 알려줘야 할 것 같은데, 비키한테 전화해서 내가 여기 올 거라고 했더니 오늘 바쁘대. 괜찮아. 이해해."

피트가 말했다. "나한테도 그렇게 말했어. 그애가 그런 식으로 나오는 게 나는 좀 화가 나, 루시. 걔는 네 언니잖아." 피트는 무의식중에 가까이 있는 벽을 손가락으로 쓱 훑었고, 먼지가 묻어 나오면서 기다랗게 시커먼 자국이 생겼다.

"오, 피티," 루시가 말했다. "언니 입장에서 생각해봐. 나는 떠나서 결코 돌아오지 않았고, 게다가 언니는 나한테 돈을 요구해. 그거 알고 있었어? 음, 언니가 달라고 하면 나는 늘 줘. 요양원에서 일하는 걸로는 많이 벌 수 없으니까. 알다시피 언니 남편은 해고됐고. 그러니 언니 기분이 분명, 뭐랄까, 아무튼 언니 기분이 어떻든 간에. 서로 얼굴은 보고 지내? 행복하대? 음, 행복하지 않은 건 알지만, 내 말은…… 잘 지낸대?"

"잘 지내." 피트가 손가락에 묻은 먼지를 청바지에 닦았다.

"그렇구나." 그러더니 루시는 뭔가 어려운 문제를 생각하는 것처럼 앞을 똑바로 보았다. 잠시 뒤 그녀가 고개를 젓고는 다시 피트를 보았다. "이렇게 보니 정말로 좋아." 그녀가 말했다.

"루시, 물어보고 싶은 게 있어."

"뭔데?"

그는 그녀의 얼굴에서 불안한 표정을 본 것 같았다. "이발소에서 머리를 자르면 이발사에게 팁을 줘야 하는 거니? 원래는 늘 내가 직접 잘랐거든. 그런데 이번에 칼라일에 있는 이발소에 갔을 때, 이발사가 내 머리를 자른 뒤에 그 작은 앞치마 같은 걸 휙 벗겨내더라고. 이발비는 쳤는데 그뒤로 계속 걱정이네. 그 사람한테 팁을 줬어야 하나?"

"그 사람이 거기 주인이야?" 루시가 허벅지 밑에 발을 깔고 앉았다.

"모르겠어."

"그 남자가 거기 주인이면 팁을 안 줘도 돼. 주인이 아니면 줘야 하고." 루시가 신경쓰지 않아도 된다는 듯 손을 내저었다. "걱정하지 마. 다시 가면 팁으로 몇 달러 줘. 이제 걱정하지 마."

그는 그런 점 때문에 루시를 사랑했다. 그녀는 세상살이를 알았고, 그를 알았다. 그녀는 그가 그런 질문을 해도 당황스러워하지 않는 것 같았다. 오, 그는 정말로 행복했다! 어쩌면 그것이 그가 진입로로 차 들어오는 소리를 듣지 못한 이유였을 것이다. 크게 문 두드리는 소리만 들렸는데, 그와 루시 둘 다 소스라치게 놀랐다. 그는 그녀의 두려움을 보았다. 루시는 얼굴이 굳어지며 똑바른 자세로 앉았다. 피트도 마찬가지로 두려움을 느꼈다. 그는 손가락을 입술에 대고 몸을 숙여 블라인드를 최대한 살짝─아주아주 조심스럽게─들췄다. "오." 그가 말했다. "오, 비키가 왔어."

*

구름이 멀리 가버려 지금은 햇살이 쏟아지고 있었다. 저멀리 옥수수밭이 드넓게 펼쳐졌다. 열린 문 앞에 서서 피트는 문득 비키가 뚱뚱하다는 사실을 깨달았다. 줄곧 알고는 있었지만 의식하지는 못했는데, 지금 입구에 서서 그녀를 보니 정말로 뚱뚱했다. 그가 지금 그 사실을 깨달은 것은 루시의 작은 체구와 관련이 있었다. 비키는 꽃무늬 셔츠에 감청색 바지—틀림없이 두툼한 허리 쪽이 고무 밴드로 되어 있을 것이다—를 입었고, 손에는 빨간색 핸드백을 들었다. 안경이 콧등으로 약간 미끄러져내려와 있었다. 그들은 고개를 까딱여 인사했고, 비키는 그의 옆을 스쳐 지나갔다. 피트는 잠시 더 서서 옥수수밭을 바라보았다. 그에게 남은 비키의 잔상 속에서, 그녀의 얼굴은 어딘지 모르게 달라 보였다. 그가 다시 안으로 들어가려고 돌아서자 루시가 서 있었다. 하지만 루시는 다시 자리에 앉았고, 피트는 루시가 비키를 포옹하려고 했지만 비키가 거부한 것을 알 수 있었다. 비키의 표정에서 그것을 읽었다.

"저건 뭐야?" 비키가 러그를 가리키며 말했다.

"아, 러그." 피트가 말했다. "요전날 샀어."

"좋아 보이지 않아?" 루시가 말했다.

비키가 러그를 빙 돌아 루시 앞에 섰다. "그래, 네가 왔구나." 그녀가 말했다. "그럼 나한테 말해주지 그러니. 도대체 어쩐 일로 앰개시까지 행차하셨는지?"

루시가 질문의 의미를 알아들었다는 듯 고개를 끄덕였다. "우리도 나이가 들었으니까." 루시가 언니를 올려다보며 말했다. "점점 더 나이들어가고."

비키가 핸드백을 바닥에 툭 떨어뜨리고는 루시와 가능한 한 멀리 떨어져 카우치에 앉았다. 하지만 카우치가 그리 크지 않은 데다 비키가 몸집이 커서 그렇게 멀리 떨어져 앉을 수는 없었다. 앉아 있는 비키의 짧게 자른 머리칼은 거의 하얗게 셌고, 머리에 그릇을 씌우고 자른 것처럼 머리칼 선이 둥그렜다. 그녀는 한쪽 다리를 들어 반대쪽 다리 위에 내려놓아 다리를 꼬려고 했지만 너무 살이 쪄서 그렇게는 못하고, 그냥 카우치 한쪽 끝에 앉아 있었다. 피트에게는 그 모습이 칼라일에 이발하러 가서 봤던 휠체어에 탄 사람처럼 보였다. 전동 휠체어에 앉아 그것을 이리저리 몰고 다니던 덩치 큰 늙은 여자.

하지만 그 순간 그는 보았다. 비키의 입술에 발린 립스틱을.

입술에 죽, 윗입술의 곡선과 도톰한 아랫입술을 따라 오렌지색이 도는 빨간색 립스틱이 발려 있었다. 피트는 이전에 립스틱을 바른 비키를 본 적이 있었는지 기억나지 않았다. 피트가 루시를 보니 그녀는 립스틱을 바르지 않았다. 그는 자신의 영혼이 치통을 앓는 것처럼 갑자기 몸안에서 작게 몸서리가 쳐졌다.

"그러니까, 이를테면, 우리가 곧 죽을 거라고 생각해서 작별인사를 하러 왔다는 거니?" 비키가 동생을 똑바로 쳐다보며 물었다. "그건 그렇고 너 복장이 꼭 장례식에 가는 사람 같다."

루시가 다리를 꼬더니 쫙 편 두 손을 깍지 껴서 한쪽 무릎에 올려놓았다. "나라면 그런 식으로 표현하지 않겠어. 우리가 곧 죽는다는 그 얘기 말이야."

"너라면 어떻게 표현할 건데?" 비키가 물었다.

루시의 얼굴이 점점 빨개지는 것 같더니 이윽고 그녀가 말했다. "나라면 내가 방금 말했던 방식으로 표현할 거야. 우리가 나이들었다고. 점점 나이들어간다고." 그녀가 작게 고개를 끄덕였다. "그리고 언니 오빠가 보고 싶었어."

"무슨 문제 있어?" 비키가 물었다.

"아니." 루시가 말했다.

"어디 아프니?"

"아니." 루시가 말했다. "내가 아는 한은 아닌데."

그러고는 침묵이 꽤 길게 이어졌다. 피트의 마음속에서 그 침묵은 아주 길어졌다. 그는 침묵에 익숙했지만 이 침묵은 좋은 것이 아니었다. 그는 다시 구석에 있는 안락의자로 가서 느리고 조심스럽게 앉았다.

"어떻게 지내, 비키?" 루시가 언니를 쳐다보며 물었다.

"잘 지내. 너는?"

"오, 맙소사." 루시가 말하고는 무릎에 팔꿈치를 괴고 잠시 두 손으로 얼굴을 가렸다. "비키, 제발……"

비키가 말했다. "'비키, 제발'? '비키, 제발'? 루시, 너는 여길 떠났고, 아빠가 돌아가신 뒤로 한 번도 오지 않았어. 그런데 나한테 '비키, 제발'이라고 하는 거니? 잘못한 사람이 나인 것처럼?"

피트는 손가락으로 다시 벽을 쓱 훑었고, 이번에도 손가락에 먼지가 묻어났다. 그는 두 번 더 그렇게 한 뒤 두 손을 펴서 무릎 위에 올렸다.

루시가 위를 올려다보며 말했다. "많이 바빴어."

"바빴다고? 누군 안 바빠?" 비키가 콧등 위로 안경을 밀어올렸다. 그리고 잠시 뒤에 덧붙였다. "이봐, 루시, 그게 네가 말하는 진실한 문장이니? 네가 진실한 문장에 대해 강연하는 걸 내가 컴퓨터로 본 것 같은데? '작가라면 진실한 것만 써야 한다.' 네가 그런 개똥같은 말을 했잖아. 그런데 너는 거기 앉아 나한테 '많이 바빴어'라고 말하는구나. 글쎄. 나는 네 말 안 믿어. 네가 여기 오지 않은 건 오고 싶은 마음이 없었기 때문이야."

피트는 루시의 얼굴에서 긴장이 풀어지는 것을 보고 깜짝 놀랐다. 그녀가 언니를 향해 고개를 끄덕였다. "언니 말이 맞아." 그녀가 말했다.

하지만 비키의 말은 다 끝나지 않았다. 그녀가 몸을 앞으로 숙이고 말했다. "내가 오늘 여기 왜 왔는지 알아? 너한테 할말이 있어서야. 네가 나한테 돈 주는 거 잘 알아. 앞으론 한푼도 주지 않아도 돼. 동전 하나도 더는 안 받을 거니까. 하지만 내가 오늘 너를 보러 온 이유는 이 말을 해주고 싶어서야. 널 보면 구역질이나." 비키는 뒤로 기대앉아 동생을 향해 손가락 하나를 흔들었다. 손목에 찬 시계의 작은 가죽 밴드가 그녀의 살을 파고드는 것처럼 보였다. "넌 정말로 그래, 루시. 온라인으로 너를 볼 때마다, 매번 너를 볼 때마다 아주 멋있는 사람처럼 굴던데, 그게 구역질나."

피트는 러그를 바라보았다. 러그가 그에게 소리를 지르는 것 같았다. 나를 사다니 지독한 바보로군.

한참 뒤 루시가 조용히 말했다. "그래, 그러는 거 나도 구역질나. 언니가 뭘 봤건 거기에서 내가 정말로 하고 싶은 말은—그런데 왜 나를 찾아봐?—내가 이따금 정말로 하고 싶은 말은, 이거야. 엿 먹어라."

피트가 고개를 들었다. 그리고 말했다 "와우. 그 말을 누구한테 하고 싶은데?"

"오," 루시가 한 손으로 머리칼을 쓸어넘기며 말했다. "대체로는 내 작품을 좋아하지 않고, 일어서서 대놓고 그렇다고 말하는 여자들. 혹은 내 사생활에 대해 알고 싶어하는 기자들."

피트가 물었다. "정말로 누군가가 일어서서 네 작품이 좋지 않다고 말해?"

"가끔."

피트가 의자를 약간 앞으로 옮겼다. "그런 사람들은 그냥 집에 있지 왜 온대?"

"음, 그게 내가 하고 싶은 말이야." 루시가 손을 펴서 작게 흔들었다. "엿 먹어라."

"불쌍해라, 루시." 비키가 그렇게 말했지만, 목소리는 냉소적으로 들렸다.

"그래, 나 불쌍해." 루시가 말하고 뒤로 기대앉았다.

"엄마가 제일 예뻐한 아이." 비키가 말하자, 루시가 말했다. "뭐?"

"엄마가 제일 예뻐한 아이가 너였다고 말했어. 맙소사, 그게 정말 성과가 있었던 거네, 너한테는."

루시가 피트를 보았고, 이윽고 말했다. "엄마가 나를 제일 예뻐했다고?" 피트는 루시가 놀라는 것에 놀랐다. "나를?" 그녀가 물었고, 그는 어깨를 으쓱했다. 루시가 말했다. "엄마가 특별히 누구를 예뻐했다는 건 몰랐어."

"너는 이 집에서 뭐가 어떻게 돌아가는지 전혀 몰랐으니까, 루시. 너는 매일 수업이 끝난 후에도 학교에 남았고 엄마는 네가 그러는 걸 봐줬어." 비키가 동생을 보고 있었고, 그녀의 턱이 떨렸다.

"나도 이 집에서 뭐가 어떻게 돌아가는지 알 만큼은 알았어."
루시의 목소리가 딱딱해졌다. "그리고 엄마가 봐줘서 학교에 남
은 게 아니라 그냥 내가 그러고 싶어서 그런 거였어."

"엄마가 봐준 거야, 루시. 엄마는 네가 똑똑하다고 생각했거
든. 그리고 엄마 자신이 똑똑하다고 생각했고." 비키가 블라우스
아랫단을 세게 잡아당겼다. 피트는 그녀의 바지 위로 드러난 살
을 볼 수 있었는데, 색깔이 푸르죽죽했다.

피트가 말했다. "저기, 비키. 루시가 에이블을 만났대. 루시,
비키한테 에이블 만난 이야기 좀 해줘."

하지만 루시가 "내가 에이블을 만났는데"라고 말하자, 비키는
어깨를 으쓱하며 "나는 걔 동생 도티를 참을 수 없었어. 엄마가
늘 도티한테 새 드레스를 만들어줬지" 하고 말했을 뿐이었다.

"음, 도티는 가난했어." 루시가 말했다.

"루시, 우리가 가난했어." 비키가 루시의 얼굴 앞에 자기 얼굴
을 갖다대려는 것처럼 몸을 앞으로 숙였다.

"나도 그건 알아." 루시가 말했다. 그녀는 갑자기 일어서서 앞
쪽 창문으로 걸어갔다. 그녀가 블라인드의 작은 끈을 잡아당기
자 그것이 올라갔다. 햇살이 방안으로 쏟아져들어왔다. 그녀는
다른 창문으로 걸어가 그 블라인드도 올렸다. 그러자 피트의 눈

에 바닥 먼지가 구석에 쓸려가 있는 것이 보였다. 먼지는 바로 거기 햇빛 속에 있었다.

"너는 뭘 먹긴 하니?" 비키가 루시에게 물었고, 루시는 고개를 저은 뒤 다시 카우치에 앉았다.

"많이는 안 먹어." 루시가 말했다. "원래 식욕이 없어."

"나도 그래." 피트가 말했다. "머리가 좀 띵하면 그제야 먹어야 할 때란 걸 알아." 갑작스러운 햇살―초가을 날씨에 황금빛으로 내리쬐는―은 피트에게 너무 과했고, 그는 블라인드를 내리고 싶은 마음이 간절했다. 그것은 가려움증과 같아서 그는 그렇게 하고 싶은 마음을 억지로 참아야 했다.

"이상해." 비키가 말했고, 그녀의 목소리는 더이상 호전적이지 않았다. "참 묘하단 말이야, 그렇지 않아? 두 사람은 아주 말랐고 늘 먹어대는 사람은 나라는 거. 두 사람이 변기에서 음식을 꺼내 먹어야 했던 적이 있었는지는 기억나지 않지만 그랬을지도 모르지. 누가 알아." 비키가 양쪽 광대뼈가 튀어나올 만큼 숨을 깊이 들이쉬었고, 이어 크게 한숨을 내쉬었다.

피트는 혼자 생각했다. 그러지 마. 그것은 블라인드를 내리려고 일어서지 마, 라는 뜻이었다.

잠시 뒤 루시가 말했다. "뭐라고 했어?"

비키가 말했다. "오, 한번은 우리가 고기를 먹은 적이 있었

228

어." 비키가 목을 박박 긁었다. "간이었어. 맙소사, 그 맛이 어찌나 싫던지. 우리가 적혈군가 뭔가—잘 모르겠는데—그런 걸 보충해야 한다고 엄마가 누구한테 간을 받아온 거야. 맛이 참 끔찍했어. 나는 간 조각들을 입에 넣었다가 변기로 가서 뱉었어. 그런데 그 멍청한, 그 멍청한 변기가 물이 안 내려가는 거야. 조각들이 변기 안에 둥둥 떠다니는 게 발견됐고……"

"그만해." 루시가 말하고는 손바닥이 내보이게 손을 들어올렸다. "알아들었어."

비키는 그 말에 언짢아진 것 같았다. "음, 루시 너랑 피티는 음식을 버리면 쓰레깃더미에서 꺼내 먹어야 했잖아. 바로 저 자리였던 걸로 기억하는데"—비키는 손가락으로 부엌이 있는 자리를 가리키며 허공을 두 번 찔렀다—"뭐든 버린 음식이 있으면 무릎을 꿇고 바로 쓰레깃더미에서 건져 먹어야 했어. 그러면 너는 울었고…… 알았어, 알았어. 저기, 나는 그저 두 사람이 왜 먹는 걸 좋아하지 않는지 그 이유가 이해된다고 말하는 거야. 내가 이해되지 않는 건 나는 왜 먹고 싶어하느냐는 거지."

루시는 손을 뻗어 언니의 무릎을 어루만졌다. 하지만 피트의 눈에 그 동작은 의무적인 것처럼 보였다. 마치 비키는 무언가 창피한 이야기를 해버린 어린아이이고, 루시는 그것을 없었던 일로 여기고 싶어하는 어른인 것처럼.

"일은 어때?" 루시가 비키에게 물었다.

"일이니까 하는 거지. 구려."

"음, 안타까운 일이네." 루시가 말했다.

피트는 자신이 먼지를 훑어내 긴 자국이 남은 벽을 흘끗 쳐다보았다. 그 자국 때문에 벽이 얼룩덜룩 지저분해 보였다.

"또하나의 진실한 문장이로군, 단언컨대." 비키가 몸을 일으켜 좀더 꼿꼿이 앉았다. "그런데 말이지, 요전날 직장에서 재미있는 일이 있었어. 애나-마리라는 이름의 할머니가 있어. 내가 수년 전에 거기서 일을 시작했을 때부터, 그 할머니는 계속 휠체어를 타고 다녔어. 그 세월 동안 말은 한마디도 안 했고. 사람들이 그랬지. 오, 애나-마리는 더이상 말을 할 수 없어요. 휠체어를 타고 돌아다니면서 사람들과 부딪치는 게 전부죠. 그런데 요전날 내가 간호사실에 서 있는데 갑자기 누가 내 손을 꽉 잡는 거야. 아래를 내려다봤더니 휠체어에 탄 애나-마리였어. 그런데 그 할머니가 커다랗게 미소를 지으면서 말하는 거야. '안녕, 비키' 하고."

그 말을 듣자 피트는 행복해졌다. 행복감이 따뜻한 액체처럼 몸속을 도는 것이 느껴졌다.

루시가 말했다. "비키, 그거 멋진 이야긴데."

"아름답지." 비키가 인정했다. "하지만 거긴 아름다운 일이 일어나는 곳이 아니야. 그건 확실히 말할 수 있어."

그 순간 피트가 갑자기 뭔가를 기억해냈다. "비키," 그가 말했다. "루시에게 라일라 이야기 좀 해줘. 어떻게 대학에 가게 됐는지."

"오." 비키가 다시 목을 박박 긁었다. 목에 빨갛게 긁힌 자국이 나타났다. 그러더니 그녀는 자기 손가락을 유심히 바라보았다. "응. 우리 딸이 내년에 대학에 갈 것 같아." 그러고는 고개를 들어 루시를 보았다. "성적이 좋아서 진로상담교사가 대학 갈 비용을 대준다고 했대. 루시 너처럼."

"정말이야?" 루시가 몸을 앞으로 숙였다. "비키, 정말 잘됐다."

"그런 것 같아." 비키가 말했다. 그러고는 아랫입술을 손가락으로 누르며 깨물었다.

"정말 잘된 일이야." 루시가 말했다.

비키가 입에서 손을 떼어 바지에 문질렀다. "아무렴. 그뒤엔 너처럼 그애도 멀리 떠나버리겠지."

피트는 루시의 얼굴이 뺨을 얻어맞은 것처럼 변하는 것을 지켜보았다. 이윽고 루시가 말했다. "아니, 그애는 안 그럴 거야."

"왜 안 그럴 거라는 거야?" 비키가 카우치에 앉은 채 자세를 바꾸려고 했다. 루시가 대답하지 않자 비키가 약간 우쭐거리는 목소리로 말했다. "왜냐하면 엄마가 다른 엄마니까, 엄마가 비키잖아. 그러니 그러지 않을 거야. 고마워, 루시."

루시는 잠시 눈을 감았다.

"그 진로상담교사가 누군지 알아?" 비키가 피트를 돌아보았다. "패티 나이슬리야. 프리티 나이슬리 걸즈 막내. 걔네들 기억나?"

루시가 말했다. "라일라가 대학에 갈 수 있게 도와주는 사람이 걔라고?"

"그래. '뚱보 패티,' 아이들은 그렇게 불러. 혹은 그렇게 불렀어. 지금은 살이 좀 빠졌지만." 비키가 말했다.

"애들이 패티 나이슬리를 '뚱보 패티'라고 부른다고?" 루시가 비키를 보며 얼굴을 찡그렸다.

"응, 정말로. 알잖아, 애들이니까." 비키가 잠시 뜸을 들였다가 말했다. "직장에서는 나를 '이키* 비키'라고 불러."

"설마, 그럴 리가." 루시가 말했다.

"아니야, 정말이야."

피트가 말했다. "나한테 그런 얘기는 한 번도 안 했잖아, 비키. 죄다 늙은이들인데다 머릿속이 바보로 변해서 그럴 거야."

"환자들이 그러는 게 아니야. 거기서 일하는 다른 사람들이 그

---

* 이키(Icky)는 영어로 '불쾌한, 싫은'이라는 뜻이다.

러는 거지. 어떤 여자가 말하는 걸 들었어. 이틀 전이었는데 이렇게 말하더라, 이키 비키가 오네." 비키는 그렇게 말하고 안경을 벗었다. 눈물이 얼굴을 타고 흘러내리기 시작했다.

"오, 언니." 루시가 말했다. 그녀가 언니 쪽으로 더 다가가 무릎을 어루만졌다. "그 사람들 정말 끔찍하다. 언니는 불쾌한 사람이 아니야, 언니는⋯⋯"

"나는 정말 불쾌한 사람이야, 루시. 나를 봐." 비키의 눈에서 눈물이 주룩주룩 흘러나왔다. 눈물은 립스틱을 바른 입술로 흘러내렸다.

"있잖아, 언니." 루시가 말했다. 그녀가 비키의 무릎을 어루만지던 것을 그만두고, 대신 토닥이기 시작했다. "맘껏 울어. 언니, 눈물이 쏙 빠지도록 울어. 그래도 괜찮아. 맙소사, 우리가 절대 울면 안 됐던 거 기억나?"

피트가 몸을 앞으로 숙였다. 그리고 말했다. "루시 말이 맞아. 그냥 울어. 이번에는 아무도 네 옷을 자르지 않을 거야."

비키가 그를 쳐다보았다. "지금 뭐라고 했어?" 그녀가 맨손으로 코를 닦았다. 루시가 재킷 주머니에서 화장지를 꺼내 비키에게 건넸다.

피트가 말했다. "아무도 네 옷을 자르지 않을 거라고 말했어. 다시는 절대."

비키가 말했다. "무슨 말이야?"

피트가 말했다. "어느 날 네가 여기서 울고 있었는데, 엄마가 집에 돌아와서는 네 옷을 자른 거 기억 안 나?"

"엄마가 그랬어?" 루시가 말했다.

"엄마가 그랬다고?" 비키가 화장지로 얼굴을 톡톡 두드렸고, 입도 가볍게 톡톡 두드렸다. "오, 잠깐. 오, 맙소사, 엄마가 그랬어. 그 일을 잊고 있었네." 비키가 루시를 쳐다보았고, 이어 피트를 보았다. 안경을 벗은 그녀의 얼굴은 더 젊고, 좀 부어 보였다. "엄마가 왜 그랬을까?" 비키는 정말로 궁금하다는 듯 물었다.

"잠깐," 루시가 말했다. "엄마가 언니 옷을 잘랐다고?"

"응." 비키가 천천히 고개를 끄덕였다. "내가 울고 있었어. 이유는 기억 안 나. 뭔가 학교에서 일어난 일과 관련이 있었을 거야. 나는 계속 울기만 했어. 네 말이 맞아, 루시, 부모님은 우리가 우는 걸 싫어했는데 그때는 집에 안 계셔서 내가 여기 앉아 울고 있었고 피트, 오빠가 옆에 있었지. 어찌나 서럽게 울었던지 엄마가 들어오는 소리도 듣지 못했어. 오, 이제 그때 일이 기억나." 비키가 손에 든 화장지를 흔들었다. 빨간 립스틱이 묻어 온 자국이 보였다. "엄마가 저 문으로 들어오더니 말했어. '당장 그치지 못해, 비키.' 하지만 알잖아. 나는 그칠 수가 없었어, 정말로. 그러자 엄마가 말했어. '당장 그치라고 했지.' 그러고는 재봉

234

틀 있는 쪽으로 가더니 가위를 들고는 우리 방으로 들어갔어. 나는 옷걸이들이 밀리는 소리를 들은 기억만 나. 그때……" 비키가 다시 화장지를 얼굴에 갖다대면서 피트 쪽을 살짝 돌아보았다. "엄마가 뭘 하는지 알아낸 사람이 오빠였지. 오빠가 문 옆으로 가 서 있었고, 내가 일어나 오빠 뒤로 가서 섰어. 그리고 소리를 빽 질렀어. 엄마, 하지 마요, 오, 하지 마요, 엄마! 그래도 엄마는 계속 내 옷을 잘라 그 조각들을 바닥과 침대에 내동댕이쳤어. 그러고는 방에서 나가 2층으로 올라갔어." 비키가 이제는 가만히 앉아 바닥을 물끄러미 내려다보았다. "오, 맙소사." 비키가 말했다. "엄마는 나를, 아주, 많이 미워했어."

"하지만 엄마는 바느질 일을 했잖아." 루시가 말했다. "그런데 언니 옷을 대체 왜 잘랐지?"

"오, 다음날 다시 기워주시긴 했어. 재봉틀로." 비키가 힘없이 손을 들어올렸다. "그 조각들을 이어붙여 다시 기워주셨는데 그 덕분에 나는, 뭐랄까, 훨씬 더 멍청해 보였지." 비키는 그 말을 하면서 앞을 응시했다.

한참 뒤 피트가 의자에 앉은 채 몸을 앞으로 숙이며 말했다. "저기, 얘들아, 최근에 내가 엄마에 대해 많은 생각을 했는데, 내 생각은 이래. 엄마는 그저 제대로 된 사람이 아니었어."

동생들은 한동안 아무 말도 하지 않았다. 이윽고 루시가 말했다. "음, 그럴지도 모르지. 엄마한테는 씨름해야 할 아빠도 있었고." 루시가 덧붙였다. "하지만 엄마한텐 투지가 있었어."

"무슨 뜻이야?" 비키가 물었다.

"투지가 있었다고. 엄마는 꿋꿋이 버텼잖아."

"엄마가 뭘 할 수 있었겠어? 엄마는 갈 곳이 없었는걸." 비키는 블라우스 아랫단을 내려다보면서 그것을 다시 아래로 잡아당겼다.

"엄마는 우리를 두고 떠날 수도 있었어. 돈은 바느질 일을 해서 벌 수 있었고. 자신만을 위해서. 하지만 그러지 않았어." 루시는 이 말을 한 뒤 입을 앙다물었다.

"내가 가장 싫었던 게 뭔지 알아?" 비키가 루시와 피트를 흘끗 보며 거의 평온하게 말했다. "섹스하는 소리. 아빠가 자기 물건을 튕기면서 돌아다니지 않을 때는 둘이 바로 저 위에서 그걸 했어……" 그녀가 천장을 가리켰다. "그리고 그 소리를 들으면 구역질이 났어. 침대가 삐걱거리는 소리, 아빠가 내는 소리. 나는 아빠가 섹스할 때 내는 소리를 어떤 남자에게서도 들어보지 못했어." 그녀가 코를 풀었다. "맙소사, 그 오랜 세월 동안 그런 뭣 같은 걸 겪은 뒤에 내가 평범한 성생활을 하려고 얼마나 노력했는지를 생각하면."

피트가 말했다. "나는 그런 적 없었어. 그러니까, 노력하는 거

말이야." 그의 얼굴이 대번에 뜨거워졌다. 오, 그는 부끄러워하고 있었다. 하지만 비키가 그에게 미소를 지어 보이자 그는 덧붙였다. "하지만 무슨 말인지 잘 알아. 내 침실이 부모님 침실 바로 옆이었잖아, 맙소사······" 그가 고개를 빠르게 가로저었는데, 부르르 떠는 것에 더 가까웠다. "마치 내가 그 방안에 같이 있는 것 같았어."

비키가 말했다. "잠깐. 그거 알아? 소리는 모두 아빠가 냈어. 엄마는 단연코 아무 소리도 내지 않았어."

피트는 그전에는 그 생각을 해본 적이 없었다. "그래, 네 말이 맞네." 그가 말했다. "네 말이 맞아. 엄마는 정말 아무 소리도 내지 않았어."

"오, 맙소사." 비키가 말하고는 한숨을 내쉬었다. "오, 불쌍한······"

"그만," 루시가 말했다. "이 얘긴 그만하자. 이런다고 뭐가 나아져."

"하지만 사실이 그런걸." 비키가 말했다. "전부 사실이야. 우리가 누구하고 이런 얘기를 하겠어? 루시, 딸의 옷을 자르는 어머니에 대한 이야기를 써보는 건 어때? 진실한 문장을 원한다며? 진심이야. 그거 써봐."

루시가 다시 신발을 신었다. "그 이야기는 쓰고 싶지 않아."

화난 목소리였다.

피트가 말했다. "게다가 누가 그런 걸 읽고 싶어하겠어?"

"내가." 비키가 말했다.

"나는 지금도 초원의 그 가족 이야기를 읽는 게 좋아." 피트가 말했다. "그 책 시리즈 기억나? 2층에 아직 있어."

"나는 쓸 수 없어." 루시가 말했다. "쓸 수 없어."

"그럼 쓰지 마." 비키가 어깨를 으쓱하며 말했다. "나는 그저…… 오 맙소사, 지금 기억나는데……"

루시가 일어섰다. "그만해." 그녀가 말했다. 두 뺨 위쪽이 두 개의 반점처럼 빨갛게 변해 있었다. "그만," 그녀가 다시 말했다. "그만 좀 해." 그녀가 비키를 쳐다보았고, 이어 피트를 보았다. 그리고 말했다―목소리가 컸고 떨렸다―"그렇게 나쁘진 않았어." 그녀의 목소리가 높아졌다. "그래, 정말이야."

방안에 침묵이 감돌았다.

잠시 뒤 비키가 차분히 말했다. "정확히 그렇게 나빴어, 루시."

루시가 천장을 쳐다보더니 마치 방금 손을 씻었는데 수건이 없는 것처럼 손을 흔들기 시작했다. "못 참겠어." 그녀가 말했다. "오, 맙소사, 도와줘. 못 참겠어, 못 참겠어, 못 참……"

그리고 그 순간 피트는 루시가 그 집을, 앰개시에 와 있는 것을 참을 수 없어한다는 것을, 그가 이발을 할 때 겁을 먹은 것처럼 그녀도 겁을 먹었다는 것을, 다만 루시는 그보다 훨씬 더 겁을 먹었다는 것을 알 수 있었다.

"그렇게 하자, 루시." 그가 말했다. 그러고는 일어서서 그녀에게 다가갔다. "이제 긴장 풀어."

"응," 루시가 말했다. "응. 아니. 어떻게 해야 할지 모르겠어. 모르겠어……" 그녀는 숨을 헐떡이는 것 같았다. "두 사람," 그녀는 두 사람을 번갈아 쳐다보며 말했는데 눈을 심하게 깜박이고 있었다. "어떻게 해야 할지 모르겠어. 도와줘, 오 어떡하지……" 그녀가 손을 점점 더 심하게 떨었다.

"루시," 비키가 말했다. 그러고는 카우치에서 몸을 일으켜 동생에게 다가갔다. "이제 마음을 차분히……"

"못하겠어," 루시가 말했다. "못하겠어. 그럴 수가 없어. 오, 나 좀 도와줘." 그녀가 다시 카우치에 앉았다. "있잖아, 내가 어떻게 해야 할지…… 오 맙소사……" 그녀가 고개를 들어 오빠를 보았다. "오 하느님, 저 좀 도와주세요." 그녀가 손을 더욱 심하게 떨면서 다시 일어섰다. "어떻게 해야 할지 모르겠어, 어떻게 해야 할지 모르겠어……"

비키와 피트가 서로 흘긋 보았다.

"공황이 오는 것 같아." 루시가 그들에게 말했다. "정말 오랫동안 괜찮았는데 이번 건 안 좋아, 오 맙소사, 오 하느님. 오 예수님, 오 맙소사…… 저기, 지금부터 내 말 잘 들어, 언니 오빠, 내 말 잘 들어. 피트, 내 차 운전할 수 있지? 비키, 내가 언니 차에 타도 돼? 제발, 그래줄 수 있지? 오, 제발, 나는 꼭…… 나는 꼭……"

"어디로 데려가면 돼?" 비키가 물었다.

"시카고. 드레이크호텔로. 돌아가야 해, 돌아가야……"

"시카고?" 비키가 말했다. "나보고 너를 시카고로 데려다달라고? 거기까지 두 시간 반이야."

"응, 그래줄 수 있겠어? 오 맙소사, 정말 미안해, 정말 미안해, 나는 못하겠어 못하겠어 못하겠어……"

비키가 손목시계를 보았다. 그러고는 숨을 깊게 들이마셨고 잠시 눈을 크게 떴다. 이윽고 그녀가 돌아서서 빨간색 핸드백을 집어들었다. "시카고에 가자." 그녀가 피트에게 말했다.

"오 하느님, 고마워, 고마워……" 루시는 이미 문을 열고 있었다.

피트가 비키를 향해 입을 벙긋거렸다. 나는 거기 가본 적 없는데. 비키가 입을 벙긋거려 대답했다. 알아, 나는 가봤어. 자신의 가슴을 가리키면서.

*

　해가 났지만 더운 날씨는 아니었다. 청명한 공기가 가을이 성큼 다가온 것을 말해주었다. 피트는 루시가 렌트한 하얀 차에 타면서 그런 느낌을 받았고, 비키가 차를 돌릴 때까지 기다렸다. 루시의 차에서는 새 차 냄새가 났고 깨끗했다. 곧 그는 동생들을 따라 큰길로 접어들었다. 그는 자신이 시카고로 간다는 것이 믿기지 않았다. 자신이 죽을지도 모른다는 생각마저 들었다. 처음에는 익숙한 좁은 도로들을 운전했고, 이어 동생의 차를 쫓아 고속도로로 들어섰다. 해가 하늘을 느릿느릿 가로지르는 동안 그는 천천히 동생 뒤를 쫓아갔다. 한 시간이 넘도록 달렸다. 동생들의 모습이 보였다. 어깨가 넓은 비키가 그녀보다 머리가 낮은 조수석의 루시를 틈틈이 돌아보았다. 그는 달리고 또 달렸다. 오크나무와 단풍나무를 스쳐지나갔고, 측면에 미국 국기가 그려진 큰 헛간들을 지났고, 파이어암스 앤드 메모리스*라고 쓰인 간판을 지났다. 존디어** 트럭과 농기계가 가득한 방대한 땅을 지났고, 원데이 덴추어스*** 144달러라고 쓰인 간판을 지났고, 이제는 더이

* 총포사 이름.
** 디어 앤드 컴퍼니를 말하며 존디어라는 상표로 알려져 있다. 미국의 세계적인 중장비, 농기계 제조 회사로 일리노이주 몰린에 본사가 있다.

상 사용되지 않고 시멘트 주차장에 풀이 자라는 옛 쇼핑몰을 지났다. 운전대를 잡은 그의 손바닥에 땀이 났다. 갈 길이 멀었다.

하지만 동생의 차에 갑자기 깜빡이가 켜지더니 속도가 느려졌고, 비키가 갓길에 차를 세웠다. 피트는 재빨리 브레이크를 밟았지만 그럼에도 동생을 앞질러 동생 앞에 차를 세웠다.

피트가 차에서 내리는데 트럭이 그의 곁을 아주 빠르게 지나가 공기 폭풍이 그를 덮쳤다. 루시가 비키의 차 조수석에서 내리더니 그에게 달려왔다. "나 이제 괜찮아, 피트." 그녀가 말했다. 그녀의 눈이 더 작아진 듯 보였다. 그녀가 두 팔을 벌려 잠시 그를 안았고, 그녀의 머리가 그의 턱에 부딪혔다. "진심으로 고마워." 그녀가 말했다. "이제 가도 돼. 여기부터는 나 혼자 운전해서 갈 수 있어."

"정말 괜찮겠어?" 그는 혼란스러웠고, 또 한 대의 트럭이 아주 빠르고 아주 가깝게 그를 스쳐가자 겁도 좀 났다. "루시, 조심해."

루시가 말했다. "사랑해, 피트." 그러고는 걸어가 렌트한 하얀 차에 올라탔고, 피트는 그녀가 좌석 높이를 조절하는 것을 지켜보며 기다렸다. 그녀가 열린 차창 밖으로 머리를 내밀었다. "가, 가." 그녀가 팔을 저으며 소리쳤다. 그리고 또 뭐라고 외쳤는데,

***'의치'라는 뜻.

피트가 그녀 쪽으로 걸어가는 도중에 그 말이 들렸다. "비키한테 애나-마리 이야기 잊지 말라고 전해줘, 꼭, 피트!"

그래서 그도 그녀에게 손을 흔들어주고는 뒤돌아 비키의 차에 탔다. 루시가 앉았던 자리라 따뜻했다. 바닥에 빈 음료수 캔들이 나뒹굴어 그는 그것을 피해 발을 옮겼다. 피트와 비키는 다음 출구까지 루시를 따라갔고, 그런 다음 돌아가는 길을 타기 위해 방향을 틀어 출구로 빠져나왔다. 피트의 마음속에 루시의 하얀 차가 고속도로를 달려 도시로 가는 잔상이 남았다. 그는 좀 멍한 기분이 들었다.

잠시 뒤 되돌아가는 도로를 달릴 때 비키가 말했다. "그러니까, 음, 내 결론은 이거야." 그녀가 운전하면서 피트를 흘끗 보았다. "루시는 또라이야."

"진심으로 하는 말이야?"

"걔는 완전히 또라이야. 계속 울면서 미안해, 미안해, 그 말만 하더라니까. 마침내 내가 말했어. 루시, 그만 좀 미안해해, 괜찮아. 그랬더니 아니, 내가 돌아온 게 잘못이었어, 내가 떠난 게 잘못이었어, 전부 내 잘못이야, 그러더라고. 그래서 내가 그랬지. 루시, 이러는 거 당장 집어치워, 너는 지긋지긋한 이곳을 벗어나 성공했으니 그렇게 살아, 그래도 괜찮아. 루시는 울음을 그치지 않았어, 피트. 난 좀 무섭더라. 내가, 남편한테 전화하지 그래?

했더니 남편이 리허설중이라나 뭐라나, 나중에 전화하겠대. 그래서 내가, 그럼 딸들 중에 아무한테나 전화해보지, 그랬더니 오, 안 된다고, 딸들이 이런 이야기를 듣게 하고 싶지 않다고 했어."

피트가 조수석 앞 서랍을 물끄러미 바라보았다. 오래전에 커피가 엎질러졌던 것처럼 길게 흘러내린 자국이 남아 있었다. "와우," 그가 말했다. "뭐라고 해야 할지 모르겠네."

"아무 말 안 해도 돼." 비키가 차 한 대를 앞지른 다음 원래 차선으로 되돌아갔다. "아무튼 그애가 약을 한 알 먹었어. 그리고 공황이 어떻게 일어나는지 뭐 그런 말을 했는데…… 그건 잘 기억나지 않지만, 어쨌든 좀 차분해지더니 차를 갓길에 대라고, 우리가 시카고로 가지 않아도 될 것 같다고 했어. 하지만 피트, 슬프더라. 그애는 너무 작아, 그애는…… 그애를 인터넷으로 보면……" 비키는 그렇게 말하고 입을 다물었다. 그녀는 허리를 더 펴고 한 손으로 운전했다. 다른쪽 팔꿈치는 바로 옆 팔걸이에 내려놓은 채 손으로 턱을 만졌다. 그들은 한동안 그렇게 달렸다.

마침내 비키가 눈앞의 도로를 똑바로 응시하며 말했다. "그애는 또라이가 아니야, 피트. 그저 이곳에 돌아온 걸 참을 수 없었던 거야. 그애한테는 너무 힘든 일이었어."

거프틸 부부와 함께 칼라일의 무료급식소로 가는 길에 피트는 그 부부가 서로에게 얼마나 깊은 애정을 품고 있는지 보았다.

토미가 운전하는 동안 셜리는 종종 토미의 팔에 손을 얹었다. 피트는 궁금했다. 그렇게 편안한 것, 누군가를 그렇게 편하게 만질 수 있다는 것은 어떤 걸까. 지금 이 순간 그는 동생의 팔에, 유명해진 루시를 만나려고 입술에 립스틱을 바르고 나타난 이 동생의 팔에 손을 얹고 싶었다—정말로 그러지는 않았지만. 그러는 대신 그는 조용히 그녀의 옆에 앉아 있었다.

마침내 비키가 말했다. "내가 지난 이야기는 꺼내지 말았어야 했는데."

"아니야, 비키. 네가 어떻게 알았겠어? 그리고 옷에 대한 이야기는 내가 꺼냈어."

그들이 돌아오는 길에 옆에서는 해가 눈부시게 빛나고 있었다. 그들은 다시 측면에 미국 국기가 그려진 헛간들을 지나갔는데, 이제 그것들은 그들의 반대쪽에 있었다. 그리고 피트는 길 건너에서 다시 한번 온갖 녹색과 노란색 기계들이 있는 존디어의 방대한 영토를 보았다. 비키 옆에 앉아 있으니 더없이 안전하게 느껴졌다. 그는 이 말을 어떻게 전할지 고민했고, 마침내 이렇게 말했다. "비키, 넌 참 대단한 것 같아."

그녀가 별 웃기는 소리 다 듣겠다는 듯 코웃음을 치며 그를 흘끗 보았다. 그가 말했다. "아니, 정말로 그래. 루시가 너한테 그 앤-마리라는 여자에 대해 상기시켜주라고 하더라."

"애나-마리." 비키가 말했다. "그애가 무슨 뜻으로 그 말을 한 거지?"

"너도 대단하다는 말을 해주고 싶었던 것 같아. 난 루시가 그런 뜻으로 말한 거라고 생각해." 피트가 바닥에 나뒹구는 캔들을 피해 발을 옮겼다.

그들은 침묵 속에 한참을 더 달렸다. 피트는 곁눈으로 동생을 보았다. 그는 그녀가 운전을 잘한다고 생각했다. 그는 그녀의 체격 좋은 몸이 좋았고, 차 안에 듬직하게 앉아 당당하게 운전하는 모습이 좋았다. 그는 그녀에게 이 말을 해주고 싶었다. 대단하다는 말 이상을 해주고 싶었다. 마침내 그가 말했다. "비키, 지금 보면 우리가 그렇게 나쁘게 된 건 아니야. 너도 알겠지만."

그녀가 그를 흘끗 보고 눈을 흘겼다. "그래, 맞아." 그녀가 말했다. 그리고 덧붙였다. "뭐, 우리가 밖에 나가서 사람들을 죽이고 다니진 않지. 그게 하고 싶은 말이라면." 그녀가 내면 깊숙한 곳에서 올라온 듯한 짧은 웃음소리를 냈다.

피트는 영원히 이렇게 달릴 수 있으면 좋겠다고 생각했다. 그들이 이렇게 달리고 또 달리는 동안 그는 거기 동생 옆에 앉아 있으면 좋겠다고 생각했다.

하지만 그는 그들이 지금 어디에 왔는지 알아차렸다. 길이 좁아지고 있었다. 발갛게 물들기 시작한 한 그루 단풍나무의 우듬지가 보였다. 피더슨 씨네 헛간을 둘러싼 들판이 보였다. 그리고 마침내 그들은 돌아왔다. 비키가 그 길로, 이어 진입로로 들어섰고, 거기 그들 바로 앞에 블라인드가 올려져 있는 고단하고 작은 그 집이 있었다. 비키가 시동을 껐다. 잠시 뒤 피트가 말했다. "저기, 비키, 그 러그 가져갈래?"

비키가 안경 브리지에 손가락을 대고 콧등에 내려온 안경을 밀어올렸다. "그러지 뭐, 안 그럴 이유가 있겠어?" 그녀가 말했다. 하지만 그녀는 차에서 내리려는 움직임이 전혀 없었고, 그래서 그들은 침묵 속에 그 집을 응시하며 그렇게 앉아 있었다.

도티의 민박집

그들은 동부에서 왔고, 성은 스몰이었다.

도티는 그 사실을 늘 기억하고 있었는데, 그것은 그 남편의 몸집이 아주 컸기 때문이었다. 그의 얼굴에는 늘 짜증이 묻어 있었고, 도티는 그것이 적어도 부분적으로는 그의 성에 대해 한마디씩 하는 사람들을 평생 상대하느라 생긴 것이리라 생각했다. 도티는 물론 그런 것에는—전혀!—기여한 바가 없었다. 스몰 부인이 예약을 하려고 전화했을 때 도티는 그들이 젊지 않다는 것을 눈치챘다. 그녀의 목소리를 듣고 안 것도 있지만, 요즘에는 대부분 예약할 때 인터넷을 이용했기 때문이었다. 사실 도티는 스몰 부인보다 나이가 조금 더 많았지만 물을 기다리던 주걱철갑상어처럼 인터넷에 빠져들었다. 더 젊었을 때 인터넷이 보급

되지 않은 것이 유감일 정도였다. 그녀는 지난 긴 세월 동안 자신이 방을 빌려주는 일보다 머리를 쓰는 일을 했더라면 더 성공했을 거라고 확신했다. 부자가 될 수도 있었을 것이다! 하지만 도티는 불평 같은 걸 하는 여자가 아니었다. 그것은 어느 여름—백 년 전의 일로 느껴졌는데, 사실상 그런 것이나 다름없었다—품위 있는 에드나 아주머니로부터 불평하는 여자는 하느님의 손톱 밑에 흙을 밀어넣는 것과 같다는 가르침을 얻은 덕분이었다. 그리고 아주머니의 비유는 도티의 마음에서 결코 완전히 지워낼 수 없는 이미지로 남았다. 도티는 중서부 출신 선조들의 특징인 고운 피부를 가진 작은 체구의 단정한 여자였고, 모든 점을 고려하건대—고려할 점이 많았다—잘 지내고 있는 것처럼 보였다. 자신에게도, 다른 사람들에게도. 결국 스몰 부부의 이름으로 방이 예약되었고, 두 주 뒤 백발의 키 큰—덩치도 큰—남자가 문을 통해 들어와 "닥터 리처드 스몰 이름으로 예약했습니다" 하고 말했다. 닥터 스몰의 선포는 아내를 전혀 언급하지 않고도 바로 뒤따라 들어온 그녀를 충분히 포함시킬 만큼 컸다.

그는 프런트 데스크에 서서 스멀스멀 새어나오는 짜증을 드러내며 지독한 글씨체로 숙박부에 이름을 기재했고, 그러는 동안 스몰 부인—아주 마르고 전반적으로 불안한 모습이었다—은 예의를 갖춰 라운지를 흘끗 둘러보더니 곧 벽에 걸려 있는 오래된 극장 사진들에 흥미를 보였다. 특히 그들 가까이 걸려 있는 도서관 사진이 마음에 드는 것 같았다. 사진은 1940년의 도서관을 찍은 것으로, 벽돌 건물에 담쟁이덩굴이 자란 고풍스러운 느낌이었는데, 덕분에 도티는 대번에 그 여자—그리고 그녀의 남편!—에 대해 감을 잡았다. 당연히 도티는 이 업종에 종사하면서 사람들에 대해 대번에 감을 잡을 수 있게 되었다. 물론 이따금 완전히 헛짚을 때도 있었지만 스몰 부부에 대해서는 틀리지 않았다. 닥터 스몰은 여행가방을 올려두는 선반이 없다며 즉시 방에 대한 불만을 제기했고, 도티는 그것이 아내를 시켜 가장 값싼 방을 예약할 때 생기는 일이라고는 당연히 말하지 않았다. 그 대신 그녀는 복도 끝에 다른 방이 있는데 그 방이 더 마음에 들거라고 말했다. 그 방은 '버니 래빗 룸'이었다. 과거에 그녀는 취미로 버니 래빗 인형을 모았는데, 그런 연유로 그렇게 이름 붙인 것이었다. 남편이 명절마다 하나씩 사주고 친구들도 사준 것을 나중에 도티가 전부 한 방에 넣어두었는데, 정말로 그것에 환장하는 사람들이 가끔 있었다. 여자들이 그랬다. 남자 동성애자들도 그랬다. 그들은 온통 버니 인형들로 둘러싸인 채 인형들이 각기 다른 목소리로 대화를 나누게 하는 등 상상의 나래를 펼쳤다. 예전에 도티는 방명록을 놓아두었는데, 사람들이 버니 래빗 룸에서 유령을 봤다거나 뭐 그런 바보 같은 내용을 남기자 그것을 치웠다. 버니 래빗 룸에는 침대가 두 개 있었고 닥터 스몰이 여행가방을 올려놓을 수 있는 낮은 서랍장이 있었다. 그날 저녁 도티는 벽을 통해 스몰 부인에게서 끊임없이 흘러나오는 가느다란 목소리의 독백을 들었지만, 남편의 대답은 고작 한두 번 짤막하게 들려올 뿐이었다. 많은 내용을 알아들을 수는 없었지만 그가 이곳에 온 것은 심장학 학술대회에 참석하기 위해서라는 것을 알 수 있었고, 대회가 열리는 시내의 큰 호텔에서 묵지 않은 가장 큰 이유는, 도티 생각에는, 아마도 그가 점점 늙어가는데다 더이상 정말로 존경을 받지는 못한다는 점 때문이었다. 그는 그것을 견딜 수 없었을 테고, 저녁때 젊은 동료들이 어울려 함께 웃는 것을 보기 힘들었을 테고, 그래서 여기로, 자신이 중요하지 않은 사람인 것이 드러나지 않을 도티의 민박집으로 온 것일 터였다. "전문의." 그녀는 그가 아침을 먹으면서 그렇게 말하는 것을 상상했는데, 그것이 모든 남자 의사들이 남들에게 학자로 비춰지고 싶지 않을 때 하는 말이었다.* 도티는 의사들이 학자에 대해 굉장히 우월감을 느끼는 것 같다는 사실을 알게 되었다. 도티는 누가 누구에게 우월감을 느끼는지에 대해서는 더이상 눈곱만

---

* 영어로 의사를 뜻하는 'doctor'에는 '박사'라는 의미도 있으므로 이를 혼동해 일반적인 박사로 여겨지고 싶지 않다는 의미다.

큼도 관심이 없었지만, 이런 비즈니스를 하다보면 이런저런 사실이 눈에 띄기 마련이었다. 이런 비즈니스에서는 눈을 꾹 감고 있어도 눈에 띄는 일들이 있었다. 그리고 도티가 생각하기로 닥터 스몰의 시대, 그 자신의 개인적인 역사와 전문적인 이력의 시간은 이미 지나갔고, 그는 그것을 견딜 수 없는 것일 터였다. 그가 전산화된 기록과 병원 운영비와 자신이 더이상 예전만큼 돈을 벌지 못한다는 사실에 엄청나게 불평을 해댔을 거라고 그녀는 확신했다. 뭐, 그렇다고 그녀가 그에게 안타까움을 느끼는 것은 아니었다.

하지만 그의 아내는 그녀를 놀라게 했다.

스몰 씨와 스몰 부인 같은 부부를 보면 도티는 이따금 안도감을 느끼곤 했다. 오래전에 겪었던 자신의 이혼 과정은 고통스러웠지만, 그 덕에 적어도 스몰 부인—즉 불안해하고 약간 징징거리며 남편에게 무시당하기 때문에 당연하게도 더욱 안절부절못하는 여자—같은 사람은 되지 않을 수 있었다는 생각에서였다. 그런 것은 늘 보였다. 그리고 도티는 그런 것을 볼 때마다 거의 늘—이상하게도 그녀는 그것이 이상하다고 생각했다—남편이 없는 자신이 더 강한 사람인 것 같다고 새삼 생각했다. 비록 날마다 그를 그리워하긴 했지만.

하지만 막상 스몰 부인은 아침을 먹으면서—남편은 그녀에게 말은 하지 않고 그날 학술대회에 필요한 자료가 들어 있는 바인 더만 들여다보았다—느닷없이 노래를 부르기 시작했다. 그녀는 도티가 바구니에 모아둔 오래된 극장 프로그램 소책자를 빠르게 넘겨보았고, 토스트가 준비되기를 기다리다가 "오, 길버트와 설리번* 정말 좋아해요" 하고 소리쳤다. 그러고는 〈군함 피나포어〉의 코러스 부분을 부르기 시작했다. 한 테이블 떨어진 곳에 다른 손님 둘이 있었다. 도티는 닥터 스몰이 노래를 하지 못하게 말릴 줄 알았는데 오히려 그는 몇 소절 따라 불렀고, 그 모습을 보자 그녀의 마음이 따뜻해졌다. 당연히 도티는 다른 손님들이 편안해하는지 늘 신경을 곤두세우고 있었는데, 그럼에도 불구하고 그런 마음이 들었다. 하지만 다른 손님들은 개의치 않거나 혹은 아예 알아차리지 못한 것 같았고, 도티는 그것이 사람들이란 대개 자기 자신에게 깊이 빠져 있기 때문임을 알고 있었다.

도티는 닥터 스몰에게는 오트밀을, 그의 아내—도티가 보니 온통 검은 옷을 입고 있었다—에게는 통밀 토스트를 준비해주었는데, 잠시 뒤 그의 아내가 "리처드, 이것 좀 봐요. 애니 애플

---

* 영국 극작가 윌리엄 길버트와 작곡가 아서 설리번을 말한다. 그들은 헨델이 세상을 떠난 이후 거의 진전을 이루지 못하던 영국 오페라를 발전시켰고, 함께 열네 편의 오페레타를 완성했다. 대표작은 〈군함 피나포어〉〈펜잔스의 해적〉〈프린세스 아이다〉〈미카도〉〈곤돌라 사공〉 등이다.

비예요! 봐요, 여기. 팔 년 전에 〈크리스마스 캐럴〉에서 마사 크래칫 역을 했네요. 좀 봐요" 하고 말했다. 그녀가 손가락으로 프로그램 책자를 톡 치자 그가 그것을 받아갔다.

"그럼 더 필요한 건 없으시죠?" 도티가 테이블에 음식을 내려놓으면서 물었다. 도티는 평생 잉글랜드에는 다녀온 적이 없지만 영국식에 가깝게 그렇게 말하는 것을 좋아했다.

도티를 돌아보는 스몰 부인의 눈이 반짝거렸다. "애니 애플비가 우리 친구였거든요. 음, 우리하고 알고 지냈어요. 우리하고……" 그녀의 남편이 결혼생활을 오래한 부부끼리만 통할 법한 미묘한 제스처로 그녀의 말을 끊었고, 그들은 침묵 속에서 아침식사를 마쳤다.

오전 중반에 그들 부부는 함께 집을 나섰다. 그들이 집에서 나갔고, 그것은 이곳을 찾는 모든 사람들이 하는 일이었다. 나가는 것. 도티는 사람들이 여기로 오는 이유는 다른 사람들을 만나기 위해서라는 것을 늘 되새겼다. 아니면—스몰 부부의 경우처럼—자신들의 비즈니스 세계에 속해 있기 위해서. 더 빈번하게는 대학에 다니는 자식들을 보기 위해서. 어떤 연유에서건 그들은 일리노이주 제니스버그라는 작은 도시의 뭔가와 연결되어 있었다. 그들이 거리로 나설 때는 목적이 있었다. 큰 오크나무 문이 닫히면서 그 목적이 강조되는 것, 앞포치로 나가는 순간 그들의 목소리가 작게 들리는 것, 속삭임을 동반하는 그런 불가피한 버려짐의 순간—음, 그것도 비즈니스의 일부였다.

*

스몰 부인은 점심식사 시간 직후에 혼자 돌아왔다. 그녀는 목에 두른 스카프를 풀고 벽에 걸린 옛 사진들을 보면서 라운지에서 조금 미적거렸고, 그러는 동안 도티는 데스크 뒤에서 일을 하고 있었다. "셸리라고 해요." 스몰 부인이 말했다. "제 소개를 제대로 했었는지 모르겠네요." 도티는 그녀가 이곳에 묵어 정말로 기쁘다고 말한 뒤 하던 일을 계속했다. 가끔 사람들은 민박집에서 얼마나 친근한 태도를 보여야 하는지 잘 몰라 혼란스러워했고, 도티는 그것을 이해했다. 그리고 그들을 너그럽게 대하려고 노력했다. 도티는 어른이 되기 전에 엄청 가난하게 살아서 그뒤로 오랫동안—필요 이상으로 오래—옷가게건 정육점이건 빵가게건 백화점이건, 어느 가게에 들어가든 누군가가 자신을 지켜보다가 나가달라고 말하는 순간이 오리라 예상했다. 도티는 그 수치감을 소중히 간직하고 있었고, 누구든 자신의 민박집을 찾는 사람은 결코 그런 느낌을 받지 않게 하려고 애썼다. 한편 셸리 스몰은 어떤 종류의 가난도 경험해보지 않은 듯한 인상을 주

256

었지만—물론 그런 건 결코 알 수 없는 일이었다—정말로 아주 불안해 보였다. 도티는 그 사실을 눈치채고 있었다. 잠시 뒤 셸리가 배우 애니 애플비 이야기를 다시 꺼냈다. 선 채로 극장 사진을 바라보면서 셸리는 도티를 쳐다보지 않고 말했다. "애니 생각을 많이 해요. 쓸데없이 많이 한다고 해두죠." 그러고는 도티에게 순간적으로 미소를 지어 보였는데, 셸리의 얼굴에 스쳐간 표정이 도티에게 잠시 동안 작은 물고기가 뱃속을 통과하며 헤엄치는 듯한 감각을 일으켰다. 그것은 도티가 음, 거의 연민—연민이란 혼란스러운 것이었지만—의 증상이라고 인식하는 그런 느낌이었다. 도티는 과거에 사람들이 그녀에게 연민을 느낀다는 것을 알았고, 그렇게 연민의 대상이 되는 것이 싫었다.

도티는 그 여자에게 불쑥 차 한잔 하겠느냐고 물었고, 셸리는 "어머, 그거 정말 좋겠는데요" 하고 대답했다. 그래서 그들은 응접실에 앉았는데, 사실상 그곳이 이 민박집의 라운지였다. 셸리 스몰은 차를 한 모금 이상 마시지 않았다. 연극의 세계로 빗대어보자면 그것은 그런 가을날 햇살이 방안에 은은히 비쳐 들 때 셸리가 도티의 집안에 앉을 계기를 마련해주는 이른바 소도구, 가구 한 점이나 다름없었다. 그 차 한 잔이 셸리로 하여금 그런 이야기를 꺼내도록 했다는 것을 도티는 알 수 있었다.

나중에 도티가 최대한 기억을 되살려 떠올린 것에 따르면, 셸리가 말한 내용은 대강 이랬다.

닥터 스몰은 오래전 데이비드 수얼이라는 이름의 다른 의사와 베트남전에 참전했다. 셸리는 그들이 베트남에서 위험에 처한 적은 단 한 번도 없었다고 단언했다. 그들은 정말로 무료한 시간을 보냈다. 종전을 앞두고 그들이 근무한 곳은 안전한 지역의 어느 병원이었다. 그들은 그 나라를 늦지 않게 떠나라는 통보를 충분히 받았고, 사이공 함락 당시 헬리콥터에 매달려 대피하는 처지도 아니었다. 전혀 그런 상황이 아니었고, 심지어 그들은 그 병원에서 "끔찍한 꼴"을 많이 보지도 않았다. 정말로 그랬다— 셸리는 그들이 다른 많은 사람들…… 음, 알다시피, 거기서 복무한 다른 사람들처럼 트라우마를 경험했을 거라는 인상을 도티에게 주지 않으려 했다—그래서 말이죠. 그녀가 검은 바지를 입은 자신의 허벅지를 두 손으로 가볍게 쳤다. 그래서 어떻게 됐느냐 하면. 전쟁이 끝난 뒤 고향으로 돌아온 리처드는 보스턴행 기차에서 셸리를 만났고 일 년 뒤 결혼했다. 데이비드가 들러리를 섰다. 데이비드는 나중에 정신과의사가 되었고 아이사라는 이름의 아주 예쁜 여자와 결혼했다. 그들은 아들 셋을 낳았다. 스몰 가족과 수얼 가족은 친구였다. 그들은 보스턴 외곽의 같은 타운에 살았고, 둘 다 오케스트라를 위한 기금 마련에 참여했으며, 오, 상황은 전형적으로 흘러가, 그녀 부부에게 한 무리의 친구가 생기면 이내 수얼 부부도 그들과 친구가 되었다. 아내 아이사는 늘 약간 이상하고 속을 알 수 없고 매우 절제된 모습을 보였지만 괜찮은 여자였다. 데이비드는 술을 너무 많이 마셨고 모두가 그 사실을 알았지만 진료실에는 용케 술냄새를 풍기지 않고 나타났다. 의사와 목사, 결코 술냄새를 풍겨서는 안 되는 직업이 두 가지 있다면 바로 그것이었다. 그리고 아들들, 오, 그 아이들이 중요하진 않지만, 아들들이 으레 그렇듯 둘은 잘 자랐고 하나는 썩 잘 자라지 못했다. 아이사는 늘 걱정이 많았고 데이비드는 때때로 엄격했는데, 여기서 요점은 데이비드와 아이사가 삼십 년의 결혼생활 끝에 이혼했다는 것이었다. 모두 충격을 받았다. 누가 갈라설지를 두고 내기를 한다면 돈을 걸 만한 다른 부부들이 수얼 부부보다 훨씬 앞 순위에 있었지만, 보라, 결국 일은 그렇게 된 것이다. 셸리 스몰이 손바닥을 위로 향한 채 가느다란 손목을 들어올리면서 어쨌거나 자신은 아주 진지하다는 듯 어깨를 조금 으쓱했다. "뭐, 우리한테도 우리만의 문제가 있었죠." 그녀가 말했다. "나는 오랫동안 책상 서랍 안에 이혼 전문 변호사 이름을 넣어뒀었어요. 은퇴 후에 지낼 호숫가 별장을 개조하기 바로 전까지는 말이죠." 그녀가 말했다. 도티는 고개를 딱 한 번 끄덕였다.

헤어지자고 한 사람은 아이사였다. 그녀가 점점 우울해하는 것 같다고 생각한 데이비드가 그녀에게 그림 강습에 등록해보라고 부추겼는데, 아이러니하게도 거기서 만난 어떤 남자 때문이었다. 데이비드는 시퍼렇게 분노했고 완전히 무너져내렸다. 그가 스몰 부부의 집에 와서 그저 울기만 할 때도 있었는데, 솔직히 셸리는 그 모습을 보기가 힘들었다. 그녀가 옛날 사고방식을 가진 사람이라서 그럴 수도 있겠지만, 그녀는 다 큰 남자가 우는 모습을 보고 싶지 않았다. 리처드는 착했다. 그는 그 상황이 짜증나고 지긋지긋했지만, 좋은 친구라면 누구라도 그러듯 침착하게 받아들였다.

그후 두어 해 동안 데이비드는 여러 여자들을 데리고 나타났는데, 오, 그들은 요점이 아니니 셸리는 그에 대해 더 자세히 얘기할 생각은 없었다. 요점은 애니였다. 애니 애플비. 이 부분에서 셸리는 허리를 더 꼿꼿이 세우더니 도티 쪽으로 몸을 약간 숙이며 말했다. "그 여자는 정말 특별했어요."

도티는 그 이야기를 듣는 것이 힘들게 느껴지지 않았다.

"애니에 대해서는…… 음, 먼저 키가 아주 크다는 걸 알아야 해요. 180센티미터가 넘는데다 깡말라서 키가 정말로 커 보이고, 머리칼이 길고 검은데 거의 코르크스크루처럼 굽슬굽슬해요. 솔직히 나는 그녀의 피에 뭔가 다른 게 섞여 있지 않나 생각했는데, 그러니까 북미 인디언 혈통 같은 것 말이죠. 그녀는 메인주 출신이에요. 이목구비가 섬세하고 눈이 파래서 얼굴이 아주아주 사랑스러운데…… 오, 이걸 어떻게 설명하죠? 그녀와 있으면 그냥 행복했어요. 그녀는 모든 것을 사랑했어요. 그리고 데이비드가 처음 그녀를 데리고 나타났을 때……"

도티는 그들이 어떻게 만났는지 물었다.

셸리의 뺨이 붉어졌다. "내가 당신한테 이 이야기를 한 걸 알면 리처드가 나를 죽이려 들겠지만 애니는 데이비드의 환자였어요. 음, 의사 면허를 잃을 수도 있는 상황이었지만 그는 잘 대처했어요. 자신은 더이상 그녀의 심리치료사가 될 수 없다고 말했죠. 저기, 그러니까 요점은 그런 일이 가끔 일어난다는 것, 그들에게도 일어났다는 것, 그리고 데이비드가 애니를 데리고 나타났다는 거예요. 하지만 그건 당연히 진짜 비밀이어야 했고, 그들은 어떻게 만났는지에 대한 이야기를 꾸며냈어요. 그녀의 어머니가 대학에서 그를 알고 지냈다는 건데 완전히 말도 안 되는 소리죠. 애니는 메인주 감자 농장 출신이거든요. 맙소사. 하지만 그녀는 열여섯 살 이후로 배우생활을 했고 진작 집을 떠났으니 누가 신경이나 썼겠어요. 그녀는 데이비드보다 스물일곱 살어렸지만 여느 부부와 다를 게 전혀 없었죠. 그들은 행복했어요. 그들과 같이 있으면 그냥 좋았어요."

셸리는 말을 멈추고 입술을 잘근잘근 깨물었다. 그녀의 머리칼은 한때 빨간색이었다가 옅어진 듯한 딸기색 금발이었고, 나이 먹어가는 여자가 으레 그렇듯 머리숱이 줄고 있었다. 길이는 턱 바로 위까지—'적당히'라는 단어가 도티의 마음속에 떠올랐다—내려왔다. 셸리는 도발적인 데가 전혀 없는 것 같았고, 이제껏 한 번도 그런 적이 없었을 듯했다.

"그리고 말이죠," 그녀가 말했다. "리처드는 호수 쪽으로 집을 옮기는 것에 대해 확신이 없었어요."

도티는 동부 사람들은 누가 호응해주지 않아도 이야기를 이어가는 경향이 있다고 생각했지만, 눈썹을 치켜세워 계속 이야기하라는 표시를 했다. 중서부 출신이라면 그렇지 않았을 텐데. 중서부에서는 장황하게 이야기를 늘어놓는 것을 곱게 보지 않았다.

"하지만 그건 다른 이야기예요." 셸리가 말했다. "음, 어느 정도는요." 그녀가 말했다.

뚜렷한 이유 없이, 어쩌면 바로 그 순간 견목 바닥 위로 해가 비스듬히 들어왔다는 것 이상의 이유는 없이, 불현듯 어린 시절 어느 여름의 기억이 도티를 찾아왔다. 그해 여름 그녀는 미주리주 해니벌로 보내져 잘 모르는 나이 많은 친척과 몇 주를 보내

262

게 되었다. 그녀는 그곳에 혼자—사랑하는 오빠 에이블은 그들이 살던 지역의 극장 안내원으로 안정된 일자리를 구해 집에 남아 있었다—보내졌고, 도티는 겁에 질렸다. 궁핍에 익숙한 일부 아이들이 그러듯, 그녀는 상황이 잘 이해되지 않았지만 시키는 대로 했다. 이전에 그녀를 받아주었던 점잖은 에드나 아주머니가 왜 그해에는 그러지 않았는지 도티는 지금까지도 그 이유를 몰랐다. 그녀가 떠올린 유일한 기억은 먼지 낀 창턱에 쌓인 의미 없는 잡지들 사이에 끼여 있던 〈리더스 다이제스트〉에서 읽은 어느 글에 관한 것이었다. 남편이 한국전쟁에서 복무한 어느 아내의 이야기가 실려 있었다. 아내—그 글을 쓴 여자—는 미국 어딘가에서 아이들을 키우고 살면서 남편이 보내오는 편지 한 통 한 통을 손꼽아 기다렸다. 그가 마침내 돌아왔고 그들은 몹시 기뻐했다. 그렇게 일 년쯤 지난 어느 날, 남편은 직장에서 일하고 아이들은 학교에 있을 때 누군가가 문을 두드렸다. 자그마한 한국인 여자가 아기를 품에 안고 서 있었다. 그 글을 읽었을 당시 도티는 삶에 대해 이미 배운 것에도 불구하고, 혹은 사람이 뭔가를 배운다면 흡수가 먼저이고 배움은 나중이므로, 당시 그녀가 삶에 대해 이미 흡수한 것에도 불구하고 아주 순진한 나이였다. 즉 그 글을 읽었을 당시 그녀는 문을 열어준 여자를 상상하면 심장이 목구멍 밖으로 튀어나올 것 같은 나이였다. 남편이 사실을 고백했다. 그는 자신이 일으킨 그 모든 혼란에 대해 몹시 미안해했고, 결국 변함없이 곁을 지킨 아내와 이혼하고 한국인 여자와 결혼해 그 아기를 같이 키우는 것으로 결정이 내려졌다. 변함없이 곁을 지켰던 아내는 몹시 상심했으나 성심껏 도와주었다. 즉 자신의 아이들이 남편의 새집에 찾아가는 것을 허락했고, 젊은 여자에게는 조언을 해주고 영어 수업을 듣게 했다. 그러던 어느 날 갑자기 남편이 숨졌다. 그러자 첫번째 아내는 젊은 여자와 그 아이를 받아주고, 그들이 다른 곳으로 옮겨가 정착하고 자립할 수 있을 때까지 도와주었다. 뿐만 아니라 그 글을 쓴 당시에도 그 아이가 대학에 들어갈 수 있도록 도와주고 있었다. 진정한 크리스천 스토리가 있다면 바로 그런 것이었다. 그 모든 것이 도티에게 중대한 영향을 미쳤다. 그녀는 조용히 울고 싶은 만큼 울었고, 어린 소녀의 눈물은 뺨을 타고 주륵주륵 흘러 종이 위로 떨어졌다. 배신당했으나 마음이 너그러웠던 그 여자는 도티에게 영웅이 되었다. 그 여자는 모두를 용서했다.

누군가가 문을 두드리는 것이 도티 자신의 이야기가 되었을 때, 그녀는 자연스럽게 그 이야기를 떠올렸다. 정말이지 사람은 어떻게 살아갈지에 대해 결정을 내려야 한다는 것을 그녀는 깨닫게 되었다.

                      *

셸리 스몰은 침통한 표정으로 바닥을 내려다보면서 안락의자에 앉아 있었다. 도티가 말했다. "그 집은 어디 있어요, 셸리?"

"뉴햄프셔주 호숫가에요." 셸리가 다시 기운을 내서 똑바로 앉았다. "처음에 우리는 그 집을 별장 삼아 구입했는데, 예쁘고 아담한 집이었어요. 우리는 주말마다, 그리고 여름에는 가능하다면 8월 대부분을 그곳에 가서 지냈어요. 저는 그곳을 정말 사랑했죠. 하늘이 변할 때 호수가 달라지는 것을 바라보는 것도 좋았고, 4월에는 월계수들이 꽃을 피웠는데 정말 아름다웠어요. 나는 은퇴 후 우리가 그곳에서 지내기를 바랐어요."

"그렇게 하지 그랬어요?" 도티가 물었다.

"왜 그러지 않았는지 말해줄게요. 리처드가 원하지 않았거든요. 그리고 시간이 지나면서······" 셸리가 의자에 앉은 채 몸을 앞으로 숙였다. "시간이 지나면서, 알겠지만······ 음, 그냥 이렇게 말할게요. 의사의 아내로 산다는 건 그릇에 담긴 체리처럼 그럴싸하지 않아요. 솔직히 의사들은 자기들이 엄청 중요한 존재라고 생각해요. 아이들은 내가 키웠는데 그는 나한테 양육을 제대로 못한다고 타박을 주곤 했죠. 하지만 샬럿이 여자 화장실에 구역질나는 낙서를 하다 걸렸다고 학교에서 전화가 오면 그 전화를 그 사람이 받나요? 아니, 물론 아니죠." 그녀가 갑자기 웃음을 터뜨렸다. "음, 우리가 결혼하고 마침내 처음으로 내가 남편한테 강하게 나가면서, 당신이 이 별장을 우리가 은퇴생활을 할 집으로 개조하는 데 동참하지 않는다면 당신은 내가 생각했던 남자도 아니고 나한테 맞는 남자도 아니라고 말했어요." 그녀가 가는 팔을 흔들었다. "그건 모두 지난 이야기예요. 나는 아름다운 집을 설계했고, 토지사용제한법이 요구하는 건 오로지 그 집의 원래 바닥 면적을 지키는 거였어요. 그러니까, 그렇게만 하면, 원래 바닥 면적만 지키면 되는 거였어요. 그래서 보스턴에서 건축가 몇 명을 데려왔고, 거의 이 년 걸려 집을 고쳤어요. 그렇게 짜잔, 아름다운 집이 탄생한 거죠. 집을 높이—4층짜리 건물이에요—지어올리는 게 가능했고, 지하층을 만드는 것도 가능해서 땅을 아래로도 좀 팠어요. 그래서 실제로는 4층 반짜리 건물이에요. 아름다운 집이죠. 주말에는 그곳으로 친구들을 부르기도 하는데, 은퇴를 하면 그 집에서 지낼 거예요. 이제 금방이에요. 리처드는 요즘 세상이 돌아가는 방식에 신물이 나나봐요. 이제 의료업을 해서는 어느 누구도 생계를 꾸리지 못해요."

"애니라는 아가씨 이야기로 돌아가봐요." 도티가 말했다.

셸리의 얼굴에 순간적으로 어떤 표정이 떠올랐다가 사라졌다. "아가씨라고 하긴 그렇죠. 하지만 그렇게 보이긴 했어요. 아가씨로 보였어요." 그리고 셸리는 조용하고 차분하게 말을 이어나갔다. 문이 열리고 그녀의 남편이 들어왔을 때 날은 어두워지고 있었고, 도티는 응접실에서 마시지 않은 식은 차를 앞에 놓고 담소를 나누는 아내와 민박집 주인을 그가 얼마나 마뜩잖게 생각하는지를 대번에 알아차렸다. 그는 뭐라고 짧게 말한 뒤 곧장 그들의 방으로 가버렸다. 셸리는 도티에게 순간적으로 은밀한 미소를 지어 보인 뒤 소지품을 챙겨 그를 따라갔다.

*

애니 애플비는 셸리가 묘사한 거의 그대로였다. 도티는 인터뷰와 리뷰와 블로그, 그리고 당연히 사진도 찾아냈다. 그 여자는 정말로 특별했다. 흔히 여배우는 자신이 가진 빛을 사진 밖으로 곧장 뿜어내 사람들의 무릎 위에 쏟아놓고 싶다는 듯, 환한 얼굴과 빛나는 뭔가를 가지고 있는데 그녀에게는 그런 것이 없었다. 배우들은 너무나 어린애 같다고, 도티는 바보 같은 텔레비전 인터뷰나 웹사이트를 보며 그렇게 생각했었는데, 애니는 그렇게 보이지 않았다. 애니는 평생을 쳐다보고 있어도 당신은 알고 싶지만 그녀는 결코 알려주지 않을 뭔가를 가지고 있을 것 같은 사람으로 보였다. 그런 면이 아주 매력적이었다. 그러니 어떤 정신과의사에게 그녀 같은 여자가 매주 찾아와 건너편에서 자신을 빤히 쳐다보거나, 누워 있거나, 그게 뭐든지 간에 정신과의사를 찾아온 환자들이 하는 그런 일을 하고 있으면 자연히 곤란한 마음이 들었겠다고 도티는 생각했다. 하지만 지금 애니는 배우 일을 하지 않은 지 제법 된 것 같았다. 도티는 애니가 지금 어떻게 살고 있는지에 대해서는 어떤 것도 찾아낼 수 없었다.

*

셸리는 애니와 데이비드가 마지막으로 그들의 집에 찾아왔을 때 애니와 자신이 호수 주변을 산책한 이야기를 해주었다. 애니와 데이비드는 그때 처음으로 새집을 구경한 것이었다. 새집에는 아래층에 게스트 스위트룸이 있어 애니와 데이비드는 곧바로 가방을 그리로 가져갔다. 그리고 애니가 말했다. 오, 정말 아름다워요, 셸리, 정말 굉장한 일을 해내셨네요! 그러고 나서 그들은 호숫가를 산책하러 갔는데, 남자들이 앞장섰다. 셸리는 애니에게 이런저런 이야기를 했다. 도티는 물론 궁금했다. 어떤 이야기였을까? 그리고 셸리는 물론 질문을 받지 않았는데도 그 이야기를 해주었다. "내가 애니한테 했던 말은, 이제 나이가 드니 사는 게 다르게 느껴진다는 거였어요. 무슨 말인가 하면," 셸리가 바지 위쪽이 펴지도록 매만지며 말했다. "어떤 면에서 애니는 정말로 속내를 털어놓아도 괜찮은 사람이라는 느낌을 주었기 때문에, 그들이 호수로 찾아온 그 마지막날, 그 마지막 시간에 나는 내가 오래전 젊은 아가씨였을 때의 일을 털어놓았어요. 콘서트홀에서 한 남자가 내 옆을 스쳐지나가면서 오, 당신 예쁘네요, 하고 말했는데, 그 기억을 애니한테 이야기한 거죠. 그리고 말했어요. 그뒤로 내게 예쁘다는 말을 해준 사람은 아무도 없었다고."

도티는 잠시 이 말을 곰곰이 생각해보았다. "애니가 뭐라고 하던가요?" 도티가 물었다.

셸리가 고개를 갸웃했다. "잘 기억 안 나요. 그녀는 말을 많이 하지 않고 그저 듣기만 하면서도 상대로 하여금 모든 게 다 괜찮을 거라는 느낌을 갖게 하는 재주가 있었어요."

도티가 생각하기로는 셸리가 그뒤로 자신에게 예쁘다고 해준 사람이 아무도 없었다고 말함으로써 그날 애니를 난처한 입장에 빠뜨린 것 같았다. 셸리 스몰에게는 아름다움의 흔적이 남아 있지 않았다. 어쩌면 한때는 그녀에게도 아름다움의 흔적이 있었을지 모르지만 지금 도티 눈에는 보이지 않았다.

"그리고 난 다른 이야기도 했어요." 셸리가 말했다. "우리 아이들 결혼생활에 대해 내가 얼마나 걱정이 많은지요. 둘째 딸이, 음, 상당히…… 과체중인데, 나는 이게 정말로 이해되지 않는다고 했어요. 바로 그전 주말에 딸애 부부가 호숫가 집에 왔었는데, 가만 보니 딸애 남편이 그애한테 더 먹으라고 하는 거예요. 그 이야기를 전부 애니에게 했죠. 그리고 말했어요. 그애 남편이 왜 그러는 걸까요? 그러자 애니가 모르겠다고 하더군요. 그래서 새 직장을 구하려고 동동거리고 있는 다른 딸 이야기도 했어요. 음, 애니한테 개인적인 이야기들을 한 거예요."

"그랬군요." 도티가 말했다.

"하지만 문제는 이거예요……" 셸리가 다리를 모아 붙이고 두 손을 맞잡아 얇은 허벅지 위에 올린 채 몸을 앞으로 숙였다. "애니와 데이비드가 헤어진 뒤 나는 애니에게 전화를 걸어 호수에 혼자 와도 된다고, 언제든 환영한다고, 그렇게 메시지를 남겼어요. 하지만 그녀는 전화를 하지 않았어요. 한 번도 나한테 전화하지 않았어요. 그래서 데이비드가 울고불고하는 상태─아이사가 떠난 뒤에 그랬던 것처럼 그저 울기만 했어요─에 빠진 어느 날 우리를 찾아왔을 때 내가 그 이야기를 했죠. 애니가 한 번도 전화해주지 않았다고. 그랬더니 그가 이렇게 말하더라고요. '당연히 하지 않았겠죠, 셸리. 애니는 당신을 한심하게 여겼어요! 당신이 백치라고 생각했어요!'"

셸리는 그렇게 생각했을 리 없다고 대답했고, 심지어 리처드도 데이비드에게 그렇게 말할 거 뭐 있느냐고 했다. "정말 그렇게 말했다니까." 데이비드가 말했다. 그래서 셸리는 당연히 충격에 빠져 오, 데이비드, 어쨌거나 뭐, 이 모든 일이 조금은 비현실적이었잖아요, 하고 말했다. 나이 차이만 봐도 그렇고요. 그러자 데이비드가 호수를 물끄러미 바라보며 말했다. "나이 차이라. 내가 나이 차이에 대해 깨달은 건 이거예요. 사람들은 여자들이 아버지 같은 존재를 원해서 나이 많은 남자를 좋아한다고 생각해요. 고전적인 이론이죠. 하지만 여자가 나이 많은 남자를 좋아하는 건 남자를 이래라저래라 할 수 있기 때문이에요. 남자를 쥐락펴락하려는 거죠. 그건 장담할 수 있어요. 그 여자는 창녀나 다름없었어요."

이 말에 셸리는 마음이 매우 불편해졌고, 남자들에게 저녁식사 준비를 하러 가겠다고 말했다. 그러고는 망설이다가 이렇게 말했다. 데이비드, 짐을 게스트 스위트룸에 갖다놨는데 거기서 지내고 싶지 않을 수도 있겠네요. 왜냐하면, 그러니까…… 거긴……

"거긴 아무 곳도 아니에요." 데이비드가 말했다. "거긴 애니가 움츠리고 나를 피하면서 자기는 이 큰 새집이 싫다고 말했던 곳이에요. 그녀는 '이 집은 셸리의 페니스예요' 하고 말했어요. 그녀가 그렇게 말했다고요."

여기서 셸리는 이야기를 멈췄다. 아니나다를까 눈물이 터졌다.

도티는 큰 소리로 웃고 싶었다. 오, 그녀는 정말로 그러고 싶었다. 도티는 이렇게 재미있는 이야기를 들어본 게 정말 오랜만이라고 생각했다. 그리고 흘끗 고개를 들어 셸리를 보았는데, 도티는 자신이 세상에 늘 평온한 겉모습만을 보여준다고 생각했지만, 셸리가 도티의 웃고 싶은 욕망을 눈치채고 몹시 화가 났다는 것을 알 수 있었다. 그래, 그녀가 화날 만하다고, 도티는 받아들였다. 결국 이 여자의 이야기에서 요점은 애니가 자신에게 창피를 줬다는 것이었다. 하지만 창피를 당한 것이 비웃음거리가 되어서는 안 된다. 도티는 그것을 잘 알고 있었다.

그럼에도 불구하고.

도티는 자신이 앉은 의자 팔걸이에 덮어놓은, 코바늘뜨기로 만든 도일리를 반듯하게 놓았다. 그녀는 자기 안에서 감정의 다툼이 일어나고 있는 것을 알아차렸다. 그녀는 셸리가 측은했다. 하지만 방안으로 들어오는 햇빛으로 가늠해보니 셸리가 그 이야기를 시작한 지 거의 두 시간이 지나 있었다. 이야기는 자기 자신에 대한 것이었다. 오, 애니와 데이비드와 딸들에 대한 이야기이기도 했지만 사실상 자기 자신에 대한 이야기였다. 도티가 자신에 대한 이야기를 그렇게 오래 했다면 오줌을 지린 기분이었을 것이다. 이것이 문화 차이에서 비롯한 문제임을 도티는 알고 있었지만, 그 사실을 깨우치기까지는 꽤 오랜 시간이 걸렸다. 그녀는 요즘 이 나라가 갈피를 잡지 못하고 헤매는 부분이 이 문화 차이의 문제라고 생각했다. 계급이 포함된 문화. 하지만 물론 이 나라의 어느 누구도 그것에 대해 말하지 않았다. 예의에 어긋나는 일이었기 때문이다. 그러나 한편으로 도티는 사람들이 그 이야기를 하지 않는 것은 계급이 무엇인지 정말로 이해하지 못하고 있기 때문이라고 생각했다. 예컨대 도티와 그녀의 오빠가 어렸을 때 대형 쓰레기통에서 음식물을 꺼내 먹은 것을 알게 된다면 사람들은 그것을 어떻게 받아들일까? 그녀의 오빠는 시카고 외곽의 크고 비싼 집에서 살게 된 지 오래이고, 에어컨 회사를 운영하고 있었다. 그리고 도티는 흐트러짐 없이 단정하고 세상사에 아주 박식했으며, 민박집을 아주 유능하게 운영하고 있었다. 그러니 사람들이 그 사실을 알면 뭐라고 하겠는가? 그녀와 오빠인 에이블은 아메리칸드림이고, 여전히 쓰레기통을 뒤지며 먹을 것을 찾는 다른 사람들은 그렇게 살아 마땅하다고? 속으로는 그렇게 느끼는 사람들이 많을 것이다. 대단한 남편이 있고 머리숱이 줄어드는 중인 셸리 스몰도 당연히 그렇게 느낄 것이다.

셸리 스몰은 자신이 세상에서 가장 흥미로운 존재인 듯 말하도록 키워졌을 것이다. 그녀의 이야기를 들으며 도티는 그 점이 감탄스럽기까지 했다. 도티의 웃고 싶은 욕망을—아마도—눈치채고도 셸리가 말을 멈추지 못했기 때문이다. 그녀는 이제 호숫가 집이 있는 그 타운 사람들에 대해, 그 집을 개조하기 전에는 그들이 얼마나 유쾌하게 반겨주었는지에 대해 말하고 있었다. 하지만 이웃들은 더이상 차를 몰고 지나갈 때 손을 흔들어주지 않았다. 한 사람은 차를 세우고 차창을 내린 뒤 맥맨션*을 지어 호숫가를 망쳐놓았다고 그녀를 비난했다. "오, 솔직히 말이죠." 셸리가 말했다. "그런 바보 같은 소리를 하다니요. 우리는 원래의 바닥 면적을 지켰다고요!"

도티는 그 순간 살펴야 할 다른 일이 있는 것처럼 일어서서 데스크로 걸어갔지만, 그건 그저 셸리에게 자신의 표정을 들키지 않기 위해서였다. "죄송해요, 이 청구서를 다른 서류들 위에 올려놓지 않으면 안 내고 넘어갈 것 같아서요." 도티가 서류를 이것저것 뒤적이면서 덧붙였다. "애니가 당신에 대해 그런 이야기를 하나라도 했다는 걸 믿을 수가 없네요. 이야기만 들으면 그런 말을 할 사람 같진 않은데…… 전혀요."

"하지만 그렇게 말한 게 분명하다니까요!" 셸리가 응접실 의자에 앉은 채 울부짖듯 말했다.

"당신 집이 당신 페니스라는 말이요?" 도티는 '페니스'라는 단어를 잘 쓰지 않았기 때문에 말할 때 짜릿함을 느꼈다. 그녀는

---

* 대량 생산된 것처럼 특색 없이 화려하게 지은 집을 일컫는다.

데스크를 돌아 나와 다시 셸리 근처로 가서 앉았다. "그게 정말로 애니라는 여자가 했을 법한 말 같아요? '데이비드, 이 집은 셸리의 페니스예요.'"

셸리 스몰의 뺨이 시뻘게졌다. "모르죠."

"음, 그건 그래요." 도티가 동의했다. "모를 일이죠. 하지만 제 생각에는—정말로 진지하게 생각해보면—음, 집이 당신 페니스라는 말은 정신과의사나 쓸 법한 말 같지 않아요? 생각해보세요, 스몰 부인. 누가 그런 용어로 생각하겠어요? 음, 저도 제 친구들하고 서로 아는 사람들에 대해 이런저런 이야기를 할 수는 있겠지만 그들의 집이 그들의 페니스라는 말까지는 하지 않을 거예요. 이 집을 보세요. 여긴 제 집이에요. 그런데 부인은 스몰 씨에게 그런 식으로 말씀하시겠어요? 오늘밤 닥터 스몰에게 이 집이, 이 민박집이 저 여자의 페니스라는 말을 하시겠어요?"

바로 그 순간 문이 열리더니 닥터 스몰이 일리노이 가을의 선선한 바람을 몰고 들어왔다. "안녕하세요, 숙녀분들?" 그가 코트 단추를 풀며 말했다. "셸리?" 불쌍한 그 아내가 민박집 주인과 같이 앉아 담소를 나눠서는 안 된다는 어조였다. 그러자 셸리는 그를 따라 그들의 방으로 들어갔다.

*

스몰 부부가 와서 묵기 전까지 도티가 깨닫지 못하고 있던 것
은, 이 비즈니스에서 그녀가 접하게 되는 다양한 경험들 중에는
사람들과 연결된다고 느껴지는 경험도 있고 사람들에게 이용당
한다고 느껴지는 경험도 있다는 사실이었다. 예컨대 어느 밤 저
녁식사 시간 무렵 어떤 매력적인 남자—나이가 그녀와 엇비슷
하지만 약간 어린 듯했다—가 민박집으로 들어와 방을 빌렸고,
그러더니 텔레비전을 보는 편이 낫겠다고 말했다. 그래서 그녀
는 그와 같이 앉아 영국 코미디 한 편을 보았는데—오, 도티는
그것이 웃기다고 생각했지만 그 남자가 웃지 않아서 억지로 웃
음을 참았다—어느 순간 그가 몹시 고통스러워하고 있다는 것
을 알아차렸다. 그는 이전에 그녀가 한 번도 들어본 적 없는 소
리를 내기 시작했다. 그 소리가 성관계에서 나오는 소리와 전혀
다르다고는 할 수 없었으나 분명 지독한 고통의 소리였다. 말할
수 없는 고통, 그녀는 나중에 종종 그렇게 생각했다. 그녀가 조
용히 질문하면 그는 몸짓으로 대답했다. 도티는 그들이 서로 얼
마나 많은 것을 이해할 수 있었는지가 참으로 놀라웠다. 우선 그
녀는 그에게 의사가 필요한지 물었고, 그는 고개를 가로저으며
이 문제는 의사가 도와줄 수 있는 것이 아니라는 표시로 손을 내

저었다. 눈물이 줄줄 흘러 주름이 깊게 팬 남자의 얼굴을 적시기 시작했다. 오, 불쌍한 그의 영혼에 축복을. 그녀는 그의 기억이 떠오르면 늘 그렇게 생각했다. 알겠어요, 그녀는 말한 뒤 그가 앉은 카우치의 옆자리에 앉았고, 그는 탐색하듯 그녀를 아주 깊이 바라보았다. 그녀는 어느 남자도 자신을 그렇게 깊이 바라봐준 적이 없었다고, 혹은 자신이 어느 남자도 그렇게 깊이 바라본 적이 없었다고 생각했다. 앞서 방을 달라고 하고 텔레비전을 봐도 되느냐고 허락을 구했으니 그가 말을 할 수 있다는 사실은 더없이 분명한데도, 그는 자신의 의지로 입을 굳게 다물고 있었다. 그녀는 침착함을 유지하면서 그가 동의한다는 표시로 고개를 끄덕이거나 동의하지 않는다는 표시로 침울하게 고개를 가로저을 수 있을 만한 문장들로 말을 만들었다. 예컨대 그녀가 "당신이 괜찮다는 걸 확인할 수 있도록 나는 계속 이 자리에 있을 거예요" 하고 말하면 그는 고개를 끄덕였고, 그의 가엾고 고단한 눈은 그녀의 눈을 살폈다. 그녀가 말했다. "당신에게 무슨 일이 일어났던 것 같지만 괜찮을 거예요, 내 생각에는요." 그리고 말했다. "나는 지금 이 상황이 무섭지 않아요, 그냥 그렇다는 걸 아셨으면 해서요." 그러자 돌연 그의 눈에서 걷잡을 수 없는 눈물이 터져나왔고, 그는 그녀의 손을 거의 으스러질 정도로 꽉 잡았다. 그러고는 바로 그 손을 들어올렸고, 도티는 그것을 사과의 제스처로 받아들였다. "걱정 마요, 해를 끼칠 생각이 아니었다는 거 알아요." 그가 그 말이 맞는다는 듯 슬픈 표정으로 고개를 끄덕였다. 도티는 그때 일이 더이상 세세한 부분까지 기억나지는 않았지만, 모든 것을 고려해보건대―고려할 것이 분명히 아주 많았다!―두 사람의 의사소통은 아주 잘 이루어진 것 같았다. 그리고 그녀는 그런 식의 질문을 통해 그가 한밤중에 약을 먹으면 다섯 시간 동안 수면을 취할 수 있다는 사실도 알아냈다. "잘 알겠어요." 그녀가 말했다. "하지만 너무 많이 복용하는 건 안 된다, 맞죠?" 그가 고개를 끄덕였다. 그리고 그런 식으로―정말로 그것은 놀라운 사건이었다―그들은 함께 저녁 시간을 보냈고, 그러는 동안 그는 그녀 앞에서 자신의 영혼을 씻어내는 것 같았다. 한밤중에 그녀는 그에게 물을 갖다주고 그를 그의 방에 데려간 뒤 만약의 경우를 대비해 자신의 방이 어디 있는지 알려주면서 집게손가락을 들고 말했다. "오라는 초대가 아니에요. 물론 잘 알고 계시겠지만, 늘 명확히 해두는 게 최선이라고 생각하거든요." 그는 거의 웃음을 터뜨릴 뻔했는데, 진심으로 유쾌한 듯 보였다. 그의 눈에서 긴장이 풀렸고, 그들은 그녀가 방금 말한 것을 두고 일종의 소리 없이 떠들썩한 폭소를 터뜨렸다. 그는 아침 일곱시에 떠났다. 그는 키가 컸고 이제 휴식으로 맑게 씻긴 얼굴은 전혀 불쾌한 인상을 주지 않았다. 그가 민망함과 진지함이 모두 담긴 표정으로 "정말 고마웠어요" 하고 말했다. 그녀는 그에게 아침식사를 할 것인지 물어보지 않았는데, 봐서는 안 되는, 어느 누구도 봐서는 안 되는 뭔가를 목격한 여자가 내오는 달걀과 토스트를 먹는다는 것이 그에게 불편한 일임을 이해했기 때문이었다.

그리고 그는 그렇게 떠났다. 사람들은 늘 떠났다.

그녀는 어린아이가 특별한 날을 추억하기 위해 입장권 반쪽을 기념품처럼 간직하듯 그의 숙박 기록을 간직했다. 그 모든 것이 봄날에 졸졸 흘러가는 개울처럼 숨김이 없었다. 그녀는 결코 그를 인터넷에서 찾아보지 않았고, 그리고 싶은 마음이 들었던 적도 없었다. 그의 이름은 찰리 매콜리였다. 말할 수 없는 고통을 지닌 찰리 매콜리.

*

다음날 아침식사 시간에 셜리는 도티를 본체만체했다. 통밀 토스트에 대해서도 고맙다고 말하지 않았다. 도티는 깜짝 놀랐다. 갑자기 울컥하며 눈물이 차올랐다. 하지만 이내 그녀는 이해했다. 예전에 도티는 이런 오래된 아프리카 속담을 읽은 적이 있었다. "남자는 먹고 나서 부끄러워한다." 그리고 도티는 이제 거기에 셸리를 대입해 생각했다. 셸리는 속담 속 남자 같았다. 그녀는 자신의 욕구를 충족시킨 뒤에 창피해하는 중이었다. 그녀는 자신이 원했던 것보다 더 많이 털어놓았고, 이제는 어쩐지 도티가 비난의 대상이 되었다. 도티는 부엌과 식사실 사이를 왔다 갔다하며 그 사실에 대해 생각했고, 셸리 스몰을 세상에서 가장 흔한 불만, 즉 지금껏 삶이 자기가 예상했던 것과 전혀 같지 않았다는 불만 때문에 고통받는 여자라고 생각했다. 셸리는 삶에서 느낀 실망들을 전환시켜 집이라는 형태로 만들었다. 적당한 건축가들을 영리하게 활용하여 법률에는 위배되지 않으나 셸리의 욕구만큼 거대한 괴물이 되어버린 그 집으로. 그녀는 딸의 비만에 대해 이야기할 때는 눈물을 터뜨리지 않았다. 그랬다. 눈물이 솟구친 것은 그녀의 허영이 공격당한 이야기를 할 때였다. 그녀는 '집의 전쟁'에서 남편에게 이겼지만 그것만으로는 충분하지 않았다. 도티가—그녀가 그런 말을 할 입장이 아니었기에—셸리에게 말하지 않은 것은, 셸리에게는 근처에 모르는 사람들이 앉은 아침식사 자리에서 함께 노래를 불러주는 남편이 있다는 사실, 그것은 결코 작은small —실례지만, 도티는 생각했다—게 아니라는 사실이었다.

누군가의 이야기를 듣는 것은 수동적인 행위가 아니다. 정말로 듣는다는 것은 능동적인 행위이고, 도티는 정말로 들었다. 그리고 도티는 셸리의 문제가, 그녀가 느낀 창피함이 이 세상에서 일어나고 있는 다른 일들을 고려하면 크지 않다고 생각했다. 굶어죽는 사람들, 아무 이유 없이 폭발로 숨지는 사람들, 자신들의 정부에 의해 독가스로 살해되는 사람들, 이들 중 누구와 비교해봐도 그랬다. 이런 이야기는 셸리 스몰의 것이 아니었다. 그럼에도 도티는 그녀의 작은—그렇다, 스몰Small한—인간적 슬픔의 순간들에 연민을 느꼈다. 그런데 지금 셸리는 도티의 눈을 똑바로 바라볼 정도의 품위도 갖추지 못했다. 도티는 그런 방식을 좋아하지 않았지만, 과연 누가 이런 걸 좋아하겠는가!

그때 셸리가 자신의 어깨 너머로 흘끗 돌아보며 잼이 더 있느냐고 물었고, 도티는 당연히 더 있다고 말했다. 부엌에서—지독히 전통적인 복수의 방식이긴 했지만—그녀는 잼에 침을 뱉어 섞었고, 다시 입안에 침을 모을 수 있을 만큼 모아 뱉었고, 스몰 부부가 떠날 무렵 잼 그릇이 텅 빈 것을 보며 얼마간 기쁨을 느꼈다. 아마도 태초부터 사람들은 음식을 내가면서 거기 침을 뱉었을 가능성이 높았다. 도티는 이런 행동이 주는 쾌감은 그 생명이 아주 짧다는 것을 경험으로 알고 있었지만, 대부분의 쾌감은 짧았고 삶이란 그런 것이었다.

셸리는 하루종일 밖에 나가 있었고, 그들 부부는 아주 늦은 시간까지 그들의 방으로 돌아오지 않았다. 그날 밤 도티는 버니 래빗 룸에서 소리 죽여 낄낄거리는 소리를 듣고―그녀는 그 소리에 깜짝 놀랐다―침대에서 내려와 슬리퍼를 신고 그쪽을 향해 복도를 걸어내려갔다. 그리고 그녀는 셸리 스몰이 도티가 느끼기에 터무니없이 모욕적인 단어들로 도티를 놀리는 내용을 들었다. 그 단어들은 꽤 오랫동안 쓰지 않았을 도티의 신체 일부와 관련된 것이었고, 놀랍지 않게도 닥터 스몰은 그것을 아주 생생하게 묘사했다. 마치 도티가 너무 큰 신발을 신어 무대에서 발이 걸려 넘어진 광대라도 된다는 듯 그들은 그렇게 하면서 즐거운 시간을 보냈다. 그들의 유머는 그런 식이었다. 그리고 이어 도티의 예상대로 그들은, 품위 있는 에드나 친척 아주머니의 표현대로라면, 서로 사랑하는 사람들이 내는 소리를 내기 시작했다. 다만 도티가 들은 것은 사랑의 소리가 아니었다. 그녀는 그 남자가 내는 소리를 들으면서 어떤 여자들은 남자를 돼지로 생각한다는 이야기를 떠올렸다. 도티는 지금껏 남자를 돼지로 생각해본 적이 한 번도 없었지만 이 남자는 상당히 흡사했다. 그 소리는 아주 섬뜩하게 혐오스러웠다. 그리고 흥미로웠다. 복도에서 귀를 기울이는 동안 그녀는 남편의 사랑을 즐기는 여자의 소리는 듣지 못했다. 오히려 그녀가 들은 것은 어느 늙은 여자―좀전에 셸리가 사용한 표현에 따르면 어떤 쾌락도 거부할 만큼 청교도적인 여자―와 비교해 우월감을 느낄 수 있는 일이라면 무엇이든 할 여자의 소리였다. 즉 셸리 스몰의 불행은 도티와는 달리 섹스를 즐길 수 있는 여자가 됨으로써 줄어들 수 있는 것이었다. 하지만 도티는 셸리가 섹스를 즐기는 여자가 아니라는 것을 알았다. 셸리는 끝나자마자 샤워를 하러 갔고, 도티에게 그 행동은 늘 여자가 자신의 남자를 즐기지 않았다는 신호였다.

아침식사 테이블에 나타난 것은 닥터 스몰뿐이었다. "아내분도 같이 식사를 하실 건가요?" 도티가 물었다.

"짐을 싸고 있어요." 그가 냅킨을 펴며 말했다. "나는 오늘도 오트밀을 먹을 거고, 아내 몫으로는 아무것도 준비할 필요 없어요."

도티는 고개를 끄덕이고 그에게 오트밀을 내간 뒤 그곳에 묵었던 또다른 부부가 체크아웃하는 것을 도우러 갔다. 도티가 식사실로 돌아왔을 때 닥터 스몰은 자신이 쓴 냅킨을 오트밀 그릇에 던지듯이 내려놓으며 일어서고 있었다. 도티는 깊은 혐오감을 느꼈다. 그녀가 이용당한 것이다.

그녀가 식사실 의자 등받이 위쪽에 손을 내려놓으며 침착하게 말했다. "나는 창녀가 아니에요, 닥터 스몰. 그것은 내 직업이 아닙니다, 아시겠지만."

놀라거나 당황했을 때 금세 얼굴이 빨개지는 아내와 달리 이 남자의 얼굴은 창백해졌고 도티는—그녀는 많은 것들을 알고 있었으므로—이것이 훨씬 좋지 않은 신호라는 것을 알았다.

"도대체 무슨 뜻으로 그런 말씀을 하시는 거죠?" 그가 마침내 물었다. 그리고 이 말을 하지 않고는 못 배기겠다는 듯 덧붙였다. "이런 맙소사, 아주머니."

도티는 자신이 서 있던 자리를 그대로 지키고 있었다. "정확히 내가 말한 그대로예요. 나는 손님들에게 침대를 제공하고 아침식사를 제공합니다. 손님들이 견딜 수 없어하는 인생에 대해 조언을 제공하지는 않아요." 그녀가 잠시 눈을 감았다가 말을 이었다. "아니면 산 죽음이나 다름없는 결혼생활에 대해 듣거나, 자신들의 집을 페니스라 칭하는 불쌍한 친구들 때문에 낙담한 일에 대해 듣고 조언을 제공하지는 않아요. 그건 내가 하는 일이 아닙니다."

"맙소사." 닥터 스몰이 그녀에게서 물러서며 말했다. "당신 완전히 미쳤군." 그는 의자에 몸을 부딪혔고, 거의 넘어질 것처럼 보였다. 그가 다시 몸을 바로 하더니 그녀에게 삿대질을 하며 말했다. "당신은 사람 상대하는 일을 해서는 안 되겠어, 맙소사." 그러고는 응접실로 걸어가 계단을 올라갔다. "아무도 당신에 대해 불만을 제기하지 않은 게 놀랍군, 그런 사람이 있었을 법도 한데 말이야. 내가 직접 온라인에 올리지, 맙소사."

도티는 접시를 치웠다. 침착함이 금세 그리고 조용히 그녀에게 되돌아왔다. 지금까지 어느 누구도 그녀에 대한 불평을 온라인에 올리지 않았다. 인터넷을 거의 사용할 줄 모르는 게 분명한 닥터 스몰 역시 그러지 않을 것이다. 첫날 아침식사를 하는 테이블에 그의 자료가 바인더 안에 들어 있던 것을 그녀는 기억하고 있었다.

도티는 스몰 부부가 계단을 내려오는 소리가 들릴 때까지 기다렸다. 그리고 앞쪽 현관으로 가서 그들이 나갈 때까지 문을 잡아주었다. 그녀는 그들이 비행기를 타고 가다가 바닷속으로 내리꽂혀도 상관없었으므로 "편안한 여행 되세요" 하고 말하지는 않았으나 셸리의 빨간 코를, 코끝에서 대롱거리는 콧물 방울을 보자 한순간 슬픔을 느꼈다. 하지만 닥터 스몰이 여행가방을 들고 도티를 밀고 스쳐가면서 "완전히 미친 여자야, 맙소사" 하고 말하자 도티는 자신의 멋진 침착함이 되돌아오는 것을 느꼈다. 그녀가 예의바르게 말했다. "그럼 안녕히 가세요." 그리고 그들이 나간 뒤 문을 닫았다.

이제 그녀는 다시 데스크로 가서 앉았다. 집은 절대적인 침묵에 빠졌다. 잠시 뒤 그녀는 스몰 부부가 렌트한 차가 진입로를 빠져나가는 것을 보았고, 맨 위 서랍 깊은 안쪽에서 사랑스러운 남자의 이름이 적힌 종이를 꺼냈다. 찰리 매콜리. 말할 수 없는 고통을 지닌 찰리 매콜리. 도티는 손가락 두 개를 입술에 가져갔다가 그의 서명이 있는 자리에 꾹 눌렀다.

눈의 빛에 눈멀다

그들이 예전에 살던 집은 흙길 위에 있었다. 그들은 그 길 끝에, 4번 도로에서 1마일쯤 떨어진 곳에 살았다. 그곳은 북쪽, 감자의 고장에 있었고, 애플비네 아이들이 어렸을 때는 겨울에 얼음이 얼고 눈이 잔뜩 쌓여 사람이 지나다닐 수 없을 만큼 길이 좁아 보이는 시기도 있었다. 그 시절에 날씨는 지금과는 다르게 피할 수 없는 식구처럼 받아들여졌다. 날씨에 대해 별생각이 없었다. 엘긴 애플비가 튼튼한 제설기를 그의 가장 튼튼한 트랙터에 매달면 대체로 아이들을 학교에 데려다줄 만큼은 눈을 치울 수 있었다. 엘긴은 농장이 있는 고장에서 자랐기에 날씨에 대해, 감자에 대해 잘 알았고, 그 고장에서 누가 자루에 돌을 숨겨 무게를 속여 파는지도 알았다. 그는 속을 잘 드러내지 않았고 이재에 밝았으나, 그의 가족은 그가 어떤 형태로든 정직하지 않은 것을 끔찍이 싫어한다는 사실을 알고 있었다. 그가 활기찬 모습을 보여주는 놀랍고 갑작스러운 순간들도 있었다. 예컨대 그는 역사협회의 작은 박물관을 운영하는 나이 많은 미스 러비를 완벽히 흉내낼 수 있었다. "아루스투크 카운티 최초의 수세식 변기는," 그가 풍만한 가슴을 가진 것처럼 좁은 어깨를 한껏 뒤로 젖히며 이렇게 말한다. "툭하면 아내를 구타한 것으로 알려진 어느 판사의 소유였어요." 혹은 먹을 것을 찾는 떠돌이 거지인 척 푸른 눈동자로 애걸하는 눈빛을 하며 손을 내민다. 그러면 아이들은 배가 아플 정도로 웃어대고 결국 아내 실비아가 아이들을 진정시킨다. 겨울 아침이면 진입로에서 차가 배기가스를 뭉게뭉게 피워올리며 덥혀지는 동안 그는 차창에 얼어붙은 눈을 긁어냈고, 그러고 있으면 마침내 아이들이 소금 뿌린 계단을 굴러내려 왔다. 그 길에는 다른 아이들도 셋 살았는데, 데이글 씨네 두 아들과 그들의 누이 샬린이었다. 샬린은 애플비 씨네 막내인 애니라는 이름의 좀 이상한 소녀와 나이가 비슷했다.

애니는 깡마르고 활기 넘치고 걸핏하면 조잘조잘 이야기를 늘어놓아서 어머니는 아이 혼자 숲에서 막대기를 가지고 놀거나 눈밭에서 천사를 만들며 시간을 보내도 전혀 미안한 마음이 들지 않았다. 애니는 애플비네 아이들 중 어머니와 할머니로부터 아카디아인*의 올리브색 피부 톤과 검은색 머리칼을 물려받은 유일한 아이였는데, 그녀가 짙은 색깔 머리에 빨간 모자를 쓰고 눈밭을 건너오는 모습은 새 모이통에서 동고비를 보는 것만큼 흔한 일이었다. 애니가 다섯 살이었을 때, 어느 아침 유치원에 가는 도중 그녀는 차 안에 가득 탄 아이들—그녀의 언니와 오빠와 데이글 형제와 샬린—에게 숲속에 가면 하느님이 말을 걸어온다고 말했다. 언니가 말했다. "넌 정말 멍청해. 입 좀 다물지 그래." 아버지 옆에 앉은 애니가 엉덩이를 들썩 들어올리며 말했다. "하지만 정말로 그런다니까! 하느님이 나한테 말을 걸어와." 언니가 하느님이 어떻게 하는지 묻자 애니가 대답했다. "내 머릿속에 생각을 넣어줘." 그러고는 아버지를 올려다보았는데, 그가 그녀를 돌아볼 때 애니는 그의 눈동자에서 앞으로 그녀의 마음속에 영원히 남아 있게 될 뭔가를 보았다. 그것은 뭔가 아버지답지 않았고 좋은 것으로 보이지도 않았다. "너희 모두 내려라." 그가 학교 앞에 차를 세우고 말했다. "애니하고 이야기 좀 해야겠다." 차문이 쾅 닫힌 뒤 그가 딸에게 말했다. "숲에서 본 게 뭐

---

* 17세기와 18세기에 아카디아에 정착했던 프랑스 식민지 주민의 후손으로, 일부는 그 지역 토착민의 혈통이 섞이기도 했다. 현재 캐나다 동부의 노바스코샤, 뉴브런즈윅, 프린스에드워드섬, 그리고 퀘벡 일부와 미국 메인주 케네벡강에 이르는 지역에 주로 살고 있다.

라고?"

그녀가 곰곰이 생각했다. "나무와 박새를 봤어요."

아버지는 운전대 위로 바깥을 응시하며 한동안 말이 없었다. 애니는 샬린이 자기 아버지를 무서워하듯 아버지를 무서워한 적이 한 번도 없었다. 그리고 애니는 어머니를 무서워한 적도 단연코 없었다. 어머니는 부모 중 더 편안한 쪽이었지만 더 중요한 쪽은 아니었다. "이제 가봐라." 아버지가 애니를 향해 고개를 까딱했고, 그녀가 방한복 바지를 입고 앉은 채 엉덩이를 옮기자 찍 끌리는 소리가 났다. 그가 허리를 숙이고 문을 당겨 닫기 전에 말했다. "손가락 조심해라."

*

그해에 제이미는 자신의 담임선생이 싫다고 했다. "구역질나요." 제이미가 신발 벗는 곳에 부츠를 던지며 말했다. 제이미는 아버지를 닮아 말이 많지 않았고, 그것을 지켜보면서 실비아는 금세 얼굴이 붉어졌다.

"포터 선생님이 너한테 심하게 해?"

"아니요."

"그런데 왜?"

"몰라요."

제이미는 4학년이었고, 실비아는 딸들보다 그 아이를 더 사랑했다. 그 아이가 거의 견딜 수 없을 정도의 달콤함을 그녀 안에 퍼뜨리기 때문이었다. 그 아이가 뭐든 힘들어하면 그녀는 견딜 수가 없었다. 애니는 아주 이상한 데가 있지만 악의 없는 아이여서 부드러운 마음으로 사랑했다. 가운데 아이인 신디는 온화하고 너그럽게 사랑했다. 신디는 셋 중 머리가 가장 별로였고, 어머니를 가장 많이 닮았다고 할 수 있었다.

그해는 제이미가 돈을 모아 아버지에게 생일 선물로 테이프 녹음기를 사준 해이기도 했다. 그렇게 한 것이 끔찍한 순간을 불러오고 말았다. 아버지가 포장을 뜯을 때 늘 그러듯 선물 포장지를 거의 찢지 않고 벗겨낸 뒤 이렇게 말했기 때문이었다. "네가 녹음기를 갖고 싶었던 거구나, 제임스. 그런 일이 늘 일어나긴 하지만, 자신이 원하는 것을 다른 사람에게 선물로 주는 건 예의가 아니다."

"엘긴." 실비아가 중얼거리듯 말했다. 제이미가 녹음기를 갖고 싶어한 것은 사실이어서 그의 창백한 뺨이 불타오를 듯 빨개졌다. 녹음기는 코트 옷장 꼭대기 선반으로 치워졌다.

애니는 여전히 수다스러웠지만 옆집에 사는 외할머니를 포함해 누구에게도 그 이야기를 하지 않았다. 할머니의 집은 작고 사각형이었는데, 길고 하얀 겨울에는 황량하고 헐벗어 보였으며, 창문은 부릅뜬 채 감지 않은 눈처럼 농장을 바라보고 있었다. 할머니는 세인트존밸리 출신으로 한창때는 아름다웠다고 했다. 사진을 보면 애니의 어머니도 한때 아름다웠던 것을 알 수 있었다. 이제 할머니는 막대기처럼 말랐고 얼굴에는 잔주름이 자글자글했다. "이제 죽었으면 좋겠구나." 할머니가 카우치에 누운 채 기운 없이 말했다. 애니는 근처의 큰 의자에 책상다리를 하고 앉아 있었다. 할머니가 손가락으로 허공에 그림을 그렸다. "당장이라도 눈을 감고 저세상에 가면 좋겠어." 그러고는 머리칼이 하얗게 센 머리를 들고 애니를 보았다. "울적하구나." 그녀가 덧붙였다. 그리고 다시 머리를 내려놓았다.

"보고 싶을 거예요." 애니가 말했다. 그날은 토요일이었고 온종일 눈이 내렸다. 눈송이는 크고 축축하고 굵었고 유리창 아랫부분에 곡선을 그리며 들러붙어 있었다.

"그렇지 않을걸. 너는 그저 캔디를 먹으려고 여기 오는 거잖니. 너한테는 이야기 상대로 오빠와 언니가 있는데, 왜 너희 셋이 같이 놀지 않는지 모르겠구나."

"우리는 그럴 욕구가 없어요." 애니가 예전에 오빠에게 카드놀이를 하자고 했을 때 그가 욕구가 없다고 말한 적이 있었다. 애니는 양말에 생긴 구멍을 손가락으로 후벼팠다. "담임선생님이 눈 내린 직후에 햇살이 강할 때 들판을 바라보면 눈이 멀 수도 있다고 했어요." 애니가 창밖을 내다보려고 목을 쭉 뺐다.

"그러면 보지 마." 할머니가 말했다.

*

애니가 5학년이 되자 샬린 데이글의 집에 가서 지내는 일이 더 많아졌다. 애니는 여전히 활기차고 끊임없이 수다를 떨었지만, 오래전 기억 속에 묻힌 녹음기와 관련된 사건—그녀와 제이미가 공유한 비밀이었다—이 있은 뒤로 그녀는 얇은 껍질이 자신의 가족을 단단히 둘러싸고 있는 것 같다고 느꼈다. 농장, 과묵한 오빠, 뿌루퉁한 언니, 늘 미소 짓는 어머니. 어머니는 종종 "데이글 씨 가족은 안됐어. 그 사람은 늘 짜증을 부리고 아이들에게 소리를 지르잖니. 우리 가족이 행복한 건 정말 행운이야" 하고 말하곤 했다. 그 모든 것이 애니의 머릿속에 소시지의 이미지를 만들어냈고, 그녀는 그 껍질에 작은 구멍을 내서 빠져나오려고 꿈지럭거렸다. 데이글 씨는 정말로 아이들에게 소리를 지르지는 않았다. 사실 애니와 샬린이 목욕을 하면 그가 종종 들어와 수건으로 씻겨주었다. 애니의 아버지는 신체를 은밀한 것으로 여겨 최근에 신디가 생리대를 제대로 휴지에 싸서 쓰레기통에 넣지 않았다고 벌게진 얼굴로 소리를 질렀다—버럭 질렀다! 그는 신디를 그 자리로 오게 한 다음 그것을 집어 더 꼭꼭 싸게 했다. 그것을 본 애니는 가슴이 쿵쾅거렸다. 소시지의 껍질은 수치심이었다. 그녀의 가족은 수치심이라는 껍질에 감싸여 있었다. 아이들이 으레 그렇듯 그녀는 이것을 생각보다 느낌으로 더 잘 알았다. 그리고 그녀는 자신의 몸에 그런 끔찍한 일이 일어날 만큼 나이를 먹으면 그것을 들고 숲속에 가서 묻어야겠다고 생각했다.

그래서 그녀는 학교가 끝나면 샬린의 집으로 갔고, 그들은 함께 커다란 눈사람을 만들었다. 그러면 데이글 씨가 호스로 그것에 물을 뿌려주었고 아침이면 얼어서 유리처럼 변한 눈사람을 볼 수 있었다. 밖에 나가지 못할 만큼 몹시 추운 날이면 애니와 샬린은 이야기를 지어내 연극을 했다. 애니의 아버지가 그녀를 데리러 왔다가 데이글 부인과 함께 서서 그 모습을 구경하곤 했다. 데이글 부인은 빨간색 립스틱을 발랐고, 무언가 강렬한 인상을 주었다. 그녀와 이야기할 때면 엘긴 애플비의 눈동자가 반짝반짝 빛났다. 아내와 이야기할 때의 표정이 아니었다. 그러던 어느 토요일 오후 애니가 불쑥 말했다. "우리가 만든 연극은 바보 같아요. 집에 가고 싶어요." 집으로 돌아가는 길에 애니는 늘 그랬던 것처럼 아버지의 손을 잡고 걸었다. 그들 주위로 들판은 끝없이 하얬고, 들판을 에두른 가문비나무들은 짙은 색의 몸통을 드러내고 있었으며, 나뭇가지들은 눈의 무게로 휘청 내려와 있었다. "아빠," 애니가 불쑥 말했다. "아빠한테 가장 중요한 건 뭐예요?"

"당연히 너지." 그는 걸음을 늦추지 않았다. "우리 가족이고." 그의 대답은 즉각적이고 침착했다.

"그리고 엄마요?"

"무엇보다 중요하지."

기쁨이 애니의 주위를 감쌌고, 그녀의 기억 속에 그때 일은 그런 모습으로 오래도록 남았다. 아버지의 손을 잡고 집으로 돌아오는 길에 하얗게 빛나는 들판은 고즈넉했고, 나무들은 짙어져 감청색이 감도는 녹색이 되었으며, 해는 우윳빛으로 눈의 색깔을 띠었다. 집으로 들어간 애니는 오빠의 방문을 조용히 두드렸다. 그는 고등학생이었고, 윗입술 위로 수염이 좀 나 있었다. 그녀가 들어가 문을 닫고 말했다. "할머니는 늙고 못된 마녀야. 아무도 할머니를 좋아하지 않아. 한 사람도."

오빠는 펼쳐놓은 만화책에서 눈을 떼지 않았다. "네가 무슨 말을 하는지 모르겠어." 그가 말했다. 하지만 애니가 한숨을 쉬고 나가려고 하자 그가 말했다. "할머니는 당연히 늙은 할망구지. 할머니 걱정은 하지 마. 너는 늘 모든 걸 부풀려 말하는구나."

애니가 뭐든 늘 부풀려 말한다는 것은 어머니의 말을 빌린 것이었다.

농장은 원래 실비아 아버지의 소유였다. 엘긴은 이곳에서 세 타운 떨어진 지역에 살았었지만, 원래는 일리노이주 출신이었다. 그는 돈도 농장도 종교도 없는 가족과 함께 트레일러에서 자랐다. 하지만 그는 농장 일을 했기 때문에 이 비즈니스에 대한 지식이 있었고, 실비아와 결혼하고 장인이 사망한 뒤에 농장을 물려받았다. 애니의 기억이 형성되기 이전의 어느 시점에 할머니가 살 집이 지어졌다. 그전까지 할머니는 본채 건물에서 다른 식구들과 함께 살았다.

"이것 좀 들어봐." 제이미가 어느 날 저녁식사 전에 애니에게 다가와 말했다. 그들은 헛간으로 가서 로프트*로 올라가 웅크리고 앉았다. "엄마가 할머니 집에 건너가기 전에 내가 할머니 카우치 밑에 이걸 숨겨뒀어." 녹음기가 탈칵 소리를 내더니 테이프가 돌아갔다. 그러자 할머니가 자신의 딸에게 말하는 내용이 또렷이 들렸다. "실비아, 그 이야긴 구역질나. 여기 누워 있는데도 토하고 싶어. 네가 이곳에 네 잠자리를 만들어뒀잖니. 네가 마련해놓은 그 침대에 좀 누우렴, 우리 딸." 그러자 그들의 어머니가

---

* 헛간 안에 다락방 형태로 층을 내어 만든 공간.

우는 소리가 들렸다. 중간에 중얼중얼 질문하는 소리도 들렸다. 신부님에게 털어놓아야 할까요? 할머니가 말했다. "내가 너였다면 창피해서 말하지 못할 것 같구나."

*

그렇게 영원히 계속될 것 같았다. 그들을 둘러싼 하얀 눈, 옆집에서 카우치에 누워 죽을 날을 기다리는 할머니, 여전히 쉴새없이 조잘거리는 애니. 그녀는 이제 키가 180센티미터에 가까웠고 전깃줄처럼 말랐으며 검은 머리는 길고 굽슬굽슬했다. 아버지가 어느 날 헛간 뒤에서 그녀를 발견하고 말했다. "앞으로는 네가 숲속에 가지 않았으면 한다. 네가 거기 뭘 하려고 가는 건지 모르겠구나." 그 말에 그녀가 놀란 건 아버지의 표정에서 묻어나는 혐오감과 분노 때문이었다. 그녀가 자신은 아무것도 하려는 것이 없다고 대답했다. "이건 부탁이 아니야, 명령이야, 애니. 거기 가는 걸 그만두지 않으면 아예 집밖으로 나가지 못하게 할거야." 그녀는 아빠 미쳤어요? 라고 말하려 입을 벌리다가 어쩌면 아빠가 정말로 미쳤을지 모른다는 생각이 머릿속을 퍼뜩 스쳤다. 그녀는 더럭 겁이 났는데, 그 감정은 그녀가 그때까지 사람의 마음에 일어날 수 있으리라 생각지 못했던 그런 종류의 두려움이었다. "알겠어요." 그녀가 말했다. 하지만 결국 햇볕 좋은 날에는 숲과 멀리 떨어져 지낼 수 없었다. 햇살이 아른거리는 물리적 세상이 그녀의 첫 친구였고, 세상은 아름다운 자태로 두 팔을 활짝 벌린 채 다른 무엇도 그녀의 마음에 불러일으키지 못하는 설렘을 받아주려고 기다리고 있었다. 그녀는 주변 사람들의 생활 패턴, 즉 그들이 언제 어디 있는지를 파악한 뒤 타운 근처의 숲이나 학교 뒤에 있는 숲으로 몰래 들어갔다. 그리고 그곳에서 자신이 예전에 만들었던 노래를 부드럽고 풍부한 목소리로 불렀다. "내가 살아 있다는 건 정말로 기쁜 일, 내가 살아 있다는 건 정말로 아주 기쁜 일……" 그녀는 기다리고 있었다.

그러던 어느 날 그녀는 기다리지 않게 되었다. 학교 연극에서 그녀를 본 포터 씨가 그녀에게 여름 연극 무대에 설 기회를 마련해주었기 때문이다. 여름 극단 사람들이 그녀를 보스턴에 데려갔고, 그렇게 그녀는 완전히 떠났다. 그때 그녀의 나이는 열여섯이었고, 부모는 반대하기는커녕 고등학교 과정을 마치라는 말조차 하지 않았는데, 나중에야 그녀에게 그런 사실이 떠올랐다. 그때 거기에는 여러 남자들이 있었다. 그들 중 다수가 뚱뚱하고 살이 물렁물렁하고 손가락에 큰 반지를 끼고 있었는데, 어두운 극장에서 그녀를 바짝 끌어안고 정말 사랑스럽다고, 숲속의 어린 사슴 같다고 속삭였다. 그들은 그녀를 여러 오디션에 보냈고, 여러 타운의 여러 방에서 함께 지낼 사람들을 찾아주었다. 그녀는 그 사람들이 굉장히, 믿을 수 없을 만큼 친절하다고 생각했다. 숲에서 경험했던, 하느님의 존재가 밀착해오는 그 동일한 느낌이 그녀를 사랑하는 낯선 사람들에게로 확장되었고, 그녀는 이 나라의 이 무대 저 무대를 돌아다녔다. 길 끝의 그 집을 다시 찾았을 때, 그녀는 그 집이 얼마나 작고 천장은 또 얼마나 낮은지, 정말로 깜짝 놀랐다. 그녀가 선물로 가져온 스웨터, 보석, 지갑, 시계— 도시 길가 행상들에게서 구입한 잡다한 물건들—를 본 가족들은 당황스러워하는 것 같았다. "정말로 딴따라가 다 됐구나." 아버지가 불쾌감이 덧씌워진 목소리로 중얼거렸다.

"아니요, 전 아니에요." 그녀는 그가 '레즈비언'*이라고 말한 줄 알고 그렇게 대답한 것이었다.

아버지는 여전히 야위었지만 얼굴에는 살이 더 붙어 있었다. 그가 테이블 위의 시계를 그녀에게 밀었다. "이걸 차고 다닐 만한 다른 사람을 찾아봐라. 내가 언제 시계 찬 걸 본 적 있니?"

그 순간 여전해 보이던 할머니가 일어나 앉으며 말했다. "예뻐졌구나, 애니. 그런 일이 어떻게 일어난 거니? 전부 말해다오." 그래서 애니는 큰 의자에 앉아 드레스룸과 여러 타운의 작은 아

---

* '딴따라'는 thespian을 옮긴 것으로, 발음이 유사해서 생긴 오해다.

파트들, 서로를 보살펴주는 사람들에 대한 이야기, 자신은 대사를 절대 잊어버리지 않는다는 이야기를 할머니에게 들려주었다. 할머니가 말했다. "돌아오지 마라. 결혼하지 마라. 아이를 낳지 마라. 그 모든 일이 네 가슴을 아프게 할 거다."

*

애니는 오랫동안 돌아오지 않았다. 이따금 실비아에게서 몰아친 슬픔의 파도가 먼 거리를 달려 그녀에게 닿는 것처럼 느껴질 때면 그녀는 어머니가 보고 싶었다. 하지만 전화를 걸면 어머니는 늘 이렇게 말했다. "오, 여긴 별로 특별한 이야기가 없어." 어머니는 애니가 하는 일에 전혀 관심이 없는 듯했다. 그녀의 언니는 편지를 쓰거나 전화를 걸어온 적이 한 번도 없었고, 제이미도 좀처럼 그러지 않았다. 그럼에도 크리스마스가 되면 애니는 집에 선물 상자들을 보냈는데, 어느 날 어머니가 마침내 전화로 한숨을 쉬며 말했다. "너희 아버지 말이, 우리가 이 온갖 쓰레기로 뭘 하면 되는지 알고 싶으시단다." 그 말에 그녀는 몹시 서운했지만, 그녀와 같이 지내거나 극단에서 알게 된 사람들이 매우 따뜻하고 친절한데다 그 일에 대해 그녀보다 오히려 더 화를 내주어서 서운함이 오래가지는 않았다. 나이든 단원들은 배역에 관

300

계없이 애니를 다정하게 대했기에 애니는 여러 면에서 어린아이에 머물러 있었지만 그 사실을 깨닫지 못했다. "당신의 순수함이 당신을 보호해주는군요." 한번은 어떤 감독이 그렇게 말했지만, 사실 그녀는 그의 말뜻을 이해하지 못했다.

여자라면 누구나 딸이 셋 있어야 한다는 말이 있는데, 그렇게 해야 노년에 돌봐줄 사람이 하나는 있을 거라는 뜻이었다. 애니 애플비는 캘리포니아로, 런던으로, 암스테르담으로, 피츠버그로, 시카고로 어디로든 갔고, 실비아가 그녀를 발견할 수 있는 유일한 곳은 드러그스토어에서 파는 가십 잡지였다. 그런 잡지에 애니의 이름은 유명한 영화배우의 이름과 연관되어 등장했다. 실비아는 그것이 창피했다. 타운 사람들은 그 이야기를 피해야 한다는 걸 차츰 깨달았다. 신디는 근처인 뉴햄프셔에 살았다. 그녀는 많은 아이들을 부지런히 낳았고, 그녀의 남편은 그녀가 집에 있기를 원했다. 그래서 결혼하지 않고 농장에 남은 사람은 제이미가 되었다. 그는 아버지 옆에서 묵묵히 일했고, 아버지는 나이가 들어도 여전히 강인했다. 제이미는 옆집에 사는 할머니 시중도 묵묵히 들었다. 실비아는 종종 말했다. "제이미, 네가 없었다면 나는 어쩔 뻔했니?" 그러면 제이미는 고개를 가로저었다. 그는 어머니가 외로워한다는 걸 알고 있었다. 아버지가 점점 어머니에게 말을 하지 않는다는 것도 알아차렸다. 또한 아버지는 음식을 지저분하게 먹기 시작했는데, 전에는 한 번도 없던 일이었다. 그는 음식물을 우적우적 소리 내며 씹었다. 음식물 부스러기가 셔츠에 떨어졌다. "엘긴, 맙소사." 실비아가 말하면서 냅킨으로 닦아주려고 일어서자, 그가 그녀를 밀쳤다. "맙소사, 이 여자가!"

실비아가 내밀히 말했다. "너희 아버지한테 무슨 문제가 있니?" 하지만 제이미는 어깨를 으쓱할 뿐이었고, 두 사람은 그 이야기를 다시 꺼내지 않았다. 그러던 어느 날 제이미는 이런저런 책들을 살펴보다가 무슨 일이 일어나고 있는지 깨달았다. 가혹하게도, 모든 것이 들어맞았다. 아버지가 자꾸 짜증을 부리는 것, 갑자기 애니가 어디 있는지 묻고 또 묻는 것이 그랬다. "그애는 어디 있니? 또 숲속에 갔어?" 그 전부가 제이미의 가슴속으로, 돌멩이가 우물의 어둠 속으로 떨어지듯 고요하게 떨어졌다. 일 년도 되기 전에 아버지를 돌보는 것이 불가능해졌다. 그는 집을 나갔고, 헛간에 불을 질렀다. 그가 하도 질문을 해대는 통에 그들은 미쳐버릴 것 같았다. "애니는 어디 갔니? 숲속에 갔어?" 그래서 그들은 그를 요양원에 보냈고, 엘긴은 그곳에 보내진 것 때문에 불같이 화를 냈다. 실비아가 찾아가면 그가 몹시 화를 내는데다 한번은 그녀를 암소라고 부르기도 해서 그녀는 찾아가는 것을 그만두었다. 제이미의 동생들에게 소식이 전해졌고, 신디는 돌아와 집에서 며칠 지냈지만 애니는 그럴 수 없었다. 애니는 봄에나 올 수 있을 거라고 했다.

4번 도로를 빠져나오자 예전의 흙길은 포장이 되어 있었고 더이상 좁지도 않아서 애니는 깜짝 놀랐다. 큰 집 몇 채가 데이글씨 집 근처에 새로 지어져 있었다. 그녀는 자기가 있는 곳이 어디인지도 제대로 알아볼 수 없었다. 신디는 부엌에 있었는데, 부엌은 지난번 애니가 집에 왔을 때보다도 더 작아 보였다. 애니가 허리를 숙여 키스하는데도 신디는 가만히 서서 움직이지 않았다. 어머니는 2층에 있다고 제이미가 말했다. 자식들이 먼저 이야기를 나누면 어머니는 그뒤에 내려올 거라고 했다. 애니는 불안함이 물리적으로, 거의 전류가 흐르듯 퍼지는 것을 느꼈다. 그녀는 코트 단추를 풀면서 천천히 의자에 앉았다. 제이미는 조심스러우면서도 직설적으로 말했다. 아버지가 지금 있는 요양원에서 나가달라는 요청을 받았다고. 아버지가 거기서 일하는 사람들을 함부로 대하고 남자만 보면 죄다 사타구니를 움켜잡으며 성적인 수작을 거는 등 완전히 통제 불능이라고 제이미는 말했다. 정신과의사가 그와 상담했고, 제이미는 치매에 걸린 남자가 어떻게 허락이란 걸 할 수 있는지 이해되지 않았지만, 아버지가 그들이 나눈 대화를 공유해도 좋다는 허락을 내렸다고 했다. 결과적으로 실비아는 엘긴이 오랫동안 세스 포터와 관계를 가져왔고 서로 연인 사이였다는 것을 알게 되었다. 실비아는 종종 그것을 의심했었다고 말했다. 엘긴은 치매 상태에서 한 이야기이긴 하지만, 자신을 격정적인 동성애자라고 일컬었고 아주 생생한 묘사를 곁들여 이야기했다. 그들은 이제 그를 훨씬 좋지 않은 장소에 보내야 하는 상황이었지만, 농장을 팔지 않는 한 돈이 없었고 요즘은 감자 농장을 사겠다는 사람도 없었다.

"알았어." 마침내 애니가 말했다. 그녀의 언니 오빠는 한동안 말이 없었고, 중년의 주름살이 생긴 중년의 얼굴이었음에도 그들의 얼굴은 아주 어리고 슬퍼 보였다. "알았어, 우리가 이 문제를 해결할 거야." 애니가 안심시키듯 그들을 향해 고개를 까딱했다. 그러고는 나중에 할머니를 만나러 옆집으로 갔는데, 할머니의 모습은 놀라울 만큼 변함이 없었다. 할머니는 카우치에 누워, 손녀가 전등을 켜며 집안을 돌아다니는 것을 지켜보았다. "아버지 문제를 해결하려고 집에 돌아온 거로구나? 네 어머니는 지옥 같은 시간을 보냈어."

"그래요." 애니가 말하고는 가까이 있는 큰 의자에 앉았다.

"내 의견이 필요하다면 너희 아버지는 자기 행동 때문에 미친 거야. 성도착자로 살아온 것 말이다. 나는 그놈이 호모란 걸 줄

곧 알고 있었어, 그게 사람을 미치게 만들 수 있지, 지금 그놈은 미쳤고, 내 의견이 필요하다면, 그게 내 의견이야."

"그런 걸 여쭐 생각은 아니었어요." 애니가 부드럽게 말했다.

"그러면 뭔가 흥미로운 이야기를 해줘. 흥미로운 곳 어디어디를 갔다 왔니?"

애니는 그녀를 쳐다보았다. 늙은 여인의 얼굴에 아이 같은 기대감이 떠올랐다. 애니는 이 집에서 오랜 세월 살아온 이 여인에게 예상치 못한, 거의 참을 수 없는 연민이 솟구치는 것을 느꼈다. 애니가 말했다. "런던에서는 대사의 집에 갔어요. 극단 전체를 저녁식사에 초대했거든요. 정말 흥미로웠어요."

"오, 모조리 이야기해줘, 애니."

"잠시만 그냥 앉아 있을게요." 그래서 그들은 침묵했고, 할머니는 참을성을 보이려고 애쓰는 젊은 사람처럼 다시 드러누웠다. 그리고 바로 이날까지 자신을 늘 어린아이라고 느꼈던—그것이 그녀가 결혼할 수 없었던 이유이자 아내가 될 수 없었던 이유였다—애니는 이제 자신이 나이를 먹었다는 걸 조용히 느꼈다.

그녀는 아버지의 손을 잡고 흙길을 걸어가던 그때, 주변에는 눈 덮인 들판이 펼쳐져 있고 저멀리로는 숲이 보이고 가슴속에서는 기쁨이 흘러넘치던 그때의 이미지를 무대에서 오랫동안 활용해왔던 것을 생각했다. 그 장면을 떠올리면 대번에 눈물이 차오르게 할 수 있었다. 그때 느낀 행복감 때문에, 그리고 그것을 잃은 상실감 때문에. 하지만 지금 그녀는 그 일이 정말로 일어났 었는지, 그 길이 좁은 흙길이던 때가 정말로 있었는지, 그녀의 아버지가 그녀의 손을 잡고 가족이 그에게 가장 중요하다고 말 한 일이 있기는 했었는지 궁금해졌다.

"맞아." 아까 언니가 그게 사실이었다면 그들이 진작 알았을 거라고 소리쳤을 때, 애니는 그렇게 말했었다. 그때 애니가 말하 지 않은 것은 뭔가를 알지 못하는 방법도 아주 많다는 것이었다. 그 순간 그녀가 지난 세월 겪어온 경험이 각기 다른 색깔—어떤 색깔은 어두웠다—의 털실을 섞어 짠 뜨개질감처럼 펼쳐졌다. 이제 삼십대가 된 애니는 남자들을 사랑했고, 실연에 종종 가슴 아파했다. 배반과 기만의 기류는 어디에나 있는 듯했다. 그리고 그녀는 그것이 취하는 형태에 번번이 놀랐다. 하지만 그녀는 친 구들이 많았고, 그들 또한 그들 자신의 문제로 좌절했으며, 서로 밤낮으로 위로하고 위로받았다. 애니는 연극의 세계가 컬트와 같다고 생각했다. 연극은 그것에 속한 개인에게는 상처를 주더 라도 스스로는 철저히 보호한다. 하지만 그녀는 최근에 이른바 '평범해지는 것'에 대한 환상을 품게 되었다. 집과 남편과 아이 들과 정원을 갖는 것. 그 모든 것이 선사하는 평온함. 하지만 그 녀에게서 작은 강들처럼 졸졸 흘러내리는 그 모든 감정들은 어떻게 할 것인가? 애니가 좋아한 것은 박수 소리가 아니라—사실 잘 들리지 않을 때도 종종 있었다—그녀가 그 세상을 떠나 또다른 세상에 온전히 들어갔음을 알게 되는 무대 위의 순간이었다. 그것은 어렸을 때 숲속에서 경험한 황홀경의 느낌과 다르지 않았다.

그녀의 아버지는 분명 숲속에서 그녀와 마주칠까봐 걱정했을 것이다. 애니는 큰 의자에 앉은 채 몸을 조금 움직였다.

"그애들이 샬린에 대해 말해주던?" 할머니가 물었다.

"샬린 데이글이요?" 애니가 늙은 여인을 돌아보았다. "그애가 왜요?"

"친족 성폭력을 당한 사람들을 위한 협회 지부를 개설했어. 친족 성폭력 생존자들, 그게 협회 이름이었던 것 같은데."

"정말이에요?"

"자기 아버지가 죽고 나서 바로 시작했어. 어린아이 다섯 중 하나는 성적 학대를 받는다는 글을 신문에 기고했어. 솔직히, 애니. 별일이 다 있구나."

"참 끔찍하네요. 불쌍한 샬린!"

"사진을 보면 아주 좋아 보여. 살도 더 찌고. 살이 더 쪘어."

"맙소사." 애니가 조용히 말했다.

앞서 신디가 조용히 말했었다. "틀림없이 우리는 줄곧 이 카운티에서 웃음거리였을 거야."

"아니야." 제이미가 신디에게 말했다. "아버지가 어떤 행동을 했건 몰래 했을 거야."

애니는 그들의 방어적인 얼굴에 고뇌가 스며 있는 것을 보았었다. "오." 그녀는 말하면서 자신이 그들의 엄마나 보호자가 된 것 같았다. "그건 정말로 중요하지 않아."

하지만 중요했다! 오, 그것은 중요했다.

실비아는 저녁을 먹으려고 자기 집 부엌에 아이들과 같이 앉았다. "샬린 이야기 들었어요." 애니가 말했다. "믿어지지 않을 만큼 슬펐어요."

"그게 사실이라면 그렇지." 실비아가 대답했다.

애니가 언니 오빠를 보았지만 그들은 음식을 쳐다보고 그들의 입으로 가져갈 뿐이었다. "그게 어째서 사실이 아닐 수 있다는 거예요? 그런 걸 누가 뭐하러 꾸며내요?" 제이미가 어깨를 으쓱했고, 애니는 샬린이 짊어진 무게는 그들에게 아무런 의미가 없다는 것을 알 수 있었다―혹은 알 것 같았다. 지금 그들에게 중요한 것은 그들의 우주, 그리고 그것을 고정해주고 있던 닻이 최근에 제멋대로 풀려나갔다는 사실뿐이었다. 실비아는 잠을 자려고 2층으로 올라갔고, 그녀의 아이들 셋은 장작난로 옆에 앉아 이야기를 나누었다. 특히 제이미가 말을 멈추지 못했다. 한때 말이 없고 조용했던 아버지는 치매에 걸리자 오랫동안 혼자 간직해온 모든 이야기가 쏟아져나오는 것을 막을 수 없었던 것 같고, 줄곧 말없이 조용하게 지내온 제이미 또한 이제는 자신이 들은 모든 이야기를 그들 앞에 토해내고 있었다. "한번은 그들이 숲속에서 너를 봤대, 애니. 아버지는 그뒤로 둘이 있는 걸 너한테 들킬까봐 늘 두려워했어." 애니가 고개를 끄덕였다. 애니의 반응이 성에 차지 않는다는 듯 신디가 고통스러운 표정으로 동생을 쳐다보았다. 애니는 잠시 동안 언니의 손에 자신의 손을 얹었다. "하지만 아버지가 한 말 중에서 가장 이상한 것 하나는," 제이미가 뒤로 기대앉으며 말했다. "아버지가 우리를 학교에 데려다준 게 그 잠깐 동안이라도 세스 포터 가까이에 있기 위해서였다는 거야. 우리를 내려준 뒤에 그를 만날 수 있었던 것도 아니면서. 하지만 매일 아침 그와 가까이 있다는 걸 아는 것만으로도 좋았던 거야. 세스가 학교 안에, 몇 피트 떨어지지 않은 곳에 있다는 것만으로도."

"아 맙소사, 구역질나." 신디가 말했다.

제이미가 장작난로를 쳐다보며 눈을 찡그렸다. "나는 그냥 혼란스러워, 그뿐이야."

애니는 그들의 얼굴에 드러난 나약함을 거의 견디기 힘들었다. 그녀가 그 작은 부엌을 둘러보았다. 물이 흘러내려 얼룩이

생긴 벽지, 아버지가 늘 앉아 있던 흔들의자, 지금은 속이 보일
정도로 닳고 닳은 방석, 오랜 세월 장작난로 위에 변함없이 놓여
있는 찻주전자, 창문 위에 드리워진 커튼, 그리고 커튼과 유리창
사이의 가는 거미줄. 애니는 형제들을 돌아보았다. 그들은 가엾
은 샬린처럼 매일매일 두려움을 느끼며 살지는 않았을 것이다.
하지만 진실은 늘 거기 있었다. 그들은 수치심을 먹고 자랐다.
그것이 그들의 토양을 만든 자양분이었다. 하지만 이상하게도
그녀가 가장 잘 이해할 것 같은 사람은 아버지였다. 그리고 잠시
애니는 놀라움을 느꼈다. 착하고 책임감 있고 품위 있고 바른 마
음을 가진 오빠와 언니는―그저 그 시간 동안에는 지구를 뒤로
하고 떠나온 듯 눈부시게 하얀 태양 가까이에 있기 위해―자신
들이 가진 모든 것을 걸게 되는 열정을, 자신들이 소중히 여기는
모든 것을 무모한 위험에 빠뜨리게 되는 그런 열정을 한 번도 알
았던 적이 없었으리라는 사실에 대해.

선물

에이블 블레인은 늦게 돌아왔다.

주州 각지에서 참석한 임원들과의 회의가 너무 길어졌다. 에이블은 오후 내내 짙은 색 체리목 테이블이 검은 아이스링크처럼 중앙에 길게 놓인 회의실에 앉아 있었고, 테이블에 둘러앉은 사람들은 피곤함을 느낄수록 자세를 더 꼿꼿이 하려고 애썼다. 자신의 회사 첫 프레젠테이션을 위해 옷차림에 꽤나 신경을 쓴 록퍼드에서 온 젊은 여자—에이블이 느끼기로는 그랬고, 그는 그점에 감동을 받았다—가 말을 그치지 않고 계속하자 사람들은 점점 패닉 상태에 가까운 표정—그만하라고 해요—을 지으며 책임자인 그를 쳐다보았다. 그가 땀을 조금 흘리며 마침내 일어섰고 자료를 서류가방 안에 넣었다. 그리고 그 아가씨—여성, 여

성! 아뿔싸, 요즘은 아가씨라고 부를 수 없다—에게 고맙다고
말했다. 그러자 그녀는 얼굴을 붉히며 자리에 앉았고, 사람들이
회의실을 떠나면서 다정한 말을 해줄 때까지 잠시 시선을 어디
에 둘지 몰라하는 것 같았다. 에이블도 역시 다정한 말을 해주었
다. 그러고 나서 에이블은 마침내 차에 올라 고속도로를 달렸고,
눈 내리는 좁은 거리들을 통과했다. 벽돌로 지어졌으며 오늘밤
은 작고 하얀 불빛이 창문마다 반짝거리는 자신의 저택이 보이
자 자주 그렇듯이 기분이 좋아졌다.

아내가 문을 열고 말했다. "오, 에이블. 당신, 잊고 있었던 거
지." 그녀의 빨간 드레스 칼라 위로 크리스마스 공 모양의 작은
녹색 귀걸이가 달랑거렸다.

그가 말했다. "최대한 빨리 온 거야, 일레인."

"잊어버린 거야." 일레인이 조이에게 말했고, 조이가 "음, 아
빠가 식사하실 시간은 없어요. 꼬마들은 먼저 먹였고, 우린 정말
로 늦었어요" 하고 말했다.

"나는 안 먹지 뭐." 에이블이 말했다.

조이의 단단해진 입매를 보자 그의 뱃속에서 잠시 경련이 일
었지만 손주들은 손뼉을 치며 "할아버지, 할아버지!" 하고 소리
를 질렀다. 아내는 그에게 서둘러, 제발 좀 서둘러, 하느님 맙소
사, 하고 말했다. 에이블은 크리스마스 때만 되면 사람들이 예민

해지는 것 같다는 사실을 받아들일 만큼 나이를 먹었지만, 자신이 크리스마스에 대해 가지는 기분—불 켜진 트리, 행복한 아이들, 벽난로 선반에 걸려 있는 양말—을 포기할 수는 없을 것 같았다.

리틀턴극장 로비를 통과하면서 보니 그는 어떤 것도 포기할 필요가 없었다. 그곳에 다 있었기 때문이었다. 해마다 그랬던 것처럼 타운 전체가 그곳에 모여 있었다. 반짝거리는 격자무늬 드레스를 입은 여자아이들, 남자 어른의 미니어처처럼 칼라 달린 셔츠를 입고 눈을 동그랗게 뜬 남자아이들, 그리고 성공회교회의 신부—곧 은퇴하면 레즈비언 신부가 후임자가 될 텐데, 에이블은 그 사실을 담대히 받아들이면서도 하크로프트 신부가 영원히 그 자리에 있으면 좋겠다고 생각했다—가 와 있었다. 또 학교 운영위원회 대표도 와 있었고, 오늘 회의에 참석했었고 이 순간 점점 커지는 미소를 보내며 에이블에게 손을 흔드는 엘리너 쇼턱도 와 있었다. 그들은 모두 좌석에 앉으면서 소곤거리거나 쉿쉿거렸고, 이윽고 모든 소리가 잦아드는 순간이 왔다. 그리고 속삭이는 소리. "할아버지, 제 드레스가 자꾸 끼어 들어가요." 그의 사랑스러운 소피아, 그 아이가 플라스틱 조랑말의 분홍색 갈기털을 꼭 붙잡고 있었다. 그는 벌써부터 쥐가 난 다리를 움직여 손녀가 스커트를 잡아 펴게 해주었다. 그리고 아이에게, 네가 이곳에서 가장 예쁜 소녀라고 속삭여주었고, 아이는 무릎 위에서 조랑말을 튕기며 약간은 너무 크다 싶은 목소리로 "스노볼은 아직 연극을 한 번도 본 적이 없어요" 하고 말했다. 불빛이 어둑해졌고 공연이 시작되었다.

에이블이 눈을 감자 이곳에서 두 시간 거리인 피오리아 외곽의 제니스버그에 사는 동생 도티의 모습이 곧바로 떠올랐다. 그녀는 크리스마스에 무엇을 하고 있을까? 그녀에 대한 그의 염려—사랑—는 진심이었지만, 그녀에 대해 느끼는 책임감은 어느 누구에게도 인정하고 싶지 않은 방식으로 그의 마음속에 불쾌함을 일으켰다. 그는 눈을 뜨면서, 그것은 그녀가 혼자이고 행복하지 않기 때문이라고 생각했다. 하지만 그녀는 민박집을 운영하고 아마도 명절 동안 문을 열어놓을 수도 있을 테니 어쩌면 불행하지도 않고 혼자도 아닐 것이다. 내일 출근하면 전화를 걸어봐야겠다고 그는 생각했다. 아내는 동생을 참아내지 못했다.

그는 소피아의 손을 꼭 쥐고 공연에 집중했다. 그에게는 교회 예배처럼 익숙한 연극이었다. 이곳에 와서 〈크리스마스 캐럴〉을 보는 게 대체 몇 해째던가? 처음에는 조이와 그애 형제들과 함께, 지금은 조이가 낳은 아이들인 어여쁜 소피아와 그애 오빠 제이크와 함께. 에이블의 혼란스러운 마음은 동생의 삶에도, 자식들의 어린 시절에도 오롯이 머물러 있지 못했다. 흘러가는 시간은 붙잡을 수 없는 것이라는 생각에 그는 잠시 가슴이 먹먹했다. 무대에서 다정하지만 진실되게 느껴지지 않는 "메리 크리스마스, 삼촌!" 하는 목소리가 들려왔다. 이어 금방이라도 넘어갈 듯한 얇은 문이 쾅 닫히는 소리가 들렸다. "흥, 덜떨어진 것들!" 스크루지가 대꾸했다.

허기가 급물살처럼 밀려왔다. 에이블은 포크촙을 상상하며 거의 신음소리를 냈다. 구운 감자와 익힌 양파의 환상적인 이미지들이 그의 앞에 나타났다. 그는 다리를 꼬았다 풀다가 앞에 앉은 여자에게 무릎을 부딪히자 몸을 앞으로 쑥 빼고 속삭였다. "죄송합니다, 죄송합니다!" 여자가 얼굴을 살짝 찌푸리는 것이 느껴졌다. 사과가 지나쳤던 것이다. 어둑한 불빛 속에서 그가 고개를 한 번 가로저었다.

공연은 무겁고 느리게 느껴졌다.

그가 소피아를 흘끗 보니 아이는 열중해서 무대를 보고 있었다. 조이를 흘끗 보니 그녀도 그를 쳐다보았는데 에이블로서는 이해되지 않는 차가운 눈빛이었다. 무대에서는 스크루지가 침실 안을 돌아다니고 있었고, 그러는 사이 말리의 유령이 쇠사슬을 끌며 나타났다. "족쇄를 찼군." 스크루지가 유령에게 말했다. "이유를 말해주게."

어떤 생각이 처마에서 휙 내려오는 박쥐처럼 에이블을 덮쳤다.

조이는 행복하지 않은 것이다. 그 생각이 그의 무릎 위에서 검은 형체를 얻었다. 마치 그가 그것을 거기에 붙들고 있어야 한다는 듯이.

하지만 그건 아니었다.

조이는 어린 꼬마들을 돌보느라 정신없이 바빴고, 그것은 불행이 아니었다.

조이의 남편은 일 때문에 오늘밤 시카고에 있었는데, 파트너 변호사가 되려면 그 일을 해야 했기 때문이었다. 조이에게 문제 될 만한 것은 없었다. 그녀는 오늘날 1퍼센트라 일컬어지는 사회 특권층에 속했다. 그리고 그것은 부분적으로는 그녀의 아버지가 인내하고 버티며 열심히 일해왔기 때문이었다. 그가 지금 이 자리에 있게 된 것은 품위를 지켰기 때문이었다. 사람들은 늘 그를 신뢰할 만한 사람이라 여기게 되었고, 비즈니스에서는 신뢰가 전부였다. 조이는 그러한 자신의 위치를 유지시켜줄 남자를 선택해 결혼한 것이고, 그것에 잘못된 점은 없었다. 단 한 가지도. 그는 사위와 딱 한 번 말다툼을 한 적이 있었는데, 그 젊은 녀석이 에이블에게 세금을 많이 내지 않는 방법을 알려주겠다고 제안했을 때였다. "저는 그저……" 그 녀석이 말했다.

"저는 공화당을 지지하고 큰 정부의 필요성을 믿지 않지만─ 장인어른 말씀이 맞습니다─저도 세금을 낼 겁니다." 그 일을 돌이켜보면 그는 자신이 느꼈던 분노가 결코 이해되지 않았다.

에이블은 이제 깊고 불안정한 숨을 들이쉬며 자세를 바로 했다. 그는 조심스럽게 맥박을 확인했는데 뛰는 속도가 빨랐다.

무대에서 스크루지는 지저분한 밤시간의 창문을 통해 바깥을 내다보고 있었다. 그러고는 침대에 누웠고 딩동 초인종소리가 들리자 안절부절못하더니 침대에서 내려오면서 "그럴 리가 없어!" 하고 말했다. 에이블은—그 순간—아내가 며칠 전 아침식사 때 손가락으로 칼럼 있는 쪽을 톡톡 치며 그에게 신문을 건넨 일이 떠올랐다. 링크 매켄지, 스크루지 역할을 맡은 그 남자는 타운 주민들이 좋아하는 배우일지 모르고 리틀턴 칼리지 MFA*과정에서 그가 가르치는 학생들이 좋아하는 배우일지 모르지만, 그 칼럼을 쓴 비평가가 좋아하는 배우는 아니었다. 비평가는 그 칼럼에서 배우 링크 매켄지 씨는 극장에서 자기 자신의 연기를 보지 않아도 되는 유일한 사람이니 행운의 남자라고 썼다.

일레인과 에이블의 의견이 일치했다. 그 비평이 불필요하게 잔인하다는 것에. 그리고 나서 에이블은 그 일을 잊어버렸다. 하지만 이 순간 그 글의 영향력이 그에게 작용했다. 지금 스크루지는 정말로 우스꽝스러워 보였고, 단언컨대 연극 전체가 우스

---

* Master of Fine Arts. 순수예술석사.

꽝스러워 보였다. 에이블에게는 모두가 큰 소리로 대사를 암송하고 있는 것처럼 느껴져 불편했다. 그는 자신이 만나는 모든 사람이 실은 그저 대사를 암송하고 있을 뿐이라는 생각을 떨치지 못한 채 극장 문을 나서게 될 것 같았다. 연극을 보는 행위가 결코 사람에게 그런 영향을 미쳐서는 안 되는 것이었다. 그가 어여쁜 소피아를 흘끗 내려다보았고, 그러자 소피아는 짧은 순간 예의 바른 어린 숙녀의 절제된 미소를 지어 보였다. 그가 아이의 한쪽 무릎을 꼭 잡아주자 아이는 다시 어린아이로 돌아가, 들었던 머리를 홱 내리고 한 손에 플라스틱 조랑말을 꼭 쥔 채 다른 한 손으로 그의 손을 잡았다.

과거의 크리스마스 유령이 말하고 있었다. "친구들에게 따돌림을 당하던 외로운 아이가 아직 거기 남아 있구나." 그러자 스크루지가 울기 시작했다. 그 소리는 가짜였고 호소력도 없었다. 에이블은 눈을 감았다. 소피아의 손이 그의 손에서 슬그머니 빠져나갔고, 그는 두 손을 깍지 낀 채 무릎 위에 내려놓았다. 그는 곧 스르르 잠이 들었다. 그는 자신의 생각이 종잡을 수 없이 흘러가는 것을 느끼면서 자신이 잠들고 있다는 것을 인식했고, 한편 자신의 어깨로 파도처럼 밀려오는 기분좋은 고단함에 자신을 내맡길 수 있다는 사실에 감사했다. 그러다 뭔가가 기억났는데, 그 기억은 그의 감은 눈 뒤에서 황혼녘에 반짝이는 노란 빛처럼 떠올랐다. 지난해 루시 바턴이 북투어차 시카고에 왔을 때의 모습이 보였다. 루시 바턴, 어머니 사촌의 딸, 오, 그 불쌍한 아이. 그런데 그녀가 나이든 여인의 모습으로 나타났고, 그는 서점 안으로 들어가 책에 서명을 받으려고 줄을 서서 기다렸다. 그녀가 에이블, 하고 말하면서 일어섰고, 눈물을 글썽였다. 잠에 빠져든다고 느끼는 순간에는 그 모든 것이 그를 행복하게 만들어주었는데, 어느새 그는 버튼을 눌러도 서지 않는 엘리베이터 안에서 어머니를 찾고 있었고, 이어 좁은 복도에서 어머니를 찾아 이리저리 헤매는 중에 어둠 속에서 어머니의 존재를 감지했다. 그리고 어머니는 사라졌다. 깊은 꿈속이었지만 그는 패닉 상태와는 전혀 다른, 채울 수 없는 오래된 갈망을 다시 느꼈다. 그는 관객석에서 숨소리가 터져나올 때 잠에서 깼다.

조명이 사라졌다. 무대는 암흑에 빠졌다. 배우들이 대사를 멈췄다. 문 위로 출구 안내판만이 빛을 밝혔다. 그리고 통로 바닥에 환한 단추처럼 줄줄이 켜진 불빛. 에이블은 주위에서 두려움이 검은 물처럼 차오르는 것을 느꼈다. 소피아가 울기 시작했고, 다른 아이들도 울고 있었다. "엄마?" 에이블이 꼬마 소피아를 안아올려 무릎에 앉혔다. "쉿," 그가 한 손을 펴서 아이의 따뜻한 머리 뒤쪽에 대며 말했다. "아무것도 아니야, 괜찮을 거야." 그래도 아이는 울었다. 조이의 목소리가 들렸다. "아가, 엄마 여기 있어."

얼마나 오래 그렇게 어두운 상태로 있었는지 에이블은 알 수 없었다. 아마 몇 분은 넘지 않았을 것이다. 하지만 그 기묘한 시간에 그가 가장 선명하게 인식한 것은 격렬한 논쟁을 시작한 가족의 수였다. 그의 가족도 거기 포함되어 있었다. 일레인이 말했다. "에이블, 우리 여기서 나가자. 당신이 아이들을 보살펴." 이미 사람들은 컴컴한 어둠 속에서 허둥지둥 통로로 몰려들고 있었고, 일부는 불빛을 밝히느라 휴대전화 플립을 열었다. 그러자 손목과 소매 끝에 불빛이 비춰져 육체에서 분리된 심령체의 빛처럼 깜박거렸다. 조이가 말했다. "엄마, 그만요. 이러다가 사람들이 밟혀 죽는 거예요. 아빠, 소피아를 맡아주세요. 제이크는 제가 데리고 있어요."

"내 생각엔 여기서 나가는 게 좋을 것 같은데, 에이블." 그의 아내가 말했다. "그리고 만약 당신이……"

결혼생활을 오래하면 말로 나눈 것도 많고 일어난 일도 많아서 누적된 효과 또한 존재한다. 그 모든 일이 에이블의 가슴속을 빠르게 지나갔다. 남편과 아내 사이의 다정함이 줄어든 지는 오래되었고, 그는 그것 없이 남은 평생을 살아야 할지도 몰랐다. 그에게서 어떤 소리가 새어나왔다.

"아빠? 괜찮아요?" 조이의 휴대전화 불빛이 그를 겨냥하고 있었다.

"나는 괜찮아." 그가 말했다. "기다려보자. 네 말대로."

무대에서 어떤 목소리가 사람들에게 침착함을 유지하라고 외쳤고, 그 순간 조명이 다시 들어와 다양한 패닉과 무질서 상태에 빠져 있던 가족들의 모습을 포착했다. 블레인 가족은 앉았던 자리에 그대로 앉아 있었고―모든 가족이 그렇지는 않았다― 마침내 공연이 재개되자 그들은 다시 관람했다. 하지만 그 사건이 일으킨 긴장감은 완전히 소멸될 수 있는 게 아니어서 마지막으로 조명이 꺼졌을 때 터져나온 박수갈채는 안도감에서 비롯된 것이었다.

차를 타고 가면서 그들은 침묵했고, 집에 거의 다 왔을 즈음에야 에이블이 백미러를 흘끗 쳐다보면서 소피아에게 그런 변고에도 불구하고 연극은 잘 봤는지 물었다. "변고가 뭐예요?" 아이가 물었다.

조이가 대답했다. "뭔가 일이 잘못되는 걸 말해. 오늘밤 조명이 나갔을 때처럼."

"그런데 왜 조명이 나간 거예요?" 제이크가 조용히 물었다.

"우리도 모르겠구나." 에이블이 말했다. "가끔 퓨즈가 나가기도 하니까. 큰일은 없었잖니."

"출구등은 발전기로 켜는 거야." 일레인이 거들었다. "다행히

비상등은 법에 의해 별도의 전력원으로 켜게 되어 있거든."

"엄마, 이 문제는 그만 놔둬요." 조이가 고단한 목소리로 말했다. 아마 조이는 자식들이 어른이 되면 흔히 그러듯 부모의 결혼생활에서 흠을 발견했을 것이고, 세월이 흐르면서 다정함이 사그라지는 것을 보았을 것이고, 부모에 대해 깊은 혐오감을 느꼈을 것이다. 제 결혼생활은 결코 엄마 아빠 같지 않을 거예요, 아빠. 좋구나, 그는 그렇게 말했을 것이다. 그거 좋구나, 얘야.

그는 배가 고팠지만 잠옷으로 갈아입은 손주들과 함께 앉았다. 그는 아이들의 마음속에 두려움이 남아 있다면 없애주고 싶어서, 스크루지 흉내를 내서 아이들을 웃게 만들었다. 소피아가 갑자기 그의 무릎에서 미끄러져내려가더니 곧바로 비명을 질렀다. 귀청을 찢어놓는 공포의 소리였다. 그리고 소피아는 곧 그의 손주들이 오면 늘 쓰는 침실로 달려갔다. 비명이 흐느낌으로 바뀌었다.

스노볼이 어디에도 보이지 않았다.

당장 차 안을 샅샅이 수색했다. 밝은 분홍색 털이 달린 플라스틱 조랑말은 발견되지 않았다. "극장에 두고 왔을 거예요, 아빠." 조이가 미안한 표정으로 그를 쳐다보았고, 에이블은 차 열쇠를 가져온 뒤 소피아에게 말했다. "다시 가서 네 조랑말을 가져올게."

피로가 밀려오며 그는 현기증이 났다.

"이것도 변고네요." 소피아가 부끄러워하며 말했다. "그렇죠, 할아버지?"

"가서 자렴." 그가 허리를 굽혀 아이에게 키스했다. "아침에 일어나면 모든 일이 잘 풀려 있을 거야."

*

어두워진 거리를 통과하고 강을 건너 타운 중심가를 향해 가면서 그는 극장 문이 닫혀 있을까봐 걱정했다. 차를 길에 세우고 극장으로 가니 앞문이 열리지 않았고 어두운 유리 안을 들여다봐도 보이는 사람은 없었다. 그는 더듬더듬 휴대전화를 찾았지만 서두르는 통에 깜박 두고 온 것을 깨달았다. 그는 아주 조용히 욕설을 내뱉다가 손으로 입을 막았다. 젊은 남자가 옆문에서 나타났다. 에이블이 "잠깐만요!" 하고 외쳤다. 에이블은 그 청년이 틀림없이 극단 연습생일 거라고 추측했는데, 그에게 미소를 지으며 문을 잡아주었기 때문이다. 에이블이 "손녀가 이곳에 조랑말 인형을 두고 갔어요" 하고 말하자 청년이 "무대감독님이 아직 여기 어디 계실 테니 아마 그분이 도와드릴 수 있을 거예요" 하고 말했다.

그래서 에이블은 안으로 들어갔다. 하지만 실내는 어두웠고 그는 자신이 정확히 어디 있는지 알 수 없었다. 그가 들어간 문은 옆문이었고 무대 뒤로 통한다고 짐작할 뿐이었다. 그는 전등 스위치를 찾아 조심조심 벽을 더듬으며 천천히 앞으로 나아갔지만 아무것도 만져지지 않았다. 하지만 그 순간—하! 그는 스위치를 켰는데, 흐릿한 불빛만이 멀리서 반응할 뿐이었다. 그래도 그의 앞쪽 좁은 통로를 비쳐줄 만큼은 밝았다. 그의 양옆으로 노랗게 칠해진 벽돌 벽에 낙서화가 그려져 있었다. 그가 첫번째 문을 발견하고 두드렸지만 잠겨 있었다. "계세요?" 그가 쾌활하게 외쳤지만 대답은 없었다. 그 장소에서 익숙한 냄새가 났는데 극장 특유의 냄새가 틀림없었다.

허기가 져서 통로가 매우 길게 느껴졌다. 에이블은 두 장의 검은 커튼 사이로 무대가 분명해 보이는 장소를 발견했다. 머리 위로 불 꺼진 무대 조명들이 시커멓게 줄줄이 달려 있었는데, 꼭 거대한 딱정벌레들이 도사리고 있는 것 같았다. "계세요?" 그가 또 한번 소리쳤지만 이번에도 답은 없었다. 하지만 안에서 인기척이 느껴졌다. "누구 안 계세요? 무대감독님을 찾는 중인데요, 안 계세요? 손녀가 놓고 간……"

오른쪽을 돌아보니 머리 위로 통로의 불 꺼진 알전구에 빨랫줄이 걸쳐져 있고, 그 줄로 만든 작은 매듭고리에 조랑말이 걸려 있었다. 플라스틱 발은 자기 앞을 가리키고 분홍색 갈기털은 머리에서 곧추선 모양새의 스노볼이 영원한 절망의 표정에 사로잡혀 있었다. 눈은 동그랗게 뜨고 있었고, 길고 검은 속눈썹은 요염하게 뻗어 있었다.

뒤에서 갑자기 문 열리는 소리가 들려 에이블은 뒤를 돌아보았다. 링크 매켄지, 스크루지가 가발은 벗고 분장은 지우지 않은 채 서 있었는데, 그 모습이 반쯤 정신 나간 사람으로 보였다. "안녕하세요." 에이블이 손을 내밀며 말했다. "손녀가 여기 조랑말을 두고 가서……" 그러고는 알전구에 걸려 있는 스노볼 쪽으로 고갯짓을 했다. "어떤 연습생이 저 위에다 장난을 좀 친 모양인데, 저걸 집에 가져가야 합니다. 안 그러면 아이의 신뢰를 잃게 생겼어요."

스크루지도 손을 내밀어 악수했다. 그의 손은 앙상하고 힘이 세고 몹시 건조했다. "들어오세요." 스크루지는 그곳이 자기가 쓰는 사무실인 것처럼 말했는데, 에이블이 들어가면서 보니 짐을 보관하는 용도인 게 틀림없는 작고 네모난 방이었다. 물건 덮는 천과 오래된 램프, 다리 하나가 없는 테이블이 보였다.

에이블이 말했다. "사다리나 의자가 필요할 것 같습니다만, 오, 저기 있군요." 구석에 둥그스름한 팔걸이가 있는 고풍스러운 의자가 놓여 있었다.

스크루지가 문을 닫고 말했다. "음, 의자는 저거 하나뿐이니 좀 앉으시죠."

"오 아니에요. 아닙니다, 그럴 것까지는……"

스크루지가 의자 있는 쪽으로 고개를 홱 돌렸다. "좀 앉으시면 좋겠는데요."

그 순간 에이블은 자신이 불안한 상황에 처했다는 것을 알게 됐는데, 묘하게도 그 사실이 그를 더욱 무기력하게 만들었다. 그가 잠시 뒤에 정중하게 말했다. "고맙습니다만, 서 있어도 될 것 같습니다. 제가 도와드릴 게 있나요?" 그는 스크루지에게 인자한 미소를 지어 보였는데, 스크루지는 여전히 문에 기대선 채였다. 에이블은 말하고 싶었다. 제가 언제까지 여기 있어야 할까요? 하지만 그것이 생각에 그쳤을 뿐임을 깨달으며, 그는 자신이 뚜렷하고 이상한 방식으로 스스로에게서 유리되어 있다는 것을 알아차렸다.

스크루지가 말했다. "뭐랄까, 말하고 싶은 게 있어요. 내 이야기가 끝나면 가도 좋아요. 견딜 만할 거예요. 당신은 좀 늙긴 했지만 지금까지 심장마비 한 번 겪지 않아 스스로 건강하다고 생각하는 사람으로 보이는군요." 에이블을 훑어보는 스크루지의 얼굴에 억지 미소가 떠올랐다. "비싼 옷이네요." 그가 고갯짓을 했다. "헌신적인 비서가 당신의 하루하루를 준비해주는군요. 하지만 더이상 당신에게 정말로 기대되는 건 없어요. 당신은 허수아비예요. 리더십에 필요한 몇 가지 자질은 남아 있겠네요. 하지만 체력은, 별로일 것 같은데요. 그러니 부탁이에요. 앉아요."

에이블은 있던 자리에 정확히 그대로 서 있었지만 숨이 가빴다. 이 가련한 남자가 말한 모든 것은 본질적으로—아직 심장마비 한 번 겪지 않았다는 부분만 빼면—사실이었다. 심장마비가 온 것은 불과 일 년 전의 일이었고, 그 일로 에이블은 심한 공포를 느꼈었다. 그가 두 걸음 나아가 의자에 앉았다. 의자가 뒤로 획 돌아가는 바람에 그는 깜짝 놀랐다.

"무릎이 약하군요." 스크루지가 말했다. "나는 철사처럼 강해요. 그리고 갈 때까지 갔어요. 누구든 갈 때까지 간 사람과는 한 방에 있으면 안 되는데." 그가 웃자 이를 때운 충전재가 드러나 보였고, 에이블은 그 순간 깜짝 놀라 정신이 번쩍 들었다. 그는 자신이 얼마나 오랫동안 이곳에 있어야 아내—혹은 조이—가 기다리다못해 극장으로 차를 몰고 올지 궁금했다. 하느님 맙소사.

"저 조랑말이 당신 손녀 거라고요?"

"그래요." 에이블이 말했다. "손녀가 큰 애착을 갖고 있는 물건이에요."

"나는 애들이 싫어요." 스크루지가 말했다. 그러고는 벽에서 주르륵 미끄러져 바닥에 책상다리를 하고 앉았다. 그는 젊은 남자가 아니었고, 에이블은 그의 유연함에 깜짝 놀랐다. "애들은 작고 잽싸고 매우 단정적이에요. 놀란 것 같군요."

"이 모든 게 놀랍군요." 에이블은 웃으려고 했지만 스크루지는 웃지 않았다. 에이블이 말을 계속하려는데 입안이 바짝 마른 것이 느껴졌다. "저기, 정말로 죄송하지만, 우리가……"

"뭐가 죄송하죠?"

"그러니까 제 생각에는……"

"미치광이와 한방에 붙잡혀 있는 사람이 사과를 한다고요?"

"무슨 말인지 알겠어요. 음, 저는 이만 가보는 게 좋겠습니다. 당신 생각에……"

"내 생각은, 내가 몇 가지 말하고 싶은 게 있다는 거예요. 그 이야기는 이미 했을 텐데. 가장 먼저 말하고 싶은 건, 내가 극장 생활에 지독히, 지독히 지쳐 있다는 거예요. 내가 이 일에 뛰어든 건 이 일이 사람을 가리지 않기 때문이었어요. 특히 내가 태어난 시절에 동성애자로 태어났다면요. 이 일은 나를 거둬주고 소속감을 줘요. 소속감이란 게 가짜에 허위에 어리석은 것이긴 하지만. 그리고 두번째로 말하고 싶은 건, 오늘밤 조명을 나가게 한 게 나라는 거예요. 잠옷 상의 안에 넣어둔 휴대전화로 그렇게 했어요. 인터넷에 다 나와 있어요. 조만간 나라 전체를 휴대전화로 날려버릴 수도 있을걸요. 아무튼 거기서 하라는 대로 했고, 나도 깜짝 놀랐어요. 혼란을 일으키고 싶었는데 성공했으니까요. 어쨌거나 이 이야기를 털어놓을 사람이 없었어요. 아주 뿌듯했지만 곧 공허한 승리로 느껴지더군요."

"정말인가요?"

"공허한 승리가요?"

"조명요."

"전적으로 정말이죠. 대박, 아이들이라면 그렇게 말하겠죠." 스크루지가 천천히 고개를 저었다. 그러고는 에이블을 가리킨 둘째손가락으로 자신의 말을 강조해가며 말했다. "우리는 모두 관객이 필요해요. 우리가 뭔가를 하는데 아무도 우리가 그걸 했다는 사실을 모른다면? 음, 나무가 혼자 숲에서 쓰러졌다면 쓰러지지 않은 거나 마찬가지겠죠." 그의 얼굴이 놀라 펴졌다. "자 됐어요. 이제 다 말했으니까 그 일은 일어난 것이고, 나는 만족해요. 솔직히 기대했던 것만큼 만족스럽진 않지만. 이제 당신은 어떻게 할 건가요? 여기서 걸어나가 경찰에 신고하거나 아내에게 말하겠죠. 결국 링크 매켄지는 훨씬 더 큰 조롱거리가 될 거고요. 타운 전체가 그의 몰락을 지켜보겠군요."

"나는 그런 것에는 관심이 없어요." 에이블이 말했다.

"내일은 생길지도 모르죠. 혹은 그다음날에는."

"내 관심사는 저 조랑말을 다시 손녀에게 갖다주는 거예요."

한참 가만있던 스크루지가 이윽고 말했다. "그거 참 묘한 일이네요. 하지만 그 말을 들으니 질투가 나서 마음이 아프군요. 아마당신은 이렇게 말하고 싶겠죠. '당신에게 손녀가 있다면, 괴짜동성애자 배우 양반, 그 사랑을 이해할 거예요.'라고."

"그런 생각은 전혀 안 했어요. 그건 내가 생각하고 있던 어떤것과도 거리가 멀어요. 나는 소피아를 생각하고 있었어요. 조랑말을 기다리고 있을 그애를. 지금쯤 잠들었기를 바라지만."

스크루지가 얼굴을 찡그렸다. "소피아. 그 어린 여자아이는 유복한 생활을 하고 있겠죠?"

에이블은 잠시 뜸을 들였다가 말했다. "그애는, 그렇죠."

"당신이 그애 나이 때는 부유했나요?"

"부유한 것과는 거리가 멀었어요."

"그러면 열심히 일해서 부자가 된 건가요?"

에이블은 다시 망설였다. "지금도 열심히 일합니다." 그가 말했다. "나는 늘 열심히 일했어요."

스크루지가 손뼉을 쳤다. "하! 장담하건대, 당신은 당신 재산과 결혼했겠군요! 얼굴 붉히지 마요, 선생. 그거 지독히 미국적인 이야긴데요. 괜찮아요. 부끄러워할 것 없어요. 오, 내가 정말로 당신을 당황스럽게 만든 모양이로군요. 자, 자, 어서 주제를바꿉시다. 그 소피아라는 아이, 그 아이도 열심히 일하는 사람이 될 것 같나요? 우려되는군요. 사람들은 이제 더이상 열심히 일하지 않는 것 같거든요. 그리고 요즘 아이들 말인데…… 나는 어떤 유치원생이 한 주 동안 출석했다고 금별을 받았다는 이야기를 들었어요! 오 선생, 얼굴이 사탕무처럼 벌게졌어요."

스크루지는 방안을 둘러보았고 자신이 찾던 바로 그것, 플라스틱 물병을 발견했다. 그는 황급히 그것을 가지러 갔다가 돌아와 에이블에게 건넸다. 에이블은 뭐라고 대꾸하지 않았다. 그는 모직 정장을 입어 미치도록 더웠다. 그가 물을 마신 뒤 스크루지에게 물병을 건넸고, 스크루지는 고개를 저으며 이번에도 벽에 등을 대고 앉았다.

"어떤 쪽 비즈니스를 해요?" 스크루지가 물었다. 테이블 위에 이쑤시개가 놓여 있었고, 그가 그것을 집어 이를 쑤셨다.

"에어컨 사업을 합니다." 에이블은 순간적으로 오늘 회의실에서 봤던, 프레젠테이션 준비를 지나치게 열심히 해온 그 젊은 여자를 떠올렸다. 그녀는 록퍼드에서 왔고, 그곳은 그가 자란 곳이기도 했다. "사람들은 여전히 열심히 일하고 있어요." 그가 말했다.

"에어컨이라. 떼돈을 벌겠는데요."

"그리고 매년 예술 분야에 기부하고 있고요."

스크루지가 고개를 갸웃하고는 에이블을 쳐다보았다. 남자의 입술에는 핏기가 없었고 여러 군데 터져 있었다. "이제는 제발,"

그가 조용히 말했다. "그렇게 살지 마쇼."

에이블은 아무 말도 하지 않았다. 수치심의 은밀한 대못이 그의 가슴에 박혔다. 진땀이 나는 것이 느껴졌다. 그는 아까 사람들이 대사를 암송하는 것 같다고 생각했던 게 기억났는데, 이제 자신이 그런 사람들 중 하나라는 사실을 깨달았다.

"저기 말이오." 스크루지가 말을 이었다. "당신은 그저 내 말을 들어주기만 하면 되고 그뒤에는 여길 떠나면 돼요."

에이블은 고개를 가로저었다. 메슥거리는 느낌이 원반처럼 빙빙 돌며 그를 통과했고, 갑자기 입안에 침이 가득 고이는 것 같았다. 그의 마음에 온전한 이해가 찾아왔다. 조이는 행복하지 않았다.

"나 때문에 겁을 먹었군요." 스크루지가 자기 자신마저 겁먹게 만들어버린 듯한 목소리로 말했다.

에이블은 조용히 말했다. "내 딸이 행복하지 않아요."

스크루지가 물었다. "몇 살이죠?"

"서른다섯. 아주 성공한 변호사와 결혼했어요. 정말 사랑스러운 아이들을 두었고요."

스크루지가 천천히 숨을 후 내쉬었다. "음, 내게는 죽음처럼 들리는군요."

"왜요?" 에이블이 진지하게 물었다. "완벽한 거잖아요."

"완벽하게 외롭죠. 성공한 변호사는 결코 옆에 있어주지 않아요. 그녀는 아이들을 사랑하지만 그것이 그녀를 따분하게 만들죠. 아이들 뒷바라지에 필요한 온갖 허드렛일 말이에요. 그리고 유모와 가정부 때문에도 짜증이 나겠지만 남편은 그런 이야기는 들으려고 하질 않아요. 그러니 이제 더이상 남편과의 잠자리도 좋지 않을 거예요. 그것도 이제는 허드렛일인 셈이니까요. 그리고 남은 인생을 바라보며 생각하는 거예요. 맙소사, 이게 뭐지? 아이들은 자랄 테고, 그러면 정말로 지독히 따분한 세상이 시작되는 거죠. 새 팔찌를 사고 새 구두를 사고, 어쩌면 그게 오 분 동안은 도움이 되겠지만 점점 더 불안해져서 곧 그 때문에 발륨이나 항우울제를 먹게 될걸요. 사회는 오랫동안 여자들에게 약을 줘왔으니까……"

에이블이 그만하라는 뜻으로 손을 들어올렸다.

스크루지가 말했다. "가고 싶어한다는 거 압니다. 가야죠, 가야죠. 긴장 풀어요." 스크루지가 입을 크게 벌려 이쑤시개로 뭔가를 쑤셔낸 뒤 입바람을 후 불어 그 조각을 뱉었다. "미안해요." 그가 말했다. "역겨웠을 텐데."

에이블이 괜찮다는 뜻으로 거의 표시나지 않게 고개를 가로저었다.

그달 초에 에이블은 육십대 중반에 안착하는 생일을 축하했다.

아주 좋아 보여요, 사람들이 말했다. 아주 멋져 보입니다. 하지만 그 누구도, 나이가 드니 금니—오래전 당신의 자부심과 기쁨이었던—가 더 커 보이는 것 같네요, 라고 말하지는 않았다. 에이블, 그 금니는 참으로 유감이네요, 라고 말한 사람도 없었다. 그리고 어쩌면 아무도 그 생각 자체를 떠올리지 않았을 것이다.

"정말 어리석었어요." 스크루지가 말했다. "누군가에게 긴장을 풀라고 말하는 거요. 누가 그런 말을 해줬다고 긴장이 풀어진 적 있나요?"

"모르겠는데요." 에이블이 말했다.

"아마 한 번도 없었을걸요." 스크루지의 어조가 에이블과 오랫동안 알고 지낸 것처럼 부드럽고 격의 없이 변했다.

에이블에게 좀더 기력이 있었다면 이 낯설고 고뇌하는 남자에게 자신은 오래전 록강에서 그리 멀지 않은 록퍼드에서 어느 극장 안내원으로 일했고, 오늘밤 옆문으로 들어오면서 바로 그때의 냄새를, 극장의 그 은밀한 냄새를 맡았다고 말해주었을 것이다. 그는 고등학교에 다니던 중에 그 일자리를 구했다. 열여섯 살 때였다. 바로 그해에 6학년이던 어린 동생이 반 친구들 앞에 불려나가 옷에 묻은 얼룩을 지적받으며 생리대를 살 돈도 없을 만큼 가난한 사람은 없다는 말을 들었다. 그 일이 있은 뒤로 도티는 학교에 가기 싫다고 했고, 에이블은 동생에게 뭔가를 약속

했지만 그게 뭐였는지는 기억나지 않았다. 기억나는 것은 월급 수표의 위력이었다. 열여섯 살에 그는 돈의 위력을 알게 되었다. 돈으로 살 수 없는 유일한 것은 도티의 친구가 되어줄 상대였지만(혹은 그의 친구가 되어줄 사람이었지만, 자신의 문제는 그만큼 중요하지 않았다), 돈이 있으면 반짝거리는 팔찌를 살 수 있었고, 동생이 받은 것은 그것이었다! 그리고 동생은 그것을 받고 웃었다. 그리고 무엇보다 돈으로 먹을 것을 살 수 있었다.

그리고 그 기억으로 인해 그는 루시 바턴을 다시 떠올렸다. 그녀 또한 지독히 가난했던 것을, 여름마다 그녀의 집에서 그 집 식구들과 몇 주씩 지내던 어린 시절, 그와 함께 챗윈스 케이크 숍 뒤쪽 대형 쓰레기통에서 음식물을 뒤지던 그녀의 모습을. (오, 그 모든 시간이 지나고 작년 서점에서 그를 봤을 때 루시의 얼굴에 떠오른 표정이란! 그녀는 두 손으로 그의 손을 잡고 놓지 않으려고 했다.)

에이블에게 삶이 수수께끼인 부분은, 사람들은 많은 것을 잊어버린 후에도 그것을 지닌 채 살아간다는 사실이었다―환각지 幻覺肢 같은 거라고, 그는 생각했다. 왜냐하면 솔직히 그때 쓰레기통에서 먹을 것을 발견했을 때 자신이 느낀 게 어떤 감정이었는지 더이상 말할 수 없었기 때문이었다. 겉만 깨끗이 긁어내면 되는 커다란 스테이크 조각을 발견했을 때의 느낌은 아마도 기쁨

이었을 것이다. 그것은 지독히 현실적인 문제라고, 그는 세월이
한참 지난 뒤 아내에게 말했다. 이어 그녀의 공포가 제대로 숨겨
지지 않은 채 드러나는 순간이 찾아왔다. 창피하지 않았어? 그리
고 그에 대한 대답—깨달음—은 아주 즉각적으로, 심지어 그녀
가 말하는 도중에 찾아왔다. 음, 그렇다면 당신은 한 번도 배고
파본 적이 없었던 거군, 일레인. 그가 실제로 그 말을 한 것은 아
니었다. 하지만 아내가 그에게 그런 질문을 했을 때 그는 창피함
을 느꼈다. 그때 그는 분명 창피함을 느꼈다. 자식들에게는 아버
지가 쓰레기통을 뒤져서 찾은 음식을 먹을 만큼 가난했다는 말
은 절대 하지 말라고, 그녀는 그에게 요구했다.

"그건 나도 듣기 거북한데요." 스크루지가 말했다. "나조차 비
위가 상해요. 나는 이십팔 년 동안 버릇없는 악마 같은 녀석들을
가르치는 일을 해왔어요."

"그 일을 좋아하지 않아요?" 에이블은 인지적 거리감을 느꼈
고, 자신의 질문이 적절했기를 바랐다.

"오, 그건 세상에서 가장 도착적인 일이죠." 스크루지는 짜증
스럽다는 듯 한 손을 내저었다. "알겠지만, 우리는 돈 있는 학생
들을 받아요. 더이상 돈 많고 잘 우는 사람이 없다면 모를까. 물

론 우는 사람은 언제나 필요해요. 요구만 하면 울 수 있는 사람 말이죠. 잘 우는 사람은 늘 자신이 특별히 예민하고 특별히 재능이 많다고 생각하지만, 잘 우는 사람은 그냥 특별히 정신이 나간 인간일 뿐이에요. 그저 그뿐인 거죠." 스크루지는 고단한지 머리를 벽에 기대고 천장을 올려다보았다.

"그러니까 제 생각에는⋯⋯" 에이블이 입을 열었지만 적당한 말을 찾기까지 잠시 시간이 걸렸다. "그 리뷰 때문에 많이 언짢으신 것 같은데⋯⋯"

"이봐요." 스크루지가 벌떡 일어섰다. 그러고는 에이블을 향해 손가락질을 했다. "그런 말은 꺼내지도 마요. 이 문제에 대해선 내 말을 믿어요, 고급 바지 선생. 내 인내심이 갈 때까지 간 지 제법 됐거든요." 그가 셔츠 주머니에서 담배를 꺼냈다. 하지만 불을 붙이지 않고 그냥 다리에 대고 톡톡 쳤다. "처음에 당신에게 이야기를 하고 싶다고 했었죠. 그리고 우리는 그러고 있었고요. 이야기 말입니다. 그렇죠? 내가 원하는 건 이야기를 하는 거예요. 우리는 이야기를 하고 있었고요."

에이블이 고개를 끄덕였다. "그랬죠."

"자 그럼," 스크루지가 말하더니 숨을 크게 내쉬며 천천히 벽을 타고 미끄러져내려가 다시 바닥에 앉았다. "우리가 어디까지 말했죠? 당신이 결혼을 통해 꼭대기까지 올라갈 준비를 하고 있었다는 부분까지."

"제발 맙소사." 에이블은 힘을 주어 더 똑바로 앉았다. "여기서 내 아내에 대해 토론하지는 않을 거예요." 그의 목소리는 거의 속삭이는 듯했다. 그는 마음을 어디에 두어야 할지 알 수 없었다. 피로가 한 폭의 옷감처럼 그를 덮고 있었다.

"좋아요. 당신 아내 이야기는 하지 맙시다." 스크루지는 잠시 가만히 있었다. 그리고 이어 "하지만 나는 외로웠어요" 하고 말했다.

에이블이 남자를 보았고, 이제 남자의 얼굴은 에이블을 올려다보고 있었다. 가발 때문에 생긴 회색 자국이 두피에 아직 길게 남아 있었다. "이해합니다." 에이블이 말했다.

"이해한다고요?" 스크루지가 물었다.

에이블은 거의 미소를 지었는데, 왜 미소를 짓겠다는 충동이 일었는지는 알 수 없었다. 그리고 놀랍게도―공포스럽게도!―그는 울고 싶어졌다. 가까스로 참아냈지만 그것이 그의 말투에 영향을 미쳤다. "왜냐하면…… 나 또한." 에이블이 보기에 단순한 이해가 담긴 것 같은 표정으로 스크루지가 고개를 끄덕였다. 에이블이 말했다. "자, 나도 당신이 말한 우는 사람이 될 수 있겠는데요."

스크루지가 말했다. "그 정도론 머리가 완전히 돌았다고 볼 수 없죠. 하지만 당신은 정직하군요. 오, 신들에게 감사를. 내가 원한 게 사람하고 말하는 거였는데, 여기 있는 당신은 진짜 사람이로군요. 그게―진짜 사람을 찾는 게―얼마나 어려운지 당신은 모를 거예요."

두 사람 다 그 말을 제대로 이해하려면 시간이 필요하다는 듯 잠시 침묵했다. 이윽고 스크루지가 말했다. "어머니를 좋아했어요?" 그의 목소리는―에이블이 듣기에―다시 거의 어린아이처럼 들렸다.

"어머니를 좋아했어요." 에이블의 귀에 자신이 말하는 소리가 들렸다. "어머니를 사랑했어요."

"아빠는 없었어요?"

에이블은 이 말을 듣자 학교 운동장에서 조롱거리가 된 일이 떠오르면서 기분이 묘해졌다. 지금 이 말은 조롱이 아니었지만, 그럼에도 그는 얼굴이 달아오르는 것을 느꼈다. 없었다, 그의 아빠는 에이블이 아주 어렸을 때 돌아가셨다. 한때 아주 잠시―겨우 며칠이었나?―남자가 하나 있었는데, 에이블이 그 일을 기억하는 가장 큰 이유는 그 남자가 떠난 뒤 도티는 가게에서 산 드레스를 받았고 에이블에게는 새 바지 한 벌이 주어졌기 때문이었다. 하지만 바지는 금세 너무 짧아졌고 그는 그 상태로 일 년 가까이 버텼다. 그리고 루시 바턴의 집에 가서 지낼 때 어머니의 사촌이자 바느질 일을 하던 루시 바턴의 어머니가 바지 길이를 늘려준 덕에 그는 그 바지를 입고 안내원으로 일할 수 있었다.

"오, 그 질문이 당신 마음을 아프게 했군요." 스크루지가 말했다. "나는 지독히 무심할 때가 있어요. 그래놓고 스스로에 대해서는 예민하기 때문에 사람들에게 화가 나죠. 나는 자신에 대해서만 예민하게 반응하는 유의 예민한 사람들은 좋아하지 않아요."

"미안해요." 에이블은 시야가 흐릿해지는 것 같아 눈을 깜박이며 말했다. "저기…… 지금 내 몸 상태가 좋지 않아요. 그러니까, 일 년 전에 심장마비가 왔었거든요."

스크루지가 다시 일어섰다. "왜 말하지 않았어요? 맙소사. 도와줄게요."

"걱정할 것 없어요." 에이블이 말했다. "내 손녀를 위해 저 조랑말 좀 내려줄 수 있나요?"

스크루지가 그를 너무 살피듯이 쳐다봐서 에이블은 시선을 돌렸다. 오랫동안 누가 그를 그렇게 유심히—그렇게 친밀하게—봐준 적은 없었다. "'걱정할 것 없다'고요?" 스크루지가 거의 부드러운 목소리로 말했다. "당신은 누구죠?"

"옷을 잘 입는 남자." 에이블이 미소를 짓고 싶은 묘한 충동을 다시 한번 느끼며 대답했다. "탈세하지 않는 사람." 그리고 또다시, 거의 울고 싶은 묘한 충동이 일었다.

"당신이 옷을 잘 입는 건 맞아요." 스크루지가 문을 열더니 에이블의 시야에서 사라졌다. 에이블은 그가 외치는 소리를 들었다. "나는 맞춤 정장을 못 알아본 적이 없거든요! 지금 저 조랑말을 내려줄 테니 당신은 움직이지 마요. 가만히 있어요. 바로 그 자리에!"

에이블의 재단사는 런던 출신의 키스라는 이름의 남자였고, 에이블은 일 년에 두 번씩 드레이크호텔에 있는, 드넓은 호수가 내다보이는 스위트룸으로 갔다. 지나치게 후끈한 방에서 라디에이터가 쉭쉭거리는 동안 키스가 줄자로 에이블의 치수를 쟀다. 키스는 아주 섬세하고 자신 있고 재빠른 손놀림으로 에이블의 어깨, 가슴, 팔에 모슬린 천을 대고 초크로 표시했다. 다른 방에 옷감 견본이 펼쳐져 있었고, 에이블은 거의 언제나 키스가 제안한 것을 선택했다. 에이블은 옷감이 더 점잖은 것이면 좋겠다거나 줄무늬가—혹시나—너무 넓은 것 같지 않냐고 고작 한두 번 의견을 말했을 뿐이었다. "갱스터처럼 보이고 싶지는 않아요." 에이블이 농담했고, 그러면 키스는 "오, 당연한 말씀입니다" 하고 대답했다.

키스가 암으로 죽었다는 소식을 들었을 때 에이블은 깜짝 놀

랐다. 그가 놀란 것은 죽음, 한 사람이 싹 지워지는 것, 그 남자가
그렇게 간단히 사라져버렸다는 사실에서 느껴지는 어리둥절함
과 관련이 있었다. 사라지는 것의 단순함은 에이블에게 익숙한
것이었다. 그는 젊은 사람이 아닐뿐더러, 아버지가 사라진 것부
터 시작하여 타인들의 죽음을 봐왔다. 하지만 그때 놀라움에 뒤
따른 감정은 활활 타오르는 수치심이었다. 마치 지난 세월 키스
에게 자신의 옷을 만들게 한 것이 뭔가 불미스러운 행동이었던
것처럼. 그는 자신의 차에 탔을 때나 혼자 사무실에 있을 때, 혹
은 아침에 옷을 입으면서 이 말을 소리 내어 중얼거렸다. "미안
해요. 오, 정말 미안해요."

　　보수당 지지자로 투표하면서, 이사회로부터 연간 보너스를 받
으면서, 시카고의 가장 좋은 레스토랑에서 식사하면서, 그의 대
부분이 오랜 세월 생각해왔던 것, 즉 내가 부자라는 사실에 대해
사과하지 않을 거야, 라는 말을 되뇌면서도, 그는 사과했다. 하
지만 그 대상이 정확히 누구인지 그는 알지 못했다. 갑자기 수치
심이 파도처럼 그를 덮쳐왔다. 아내가 몇 년 동안 열감을 견딜
때 얼굴이 대번에 발개지고 땀이 귀 밑으로 개울처럼 흘러내렸
었는데, 꼭 그런 느낌이었다. 그의 회사에 근무하는 어떤 여자들
은 그것을 즐겁게 받아들이기도 했지만 아내는 그렇지 않았다.
그가 자신의 수치심이 어떤 현실적인 근거도 없다는 것은 완벽

하게 인지하고 있으면서도 통제 불가능한 수치심의 공격을 느끼듯이, 그의 아내도 그런 통제 불가능한 공격을 느껴야만 했다는 것을, 그는 이제 더 잘 이해할 수 있을 것 같았다. 키스에게는 직업이 있었다. 그는 자신의 일을 훌륭히 해냈다. 돈도 많이 받았다. (정말로 그렇게 많이 받은 것은 아니었다.)

그러던 어느 날 에이블은 제조부서에서 우연히 두 남자와 맞닥뜨리게 되었다. 첫번째 남자는 "순전히 기업적 탐욕을 채우는 일에만 관심이 있는 회사의 일원이라는 것"에 대해 경멸적인 말을 내뱉었고, 두번째 남자는 눈을 흘기며 "젊은 사람이 그런 어리석고 냉소적인 태도를 보이지 말라"고 대꾸했다. 에이블을 분노케 한 것은 두번째 남자로, 에이블은 그에게 "우리는 젊은 사람의 냉소주의가 필요해요. 그게 건강한 거지. 그걸 어리석다고 말해 인류의 노력을 비하하는 건 집어치워요, 제발!" 하고 말했다. 그는 그렇게 말해놓고 나중에 걱정했는데, 요즘 직장이란 곳은 그의 직장생활 대부분을 차지했던 시절과는 양상이 달라, 소송의 잠재적인 배양접시가 되어 있었기 때문이었다. 누가 봐도 그의 회사는 다른 회사들보다 그 정도가 덜했지만 인사부는 늘 분주했다. 에이블은 사실상 존경을 받았다. 심지어 사랑받았다. (오랫동안 함께한 비서에게서 대단히 많이.)

하지만 요컨대, 사과를 해야 할 것 같은 느낌은 사라지지 않았다. 그리고 그것은 계속 떠안고 가기에는 피곤한 것이었다.

 "내가 결혼을 통해 신분 상승을 했군." 에이블은 큰 소리로 말
했고, 왠지 모르게 껄껄 웃고 싶어졌다. "오, 내가 그랬어. 그녀
는 크리스마스트리처럼 사랑스럽게 보였지. 그녀가 트리를 닮았
다는 건 아니고, 그녀가 상징하는 그 모든 것이……"
 "받아요, 받아요." 링크 매켄지가 돌아와 손을 내밀었다.
 "고마워요." 에이블이 말했다. 그는 링크 매켄지가 문 입구에
서 있는 것을 보았다. 그리고 링크가 이렇게 말하는 소리를 들었
다. "이봐요, 당신은 좋은 사람이에요."
 하지만 그 순간 에이블의 시야 언저리가 어두워지기 시작했
고, 갑작스러운 통증이 그의 가슴을 뚫고 지나갔다. 순간적으로
그는 자신이 의자에서 미끄러질지도 모르겠다고 생각했다. 그는
링크가 전화로 뭐라고 말하는 소리를 들었다. 서둘러요. 그 소리
를 듣자 앞서 들었던 어떤 말이 떠올랐다. 제발 좀 서둘러. 하지
만 어디서 들었는지 기억나지 않았고, 이어 수런거리는 소리가
들리더니 문들이 열리고 자신을 눕히기 위한 것이라 짐작되는
오렌지색 들것이 보였다.
 남자라고 여겨질 만큼 체격 좋고 근육이 발달한, 머리를 남자

처럼 짧게 자르고 유니폼을 입은 여자가 그를 도우려 하고 있었다. 그녀가 한때는 '다이크'*라고 불렸을 거라는 생각이 에이블의 머릿속을 스치고 지나갔다. 그를 오렌지색 들것에 옮기고 그의 이름을 물을 때 그녀가 보여준 권위는 경탄스러울 정도였다. 그가 자신의 이름을 알려준 게 틀림없었는데, 그녀가 그에게 이렇게 말하기 시작했기 때문이었다. "제가 바로 곁에 있을 거예요, 블레인 씨."

"미안해요." 링크가 그의 귓가에 대고 계속 그 말을 하고 있었다. 어쩌면 그 말을 하고 있는 사람은 에이블이었을지도 모른다. 그는 '세금'이라고 말하고 싶었다. 그가 그 단어를 말했는지는 모르겠지만, 그는 남자만큼 강인한 이 경탄스러운 여인에게, 세금을 내는 이유가 바로 당신이라고 말하고 싶었다.

"블레인 씨, 손녀의 조랑말은 제가 가지고 있어요. 손녀의 조랑말 이름 아세요?" 어깨가 떡 벌어진 체격 좋은 그 여자가 물었다.

그가 조랑말 이름을 제대로 말한 게 틀림없었다. 그녀가 "스노볼을 꼭 잡고 계세요. 우리가 선생님을 병원에 모시고 갈 거예요. 제 말 이해하시죠?" 하고 말했기 때문이었다. 그는 손에 단단한 플라스틱 인형이 쥐여 있는 것을 느꼈다.

---

* 소위 남성적인 특성을 가지고 있다고 여겨지는 동성애자 여성.

그들이 구급차 문을 닫는데 링크의 얼굴이 보였다. 그가 뭔가를 말하고 있는 것 같았다.

에이블은 고개를 가로저었다. 고개를 가로저었다고 생각했지만 정말로 그랬는지는 알 수 없었고, 그는 링크 매켄지에게 덕분에 멋진 시간—너무나도 터무니없어서 오히려 절대적인 해방감을 주는—을 보냈다고, 누가 봐도 어처구니없는 상황이었지만 실제로는 그렇지 않았다고 말해주고 싶었다. 혈관에 액체가 도는 서늘한 느낌이 들어 그는 아마 자신에게 장치를 연결하고 약을 투입하는가보다고 생각했지만 그것을 물어볼 적당한 단어가 떠오르지 않았다. 곧 구급차가 속도를 높이자 에이블은 공포가 아닌 묘하고 강렬한 기쁨을 느꼈다. 온갖 문제들이 그 껍질이 벗겨진 채로, 혹은 지금도 계속 벗겨지면서 돌이킬 수 없이 그의 통제를 벗어나는 데서 오는 지극한 행복감을. 하지만 그의 손이 닿을 수 없는 곳에서 불빛이 반짝이고 있는 것처럼, 거기 크리스마스 창문이 있는 것처럼, 다른 무언가가 기다란 흔적을 그리고 있었다. 그는 그것을 보며 어리둥절해지기도, 기분이 좋아지기도 했는데, 고단한 황홀경 상태에서 그것은 거의 그를 향해 다가오는 것처럼 느껴졌다. 링크 매켄지의 목소리가 들렸다. "당신은 좋은 사람이에요." 에이블은 가슴에 돌무더기가 쌓여 있는 것 같았음에도 그 말을 들으니 미소가 지어졌다. 멋지고 덩치 큰 여자의 차분한 목소리가 "블레인 씨, 견디셔야 해요" 하고 그에게 말했다. 그래서 그는 어쩌면 그 미소가 그들에게는 고통에 찬 찡그림으로 보였겠다고 생각했지만 그게 무슨 상관인가. 그는 지금 그들을 남겨둔 채 초록빛 콩밭을 지나며 아주 가볍게 훌훌—그 속도가 어쩌나 빠른지!—날아가고 있었다. 그에게 친구가 생겼다는 더없이 아름다운 사실을 가슴속에 지닌 채. 말을 할 수 있었다면 그는 이렇게 말했을 것이다. 스노볼을 사랑하는 어여쁜 소피아처럼 에이블에게도 친구가 생겼다고. 하지만 말할 필요가 없었다. 그리고 그런 선물이 그런 시간에 그를 찾아올 수 있다면 무엇이든…… 록퍼드에서 회의에 참석하려고 옷을 잘 차려입고 온 그 사랑스러운 여자의 모습이 록강 위로 급물살처럼 흘러갔다…… 그가 눈을 떴고, 그래, 바로 거기 있었다, 온전한 깨달음이. 누구에게나 무엇이든 가능하다.

감사의 말

    이 책이 나오기까지 도움을 준 다음 사람들에게 감사를 표하고 싶다.

    짐 티어니, 캐시 체임벌린, 수전 카밀, 베벌리 골로고스키, 몰리 프리드리히, 루시 카슨, 프랭크 코너스(그 자신이 훌륭한 스토리텔러다), 그리고 누구도 흉내낼 수 없는 벤저민 드라이어.

그들은 햇볕 속에 앉아 있었다

『내 이름은 루시 바턴』이 울리고 간 여운이 일상의 시간 속에 여전한 가운데 이 소설 『무엇이든 가능하다』를 만났다. 『내 이름은 루시 바턴』 옮긴이의 말 마지막에 밝힌 대로, 그 작품에 등장한 인물들을 되살려냈다는 것은 이미 알고 있었다. 되살려냈다기보다는, 작가의 마음속에서 자연스럽게, 어쩌면 필연적으로 살아났을 것이다. 되살아나지 않을 수 없는 운명이었던 이들에 대한 궁금함. 그리고 그들에 대해 몹시 애틋해질 것에 대한 약간의 마음의 준비.

엘리자베스 스트라우트는 이제 국내에서도 더 설명이 필요 없을 만큼 확실한 독자층을 가진 작가가 된 것 같다. 물론 나도 그중 한 명이다. 2008년 발표한 『올리브 키터리지』(『다시, 올리브』

라는 제목으로 후속작이 나올 예정이다)로 2009년 퓰리처상을 받으면서 국내에 그 이름을 확실히 알렸고, 『에이미와 이저벨』 『버지스 형제』 『내 이름은 루시 바턴』이 이미 국내에 소개되었다. 잔잔하면서도 마음을 찌르고 들어오는 문장의 힘 앞에는 늘 숙연해지고, 세상에서 떠받들듯 떠들어대는 긍정 이면에 존재하는 여리고 다치기 쉬운 인간의 마음을 더 다칠까 두 손으로 감싸 조심스럽게 내어놓는, 하지만 그것을 데려가 보듬는 역할은 독자에게 맡기는 그 뜨겁지도 차갑지도 않은 온도에는 늘 한 걸음 더 다가가게 된다. 그리고 그녀의 작품들이 펼쳐지는 무대 앞에서 등장인물들의 들고 남을 바라볼 때는, 그 동선이나 움직임이나 말보다는 인물들의 마음의 결, 마음의 행로, 마음의 흔적을 더욱 뒤쫓게 된다.

『무엇이든 가능하다』는 더욱 그렇다. 일리노이주 앰개시를 배경으로 하는 총 아홉 편의 이야기, 그 속에는 익숙하지만 낯선 인물들이 등장한다. 그들은 나를 보고 있지 않지만, 나는 그들이 등장하고 퇴장하는 것을 지켜본다. 그러다 어쩌다 그들의 시선이 흘끗 나를 향하는 그 한 번의 순간, 그 하나의 문장에서 나는 그들이 지닌 아픔과 그 견딤을 이해한다. 아마도 조금. 토미가 어린 루시를, 도티가 찰리 매콜리를 직감적으로 이해하는 것과 비슷할까. 그리고 그들의 아픔과 견딤 이면에 존재하는 폭력과 수치심을 바라본다.

먼저 폭력에 대해 생각해본다. 루시의 팔이나 목에 들어 있던 멍처럼 물리적인 것인지, 아니면 심장에 생채기를 내는 언어적인 것인지. 전쟁처럼 큰 규모인지, 아니면 아주 작은 대화 중 오간 한마디인지. 타인에게 폭력을 행사하도록 강요하는 더 악질적인 폭력인지 등. 그 형태는 여러 가지일지라도 모든 폭력은 결과적으로 인간 대 인간의 문제, 개개인의 문제가 되고 만다. 시대가 강요한 폭력이라 할지라도 폭력 이후의 감정을 질기게 끌어안고 가야 하는 것은 결국 개개인이다.

프리티 나이슬리 걸즈의 한 명으로 이제는 진로상담교사가 된 패티와 비키의 딸 라일라 레인의 대화에서 보이는 일상의 폭력. "선생님이 숫처녀라던데요." "여기서 당장 꺼져, 이런 쓰레기 같으니." 루시 바턴의 오빠인 피트가 토미 거프틸에게 말하는 자신의 아버지에게 강요된 시대의 폭력, 그리고 그런 연유로 아버지 자신이 타인에게 가할 수밖에 없었던 시대의 폭력. "인간이 인간을 죽이는 일을 해서는 안 되는 거예요. 그런데 아버지는 그 일을 했고, 끔찍한 일들을 했고, 그래서 아버지에게 끔찍한 일이 일어났던 거예요."

그리고 폭력은 또한 '환각지'처럼 끈질기게 살아남는 시간성을 가졌다. 트라우마. "도티는 (중략) 어느 가게에 들어가든 누군가가 자신을 지켜보다가 나가달라고 말하는 순간이 오리라 예상했다." 그 시간성 앞에서는 사회적 성공을 거둔 뒤 당당하고 초연한 모습을 보이는 루시 바턴마저 자유롭지 않다. "오 하느님, 저 좀 도와주세요."

또한 우리 모두 폭력의 피해자가, 혹은 가해자가 되는 것에서 완전히 자유로울 수 없다. 생각 없이 던진 말 한마디의 날선 칼, 억제할 수 없었던 공격적인 감정의 분출, 아닌 줄 알면서도 외부의 힘에 굴복하여 하게 되는 잔인한 행위. 나는 그러지 않겠다는, 혹은 그 희생자가 되지 않겠다는 굳은 마음이 무색해지는 순간들은 늘 존재한다. 인간이 인간에게 가하는 폭력을 누구보다 아프게 아는 도티마저 셸리가 눈물을 글썽이며 말한 '페니스' 이야기에 웃음이 터지려고 하지 않았는가.

엘리자베스 스트라우트는 자신의 작품들 속에서 늘 계급에 대해 말해왔지만, 이 책에서는 도티의 입을 통해 더욱 분명히 말한다. 부의 계급. "그러나 한편으로 도티는 사람들이 그 이야기를 하지 않는 것은 계급이 무엇인지 정말로 이해하지 못하고 있기 때문이라고 생각했다. 예컨대 도티와 그녀의 오빠가 어렸을 때 대형 쓰레기통에서 음식물을 꺼내 먹은 것을 알게 된다면 사람들은 그것을 어떻게 받아들일까?" 그리고 지식에도 계급이 존재한다. 그것에 관해서는 『내 이름은 루시 바턴』에서 세라 페인의 입을 통해 좀더 직설적으로 표현하고 있다. "알고 있어요. 나도 봤어요. 자기가 받은 교육을 그런 식으로 다른 누군가를 내리누르는 수단으로 쓰는 사람이라면…… 음, 그런 사람은 그냥 형편없는 쓰레기예요." 그리고 작가가 말하는 계급에는 성, 성별, 성정체성에 관한 것도 포함되는 듯하다.

　결국 누가 어떤 힘을 더 많이 가졌는지에 따라 계급이 나뉘는 것일 텐데, 계급을 없애는 것이 인간 사회에서 가능할지는 모르겠지만, 계급에 내재된 힘이 어떻게 사용되는지에는 충분히 민감해질 필요가 있는 것 같다. 부, 지식, 성의 차이가 만들어낸 힘의 강압적인 행사, 그 행위가 일어나는 순간이 우리가 가해자나 피해자가 되는 순간이기 때문이다. 그리고 삶의 어느 시기에 그런 계급과 폭력의 희생양이 되었을 때 느낄 수 있는 감정 중 하나는 단연코 수치심일 것이다. 작가는 남을 무시하거나 아래로 보면서 느끼는 우월감과 그 우월감의 대상이 되었을 때 느끼는 수치심을 여러 상황과 인물을 통해 보여주고 있다. 그리고 그 인식의 순간은 주인공들의 아주 일상적인 이야기를 통해 다가온다. 우리가 충분히 민감하게 깨어 있지 않다면, 즉 현상을 사유하는 데서 오는 정신적 피로와 민감한 태도에 대한 거부감 때문에 이를 불가피한 당위로만 받아들인다면, 우리는 계급과 폭력 또한 당연한 것으로 받아들이게 될 것이다.

폭력의 희생자들. 폭력의 질긴 시간성. 그것을 고통스럽게 견뎌낸, 그러나 아직 고통스러워하는 이들. 같이 쓰레기통을 뒤졌던 루시 바턴과 에이블 블레인은 이른바 사회적 계급이 올라갔지만 여전히 그 트라우마에서 자유롭지 못하다. 루시 바턴은 유명한 작가가 되었다. 에이블은 돈 많은 사업가가 되었다. 하지만 누구보다 깊은 통찰력을 가진 듯한 루시도 어린 시절의 공간으로 돌아가는 것에 대한 두려움을 떨쳐내지 못하고, 아마도 큰 용기를 내어 그 공간으로 되돌아가지만 그 시절을 이야기하는 것만으로 감당할 수 없는 심리 상태에 빠져 언니 비키에게 "아니, 내가 돌아온 게 잘못이었어, 내가 떠난 게 잘못이었어, 전부 내 잘못이야"라는 말만 반복한다. 에이블은 누구에게든 "사과를 해야 할 것 같은" 마음이 일상이 되어 "자신의 차에 탔을 때나 혼자 사무실에 있을 때, 혹은 아침에 옷을 입으면서"도 미안하다고 자꾸만 중얼거리는 사람이 되었다.

이들의 마음을 좀더 들여다본다. 큰 아픔을 가지고 있으나 미안해할 줄 아는 사람들. 이제 그만 좀 미안해해, 그렇게까지 미안해할 것 없어, 미안해야 하는 건 고통에서 벗어난 사람이 아니라 우월감을 느끼려고 남을 고통스럽게 만드는 사람들이지. 이제 좀 떨쳐내. 나는 속으로 외친다. 하지만 한편으로 그들의 마음속에 존재하는 미안한 마음이 꼭 떨쳐내야만 하는 것일까 하는 생각이 고개를 든다. 그 미안한 마음은 이들을 힘들게 하면서도 인간을 인간답게 하는 소중한 마음이 아닌가. 그리고 보니 초반에 이미 토미가 말했다. "그리고 자책한다는 것, 음, 자책하는 모습을 보일 수 있다는 것―다른 사람들을 아프게 한 일에 대해 미안해할 수 있다는 것―그것이 우리를 계속 인간이게 해주지." 가해에 대해 자책할 수 있는 마음, 혼자 고통을 벗어났다는 것만으로 미안해할 수 있는 마음이 우리를 계속 인간이게 해준다. 완전히 떨쳐낼 수 없는 것이라면, 그리고 죄책감이나 미안함에 괴로워 미쳐버릴 만큼이 아니라면, 그것을 얼마간은 품은 채 뚜벅뚜벅 삶의 걸음을 옮기는 것도 가능하지 않겠는가. 그리고 그 자책과 미안함은 우리 인간의 마음속에 연민이 있다는 증거가 아니겠는가.

『무엇이든 가능하다』의 아홉 편의 이야기. 몇 번을 다시 읽는 동안에도 이 소설이 마치 폭력을 고발하고 있는 것처럼, 내 생각은 그 부분들에만 초점이 맞춰져 있었다. 희망을 잘 보지 못했다. 하지만 옮긴이의 글을 쓰면서 또 한번 읽는 동안 각 이야기들의 마지막 부분에 홀린 듯 관심이 쏠렸고, 그러면서 이 소설 『무엇이든 가능하다』가 놀라울 만큼 따뜻하고 희망적인 회복을 그려내고 있다는 것을 깨닫게 되었다. 엘리자베스 스트라우트가 폭력에 의한 아픔과 연민 사이를 섬세히 오가며 그려낸 이 소설은 사랑과 희망을 품은 놀라울 만큼 회복적인 이야기였다. 사랑한다는 말만큼은 진심인 토미, 햇볕 속에 앉아 찰리의 팔을 잠시 잡았다가 놓는 패티, 캐런-루시의 손을 잡고 뺨을 어루만지고 싶어진 린다. 그리고 "그런 순간"에 친구가 생긴 에이블 블레인의 '무엇이든 가능하다'는 깨달음까지. 그 순간들을 상상하는 것만으로 마음이 벅차오른다. 처음에는 그저 담담한 진술이라고, 혹은 다른 사람을 완전히 이해하는 것은 불가능하다는 말을 뒤집은, 사실상 동일한 의미일 거라고 짐작했었던 '무엇이든 가능하다'. 하지만 이제는 그 '무엇'의 자리에 희망과 회복을 넣고 싶다. 무엇이든 가능하니까. 그리고 찰리 매콜리가 고통조차 느끼지 못하는 사람에 대해 말할 때 우리는 고통 또한 희망이 될 수 있음을 깨닫는다. "크로커스 구근 같은 희망"이라도.

『무엇이든 가능하다』가 남긴 여운 역시 평생 이어질 것 같다. 살아 있는 한 우리의 이런 일상도 계속될 것이기 때문이다. 나 자신도 어느 순간 인식하지 못한 채 가해자가, 피해자가 될 것이기 때문이고, 내 안에 연민이 있음을 내가 알기 때문이고, 그 연민은 타인을, 때로는 나 자신을 향할 것이기 때문이다. 도티에게 연민은 혼란스러운 것이었지만, 도티 자신은 연민의 대상이 되는 것을 싫어했지만, 그럼에도 도티 안에는 연민이 있었다. 도티의 말처럼 분명 혼란스러운 것임에도, 계급의 위아래 없이 수평의 높이에서라면, 연민이란 어쩌면 이 각박하고 폭력적인 세상을 치유하는 아주 중요한 단어가 아닐까 생각해본다. 이렇게 말하고 싶다. 인간을 성장시키고 회복시키는 것은 평가나 판단이 아니라 연민이라고. 연민이 우리 인간을 구원한다고. 연민은 인류에 대한 희망이자 사랑이라고.

정연희

지은이 **엘리자베스 스트라우트**
1998년 첫 장편소설 『에이미와 이저벨』로 작품성과 대중성을 동시에 인정받았다. 2008년 출간한 『올리브 키터리지』로 퓰리처상을 수상했다. 이후 『버지스 형제』 『내 이름은 루시 바턴』 『무엇이든 가능하다』, 그리고 『올리브 키터리지』의 후속작인 『다시, 올리브』까지 꾸준히 작품 활동을 이어가며 많은 사랑을 받았다. 2021년 『내 이름은 루시 바턴』의 후속작인 『오, 윌리엄!』을 발표했다.

옮긴이 **정연희**
서울대학교 영어교육과를 졸업하고 미국 펜실베이니아대학교에서 석사학위를 받았다. 전문 번역가로 활동하고 있으며, 옮긴 책으로 『오, 윌리엄!』 『다시, 올리브』 『내 이름은 루시 바턴』 『버지스 형제』 『에이미와 이저벨』 『사라진 반쪽』 『디어 라이프』 『착한 여자의 사랑』 『소녀와 여자들의 삶』 『운명과 분노』 『플로리다』 『엘리너 올리펀트는 완전 괜찮아』 『그 겨울의 일주일』 『비와 별이 내리는 밤』 『커먼웰스』 『헬프』 등이 있다.

문학동네 세계문학
무엇이든 가능하다

1판 1쇄 2019년 7월 5일 | 1판 7쇄 2023년 5월 26일

지은이 엘리자베스 스트라우트 | 옮긴이 정연희
기획 이현자 | 책임편집 이봄이랑 | 편집 윤정민 오영나 오동규 이현자
디자인 김이정 이원경 | 저작권 박지영 형소진 최은진 서연주 오서영
마케팅 정민호 김도윤 한민아 이민경 안남영 김수현 왕지경 황승현 김혜원 김하연
브랜딩 함유지 함근아 김희숙 고보미 박민재 정승민 배진성
제작 강신은 김동욱 임현식 | 제작처 (주)상지사P&B

펴낸곳 (주)문학동네 | 펴낸이 김소영
출판등록 1993년 10월 22일 제2003-000045호
주소 10881 경기도 파주시 회동길 210
전자우편 editor@munhak.com | 대표전화 031) 955-8888 | 팩스 031) 955-8855
문의전화 031) 955-1927(마케팅) 031) 955-2685(편집)
문학동네카페 http://cafe.naver.com/mhdn
인스타그램 @munhakdongne | 트위터 @munhakdongne
북클럽문학동네 http://bookclubmunhak.com

ISBN 978-89-546-5669-6 03840

www.munhak.com

엘리자베스 스트라우트가 제대로 실력을 발휘할 때, 그녀를 능가할 사람이 어디 있겠는가?『무엇이든 가능하다』는『올리브 키터리지』이후 그녀의 최고 작품이다. 일상적인 삶을 풍부하고도 풍자적으로 그려낸 이 소설에서 스트라우트는 인물들의 아주 깊숙한 곳까지 파고들어, 독자로 하여금 그들의 내면에 들어앉은 기분을 느끼게 만든다. '무엇이든 가능하다'라는 제목에 값하는, 눈물이나 경이감 없이는 읽기 힘든 소설. USA 투데이

인간 영혼의 가장 어두운 곳을 가차없이 비추는 통찰력으로 충만한 소설.『무엇이든 가능하다』는 아주 광범한 이야기를 다루면서도 그 안으로 놀라울 만큼 깊숙이 파고든다. 그 섬세한 균형이 매우 날카롭고 손에서 놓기 힘든 작품을 만들어냈다. 자신감과 연민어린 마음과 지극한 우아함으로 빚어진 그녀의 문장과 인물들은 정말로 우리의 삶에서 무엇이든 가능하다는 것을 상기시켜준다. 샌프란시스코 크로니클

이 책이 스트라우트의 전작들과 확연히 다른 점은 금지된 욕망을 솔직하고 변명하지 않는 태도로 강조한다는 것이다.『무엇이든 가능하다』는 확실히 더 어둡고 대담하며 가차없다. 하지만 소설의 문장들은 고통스러울 정도로 아름답다. 스트라우트는 언제나 그런 아름다운 문장들로 은유를 직조하고, 기나긴 삶의 시간들을 가혹할 만큼 압축적으로 요약한다. 우리는 레퀴엠을 듣는 것과 같은 이유로 스트라우트의 소설을 읽는다. 슬픔에 담긴 아름다움을 경험하기 위하여. 뉴욕 타임스

스트라우트가 그저 후회의 감정에만 관심이 있다고 여기는 것은 그녀의 작품에 공통적으로 존재하는 매우 이질적인 것—예상치 못한 강렬한 선의의 순간—을 무시하는 일이다. 스트라우트는 플래너리 오코너가 "인간의 삶에 거의 인지할 수 없게 틈입하는 선의"라 부른 것을 반복해서 보여준다. 그러한 순간에는 자기 자신에 대한 더 깊은 이해가 가능해진다. 급격한 변화—이기심에서 이타심으로, 냉소에서 사랑으로—가 가능해진다.『무엇이든 가능하다』는 스트라우트가 우리 시대의 가장 선의 넘치고 은혜로운 작가라는 것을 다시금 확인시켜준다. 보스턴 글로브

세대가 다른 가족 간의 복잡하고 험난한 유대와 계급적 편견은 스트라우트 작품에서 꾸준히 다뤄지는 주제다. 작가는 가장 호감 가지 않는 인물에게조차 부드럽지만 엄격한 연민을 보이며 그들의 삶을 파고든다. 지독하게 인간적인 모호함과 양가성에 대한 또하나의 강렬한 탐구. 이 뛰어난 작가는 계속해서 더 훌륭해진다. 커커스